1

DER AUTOR

Dark Fantasy Roman

Steffi Wieczorek

Bibliografische Information der Deutschen Nationalbibliothek:
Die Deutsche Nationalbibliothek verzeichnet diese Publikation in der
Deutschen Nationalbibliographie; detaillierte bibliografische Daten
sind im Internet unter http://dnb.d-nb.de abrufbar

1. Auflage
© 2020 Wieczorek, Steffi

Herstellung und Verlag: BoD – Books on Demand, Norderstedt
ISBN: 9783751918725

September 2014. Dunkle Wolken ziehen auf. Bedrohlich schimmert die morgendliche Sonne zwischen den Wolkenlücken hindurch. Sirenen haben Anna aus ihrem tiefen, nur wenige Stunden dauernden Schlaf hochschrecken lassen. Das Heulen der Sirenen kommt näher.

Eine schreckliche Vorahnung macht sich breit. Schnell zieht sich Anna den Bademantel an, um nicht in ihrem süßen Negligé neugierigen Blicken ausgesetzt zu sein und öffnet die Tür zu ihrem Balkon.

Durch die Bäume blitzt immer wieder Blaulicht auf. Ausgerechnet hier an diesem idyllischen Ort. Sie steht wie gebannt auf ihrem geranienverzierten Balkon und ein eiskalter Schauer läuft ihr über den Rücken. Die Sirenen verstummen und nur das blaue Licht blitzt durch die dicht aneinander gereihten Bäume. Emsiges Treiben vor dem Hotel.

Getuschel, Verwunderung, angsterfüllte Blicke. Anna dreht sich um, das Bett neben ihr ist leer. Verzweifelt ruft sie nach ihm, aber er antwortet nicht. Gestern noch dieser Sonnenuntergang, der bis zum Sonnenaufgang dauerte. Es war so wunderschön. Bei ihm fühlt sie sich so wohl und sicher. Eines Tages ist er ihr einfach so über den Weg gerannt, besser gesagt, er hat sie fast umgerannt und dabei ihre Einkäufe auf dem Gehweg verstreut. Stocksauer wollte sie ihm die Meinung sagen, während sie sich hinkniete, um ihre Einkäufe zusammenzulesen. Flüchtig blickte sie zu ihm auf und bekam kein Wort mehr heraus. Der Mann aus ihren einsamen Träumen stand plötzlich vor ihr und verzauberte sie mit einem entschuldigenden Lächeln. Dabei funkelten seine Augen so faszinierend und sein Lächeln war einzigartig.

»Sorry, das wollte ich nicht. Tut mir echt leid. Komm ich helfe dir, war meine Schuld. Ich heiße übrigens Lukas.«

Der Beginn einer wunderbaren Geschichte, die niemals enden darf. Lukas hatte etwas so Anziehendes an sich. Anna kam nicht mehr von ihm los und wollte es auch auf gar keinen Fall. Nie wieder!

Das ist jetzt ein paar Wochen her, die schönsten Wochen ihres Lebens. Er sieht nicht nur aus wie der Mann aus ihren Träumen, er ist es auch. So intensiv hatte Anna noch nie gefühlt. Lukas hatte Anna mit dieser Reise überrascht, ihr einfach am Abend vor der Abreise gesagt, dass sie ein paar Sachen packen sollte. Anna sagte sofort ja, ohne das Ziel zu kennen. Sie vertraute ihm blind, er hat sie in ihren Bann gezogen. Dabei ist er ein so geheimnisvoller Mensch. Doch Anna liebt ihn bedenkenlos.

Aber wo ist Lukas? Dieses ungute Gefühl wird stärker. Ist ihm etwas passiert? Ist er doch beim Joggen gestürzt? Tausende Fragen quälen sie und diese Angst lässt sie nicht klar denken. Überstürzt zieht sie sich an, diese Unruhe, diese Ungewissheit lässt Anna fast durchdrehen. Sie merkt noch nicht einmal, dass sie ihr Shirt verkehrt herum angezogen hat. Sie rennt die Treppe herunter, vorbei an den wild gestikulierenden Menschen, die sie keines Blickes würdigen. Sie rennt in Richtung Blaulicht, keine zweihundert Meter von dem Hotel entfernt. Gelbes

Absperrband und viele Polizeiwagen, wild hin- und herlaufende Menschen mit und ohne Uniform, verheißen nichts Gutes. Angst kommt in ihr auf, ihr Herz schlägt erbarmungslos laut und schnell. Eine kleine Menschentraube von zufällig vorbeikommenden Wanderern hat sich gebildet. Wie gebannt starren sie hinter das Absperrband, das von Polizisten geschützt wird.

Sie geht näher. Keiner beachtet sie. Sie muss hinter das Band, vorbei an den Polizisten. Sie muss einfach, auch wenn sie nicht weiß warum. Vorbei an dem Mann, der wahrscheinlich gefunden hat, was er niemals finden wollte und der jetzt mit einem Uniformierten spricht. Es war sicher nicht der leere Korb, der auf dem Waldboden liegt, umringt von den vielen essbaren Pilzen, die frisch gepflückt sein Mittagessen werden sollten.

Der Schock steht ihm ins Gesicht geschrieben, während der Uniformierte mit einem Bleistift Notizen auf einem handlichen Block macht. Anna will es gar nicht wissen, gehört nicht zu diesen Gaffern, die sich am Leid anderer ergötzen und Facebook, YouTube oder sonstige Internetportale füttern, aber irgendetwas sagt ihr, sie muss dahin. Sie hebt das Band, bückt sich und geht einfach weiter. Keiner hält sie auf. Niemand interessiert sich für sie. Sie sieht ein weißes Tuch, das blutgetränkt verrät, hier muss etwas Furchtbares geschehen sein. Spätestens jetzt müsste doch jemandem auffallen, dass sie nicht hierhergehört.

Nichts.

Niemanden stört ihre Anwesenheit. Alle sind damit beschäftigt, Spuren zu sichern, Hinweise zu suchen, sich Notizen zu machen. Sie geht näher, steht genau neben dem Fundort. Plötzlich hebt einer der Ermittler das Tuch an und gibt dem gerade eingetroffenen Gerichtsmediziner die Sicht frei.

Oh Gott, nein.

Der Anblick lässt Anna erstarren. Schnell wendet sie sich ab. Eine blutverschmierte Kreatur, aufgeschlitzt und übersäht mit blauen Flecken, die Füße nackt, dreckig, aufgerissen. Wilde Tiere haben ihren Hunger an ihr gestillt. Ganze Fetzen Fleisch wurden an Armen, Oberschenkeln und Bauch herausgerissen. Fliegen haben den toten Körper in Beschlag genommen, Maden schlängeln sich durch den zerfleischten Körper.

Ein widerlicher, mitleiderregender Anblick und dieser süßlich vergammelte Geruch des Todes lassen Anna den Atem anhalten, sonst müsste sie sich übergeben. Nein, ein Unfall war das nicht!

Sie schreit laut auf, ihr Schrei lässt die Vögel aufschrecken und eine Schar Krähen flüchtet in den wolkenverhangenen Himmel.

Die Menschen um sie herum blicken verwundert den fliehenden Vögeln hinterher, doch sie wird mit keinem Blick beachtet, so als wäre es selbstverständlich, dass ein Zivilist hier herumsteht und sich das Werk eines Monsters aus nächster Nähe betrachtet.

Der Gerichtsmediziner hat sich die Einmalhandschuhe übergestreift und murmelt.

»Der Tod muss vor circa 72 Stunden eingetreten sein. Genaueres kann ich erst nach der Obduktion sagen. Die Identifikation wird wohl schwierig werden bei diesem Ausmaß der Verletzungen, zwischen 25 und 30 Jahre würde ich sie schätzten.«

Ein Ermittler notiert die wenigen ersten Erkenntnisse und hofft auf die Obduktion.

»Irgendwelche besonderen Merkmale? Etwas, das uns bei der Identifikation helfen könnte?«

Der Gerichtsmediziner schüttelt mit dem Kopf. Die Tote ist nackt. Auf den ersten Blick sind keine Narben von Operationen oder Verletzungen zur erkennen. Langsam und sacht dreht er sie um, ganz vorsichtig, als wolle er verhindern, dass er ihr noch mehr Schmerzen zufügt. Ein zweiter Schrei von Anna lässt auch die mutigsten Vögel davonfliegen. Anna starrt wie gebannt auf den Leichnam. Sie blickt in dieses gequälte Gesicht, von dem nicht mehr viel übrig ist. Weit aufgerissene, blutunterlaufene Augen, dieser tote, verzerrte Blick. Selbst für den Ermittler ist dieser Anblick zu viel, er muss sich abwenden. Routiniert betrachtet der Gerichtsmediziner den Körper ohne jegliche Emotionen. Langsam streicht er ihr das Haar aus dem Gesicht. »Ich hätte da doch etwas für Sie. Vielleicht ist es bei der Identifikation behilflich.«

Der Ermittler muss seinen Ekel und Hass auf dieses Monster, das das getan hat, überwinden. Er hält sich den Arm vor Nase und Mund.

»Sehen Sie das? Ein sehr markantes Muttermal hinter dem rechten Ohr. Das dürfte Ihnen sicher helfen.«

Anna schreit ein drittes Mal, Vögel sind keine mehr da, die fliehen können. Die Aasgeier kreisen voller Vorfreude, angelockt von dem Geruch des Todes, in sicherer Höhe hungrig über dem Fundort. Anna ist kurz davor, in Ohnmacht zu fallen. Doch sie fällt nicht. Sie stiert nur auf dieses Muttermal. Der Gerichtsmediziner dreht sich weg. Anna geht näher, streicht über das Mal der Toten mit der linken Hand. Ihre Hand zittert, ihr Körper bebt. Mit der rechten Hand streift sie sich die Haare zur Seite und berührt das Mal unter ihrem rechten Ohr.

Nein!? Das ist unmöglich. Das kann nicht sein.

Die Frau unter dem Tuch ist ihr Ebenbild. Sie muss sich täuschen, es ist ausgeschlossen. Trotz der Verletzungen und dem Blut kommt es ihr so vor, als würde sie in einen Spiegel sehen und sich darin erkennen. Ein entsetzliches Gefühl überkommt sie.

Nein! Bitte, nein! Es muss ein ekelhafter, absurder Traum sein. Ich will aufwachen!

Sie begreift nichts mehr. Anna springt auf, wendet sich ab und möchte davonlaufen, doch sie bleibt wie angewurzelt stehen. Die Leiche sieht nicht nur aus wie ihr eigenes Spiegelbild, sie hat auch das gleiche Muttermal am Hals, neben dem am rechten Ohrläppchen.

Ich will aufwachen! Ich muss aufwachen!

Verzweifelt schreit Anna erneut auf. Doch niemand interessiert sich dafür. So als wäre sie nicht existent. Sollte sie es sein, die da vor ihr liegt? Geschunden, gehetzt, getötet. Anna muss weg hier. Es ist nur ein Albtraum, aus dem sie endlich aufwachen muss. Anna rennt vorbei an den Menschen, die aus der Ferne gierige Blicke auf die Leiche werfen und die, die versuchen herauszufinden, was passiert ist. Keiner dreht sich um. Niemand hält sie auf, fragt sie, was sie hier treibt. Anna ist nur Luft. Doch dann sieht sie Lukas in der Menge stehen. Er trägt seine Laufsachen, war tatsächlich am frühen Morgen joggen. Sie will zu ihm, doch sie kann nicht. Sie ruft nach ihm, doch er hört sie nicht. Er steht nur da.

»Lukas, hilf mir. Ich bin hier. Siehst du mich denn nicht?«

In diesem Moment dreht er sich um und rennt einfach desinteressiert weiter. Anna rennt ihm hinterher, ruft seinen Namen, doch es dauert nicht lange und Lukas ist zwischen den dichten Bäumen, ohne sich auch nur noch einmal umzudrehen, verschwunden. Anna bricht schreiend zusammen und hofft, endlich neben ihm aufzuwachen und diesen Albtraum vergessen zu können. Sie rafft sich auf, muss zurück zum Hotel. Wenn sie schon nicht aufwachen kann, muss sie wenigstens an den Ort zurück, an welchem Lukas sicher schon sehnsüchtig auf seine Anna wartet. Sie rennt vorbei an dem neugierigen Menschenauflauf zurück zum Hotel, wo immer noch wild diskutiert wird. Eilig geht sie an der Rezeption vorbei, die Stufen des in die Jahre gekommenen, aber trotzdem so perfekten, kleinen Hotels hinauf, öffnet Zimmer Nummer Dreiundzwanzig und lässt sich heulend und schreiend aufs frisch gemachte Bett fallen. Noch bevor sie die Augen schließen und darauf hoffen kann, dass Lukas sie aus ihrem widerlichen Albtraum endlich befreit, bemerkt sie, dass hier etwas nicht stimmt. Anna springt augenblicklich aus dem Bett auf, sie rennt ins Bad und ungläubig zurück. Sie öffnet die Schranktüren und kramt in dem kleinen Nachttischchen herum. Nichts, einfach gar nichts. Alles ist weg. Sämtliche Sachen, ihr Handy, die Koffer. Nichts ist mehr da. Noch nicht einmal ein Staubkörnchen. Das Zimmer sieht unbewohnt und hergerichtet für den nächsten Gast aus. Vielleicht hat sie sich vor Aufregung in der Tür geirrt. Schnell reißt sie die Tür auf. Es ist Zimmer Dreiundzwanzig. Anna rennt wieder die Treppe hinunter. An der Rezeption werden gerade neue Gäste freundlich begrüßt. Anna ist das egal. Sie ist mit den Nerven am Ende, drängt sich nach vorn und mit verzweifelt wütender Stimme fragt sie, was das soll, wo ihr Gepäck und ihre persönlichen Sachen sind, schließlich war sie ja keine halbe Stunde weg. Trotz ihres Wutausbruchs interessiert sich keiner der Anwesenden für Anna und diese freundliche Begrüßungszeremonie wird nicht unterbrochen. Wutentbrannt rennt Anna hinter die Rezeption, greift nach dem Arm der Frau und springt entsetzt drei Schritte zurück. Sie hat ins Leere gegriffen. Sie muss es nochmal versuchen. Nichts, sie kann nicht zugreifen. Ihre Hand geht durch den Körper der Frau einfach hindurch.

»Das ist doch verrückt!«

Anna rennt zu dem großen Spiegel, der sich gleich neben der Eingangstür befindet. Sie blickt hinein, hofft, ihren verzweifelten Gesichtsausdruck und dicke Augenringe vom Durchleben dieses Albtraums zu sehen. Doch sie sieht nichts. Wild schlägt Anna mit den Armen gegen den Spiegel, wischt über die frisch geputzte Oberfläche. Aber es ist nichts zu sehen. Noch nicht einmal Handabdrücke. Einfach gar nichts. Anna kann nicht mehr, will nur noch weg hier, raus aus diesem Hotel. Doch die Tür lässt sich nicht mehr öffnen. Sie ist gefangen in ihrem Albtraum, aus dem es für sie kein Erwachen mehr gibt.

Drei Jahre ist es jetzt her. Nie wurde aufgeklärt, wer die unbekannte Tote war, was vor drei Jahren geschehen ist. Am Anfang hat Anna sehr gehofft, dass Lukas zurückkommt, sie sucht, sie befreit. Doch Lukas kam nicht.

Kapitel 1

Oh Anna, du warst wunderbar.

Er leckt sich mit der Zunge genüsslich über den Mund und betrachtet sein Werk voller Stolz aus der Ferne. Dann dreht er sich um und geht. Zu gern möchte er diesen Anblick noch einmal nah genießen, doch er weiß, jetzt nicht, Anna ist Vergangenheit. Doch die Zukunft wird ihm eine neue Chance geben. Bald. Voller Vorfreude dreht er sich um und zwängt sich zwischen den anderen Schaulustigen hindurch, die sein Werk voller Neid bewundern.

Ja, das war ich! Seht genau hin, mein Werk.

Anna war sein drittes Meisterwerk. Zuvor hat er seine „Passion" in einer anderen Gegend ausgelebt. Vor zwei Jahren war es in Portugal, im Douro-Tal. Er mietete sich eine kleine Hütte, unscheinbar und weit abgelegen. Es war eine Einheimische, die er durch Zufall am Supermarkt gesehen hatte. Sie sollte seine Auserwählte sein, er wusste es sofort. Doch sein erstes Mal wird er niemals vergessen.

Alles begann 2009 in Schottland, im Glenmore Forest Park, keine zehn Kilometer von Aviemore entfernt.

»Ich muss hier raus, ich kann nicht mehr.«

Ausgelaugt und nicht fähig, nur ein vernünftiges Wort zu Papier zu bringen, starrt er auf sein Notebook. Zeitdruck, Abgabefristen, Ideenlosigkeit bestimmen seinen Alltag. Der grelle Klingelton reißt ihn aus seiner Ideenlosigkeit. Er lässt es klingeln, denn er ahnt bereits, wer am anderen Ende der Leitung ist. Der Anrufbeantworter springt an.

»Ähm, ja, hallo, ich muss dich noch einmal an den Termin erinnern. Ach, komm schon, nimm ab. Ich weiß, dass du da bist.«

Wütend springt er von seinem Stuhl auf, läuft unruhig auf und ab. Dann geht er ins Schlafzimmer, beginnt ein paar Sachen zusammenzupacken.

»Ihr könnt mich alle mal! Ich muss hier raus!«

Ein Taxi bringt ihn zum Flughafen. Last Minute nach Inverness und von da aus mit dem Leihwagen Richtung Aviemore, wo er die Nacht in einem Hotel verbringt. Am nächsten Morgen mietet er sich im Glenmore Forest Park eine kleine, komfortable Blockhütte, abgeschieden, umgeben von Wald, mit einem faszinierenden Blick. Eine Traumkulisse und der richtige Ort, um abzuschalten. Er will einfach in Ruhe arbeiten, sucht die Einsamkeit, um wieder er selbst sein zu können.

An der Blockhütte angekommen, kann er das erste Mal seit langem wieder Lächeln. Er atmet tief ein, inhaliert förmlich den Duft von Freiheit, endlich kann er wieder durchatmen. Der Ausblick ist einzigartig, nicht weit entfernt plätschert ein Bach oder Fluss im Takt vor sich hin.

Sein Job ist anders, er braucht diese Ruhe, um arbeiten zu können. Er ist Autor, und sein Verlag drängt ihn. Die Verkaufszahlen sinken. Eigentlich ist sein Platz immer unter den Top Zehn der Bestsellerliste. Seine schnulzigen

Liebesromane mit dem gewissen Etwas haben eine große, vor allem weibliche Fangemeinde. Doch die letzten zwei Bücher waren eher langweilig und emotionslos. Das neue Buch muss ein Volltreffer werden, sein Verlag hat bereits mit Konsequenzen gedroht. Hier wird er wieder schreiben können. Ideen hat er schließlich tausende im Kopf. Und schreiben kann er. Diese Einsamkeit und die brillante Aussicht auf ein wunderschönes, unberührtes Nichts lassen ihn hochmotiviert beginnen.

Doch so schön und einfühlsam so manches Kapitel klingt, es ergibt keinen Sinn, der rote Faden fehlt. Er starrt auf das Geschriebene, bis der Bildschirm langsam dunkel wird und in den Standby-Modus übergeht. Zwei Wochen tippt er und verwirft es wieder.

So hat er sich das nicht vorgestellt. Ständig fragt er sich, was nur mit ihm los ist. Ein oder zwei Mal wollte er unverrichteter Dinge abreisen. Er hat es satt, dann geht er eben zur Zeitung und arbeitet dort als Journalist. Vielleicht ist er einfach zu schlecht.

»Hi, wollte nur mal hören, wie es dir geht. Und, kommst du gut voran?«

Nicht das auch noch. Sein nerviger Verleger ruft an. Nachdem er tagelang seine Anrufe und Mails ignoriert hat, geht er ans Handy.

»Äh, ja hallo. Wenn du mich nicht ständig nerven würdest, wäre ich sicher schon weiter, schließlich bin ich nicht umsonst

„geflohen". In zwei Wochen hast du die ersten Kapitel. Und jetzt lass mich bitte in Ruhe arbeiten!«

Bestimmt beendet er das Telefonat, ohne eine Antwort abzuwarten, klappt das Notebook zu und rennt sich den Frust in den schottischen Wäldern aus dem Leib.

»Dieser Idiot wird schon bekommen, was er will!«

Er kocht. Jeder erwartet irgendetwas von ihm. Doch am Meisten erwartet er von sich selbst. Er hasst es, zu versagen. Völlig verschwitzt kommt er zurück, duscht sich und nimmt sich den guten schottischen Whisky aus dem Schrank, der ist jetzt bitter notwendig. Nach dem dritten, vierten oder auch fünften Glas fängt er an zu schreiben. Voller Wut tippt er, ohne lange zu überlegen, denn der Alkohol in seinem Blut verhindert jede Möglichkeit, klar denken zu können. Er speichert und geht schwankend ins Bett.

Am nächsten Morgen oder eher Mittag, quält er sich mit einem dicken Kopf aus dem Bett, macht sich ein Katerfrühstück, dazu eine doppelte Portion Aspirin und beschließt, nochmal von vorn zu beginnen.

Zwei Wochen bleiben ihm noch. Fünf Kapitel sollten machbar sein. Dass er gestern noch geschrieben hat, ist ihm nicht mehr bewusst. Doch noch bevor er einen neuen Versuch startet, liest er.

„...Seine kräftigen Hände packten sie. Er verspürte diesen Drang und ihr angsterfüllter Blick machte ihn wild. Er zerrte sie mit unfassbarer Gewalt in sein Schlafzimmer und fesselte sie. Ihre Schreie

erfüllten den Raum. Sie bäumte sich auf, er drückte ihr seine großen Hände auf den Mund und..."

Erschrocken klappt er das Notebook zu, steht auf und kann nicht fassen, was er geschrieben hat. Er ist ein Kitschromanautor mit dem gewissen Etwas, kein Widerling, der irgendwelche abartigen Fantasien niederschreibt. Noch bevor er weiterliest, markiert er diesen Unsinn und löscht ihn. Doch obwohl er über seine Worte mehr als schockiert ist, ist er doch neugierig geworden.

Schnell holt er den Text zurück und liest weiter. Fassungslos studiert er seine Buchstaben und findet auf einmal Gefallen daran. Mal abgesehen von seinen vielen Tippfehlern, die Tasten waren wohl für seinen Rausch zu klein, um zu treffen, ist er fasziniert von seinem Geschriebenen.

Diese Faszination ist aber anders. Es weckt in ihm Lust, nicht nur auf eine neue Art zu schreiben. Es ist die Lust, zu erleben, was er geschrieben hat. Schnell bessert er seine Fehler aus und schreibt da weiter, wo er im Rausch aufgehört hat.

Seite um Seite entstehen so. Und er ist mittendrin in seiner Geschichte im Glenmore Forest Park. Schnell stellt er fest, dass der Whisky ein guter Motivator ist, um die richtigen Buchstaben zu finden. Begeistert liest er am Morgen, was er am Abend im Rausch geschrieben hat. So vergehen Tage und seine Gedanken kreisen nur noch um sein neues Werk, das inzwischen selbst in seinen Träumen eine große Rolle spielt.

Wieder einmal verkatert wird er munter, die Sonne schickt gerade die ersten wärmenden Strahlen. Der Traum letzte Nacht war so realistisch, dass er vor sich selbst Angst bekommt.

Ich muss hier raus! Nein, das bin nicht ich?!

Schnell zieht er sich an, er muss diese Gedanken loswerden und rennt der Sonne entgegen. Langsam beruhigt er sich wieder. Die warmen Sonnenstrahlen, der Duft von Natur und das Auspowern haben ihm gutgetan. Barfuß ist er durch den eiskalten Bach gehüpft und er hat seinen Kopf kurz unter Wasser gehalten. Jetzt fühlt sich Lukas frei, frei im Kopf, ganz ohne diesen Gedanken an den Traum, der so real und faszinierend für ihn war. Zurück in der Blockhütte lassen eine Dusche und ein heißer Kaffee seinen Tag vollkommen werden.

Jetzt schreibt er, wie es erwartet wird. Liebevoll, voller Emotionen und natürlich in Richtung Happyend.

Ich kann es noch.

Stolz auf sich selbst betrachtet er das Geschriebene. Doch obwohl er auf den Whisky verzichtet, kommt Nacht für Nacht dieser Traum zurück, lässt ihn nicht mehr los. Konsequent weigert er sich, an diesem Buch weiterzuarbeiten, zu falsch wäre es. Nur löschen kann er dieses Geschriebene nicht. Irgendetwas hält ihn davon ab.

Inzwischen hat er seine Auszeit verlängert. Und nach den ersten Kapiteln war selbst sein Verleger begeistert.

»Jawohl, du bist super! Gut gemacht und weiter so! Das wird endlich wieder ein Bestseller, vielleicht sogar dein bestes Buch. Bleib solange es nötig ist, wenn du nur so weiterschreibst.«

Nachdem der Verleger per Mail die ersten Kapitel lesen konnte, folgte gleich der Anruf voller Lobeshymnen. Während des Telefonats waren die Dollarzeichen in den Augen des Verlegers deutlich zu erkennen.

Er schreibt weiter, ohne auch nur ein einziges Mal diese andere Datei zu öffnen. Die Reise ist fast zu Ende. Jetzt muss er zurück und er steckt fest, das große Happyend will ihm nicht wirklich gelingen, der gewisse Kick fehlt. Das Buch ist zwar fertig, doch das Happyend irgendwie nicht vollkommen. Eine Schreibblockade, die er jetzt nicht gebrauchen kann.

Sein Happyend wird er zu Hause überarbeiten. Er hat die nächsten Tage wichtige Termine. Morgen muss er fahren. Ein letztes Mal streift er durch die Gegend und genießt danach die Aussicht auf den Sonnenuntergang bei einem Glas Whisky.

Waren da Rentiere?

Gehört hat er davon, doch bisher noch keine hier gesehen. Der Romantiker in ihm ist wieder da. Schnell holt er das Notebook heraus und macht sich ein paar Notizen. Um komplett in dieser liebevollen Welt aufzugehen, reicht die Zeit nicht. Er muss früh los. Schnell speichert er.

Dann fällt sein Blick auf diese Datei, „Anders" hat er sie genannt.

Okay, einmal lese ich es noch, dann verschwindet es! Das bin nicht ich, will ich nicht sein.

Je mehr er liest, umso tiefer taucht er wieder in diese Gedankenwelt ab. Sieht sein Geschriebenes wie einen Film vor sich ablaufen und es gefällt ihm. Er schließt die Augen und beginnt zu träumen.

»Hallo?«

Urplötzlich wird er aus seiner Gedankenwelt gerissen. Eine hübsche, junge Frau steht vor seiner Blockhütte und sieht verängstigt aus.

»Sorry, aber vielleicht können Sie mir helfen?«

Mal abgesehen von seinen Ausflügen in das zehn Kilometer entfernte Aviemore, um seine Essensvorräte aufzufüllen, hat er hier noch keine Menschenseele gesehen.

»Äh, ich glaub, ich habe mich irgendwie verlaufen.«

Etwas schüchtern bittet die Fremde ihn um Hilfe, denn die Sonne ist fast untergegangen und die Nacht bricht an. Mit einem kräftigen Schluck leert er das Glas Whisky und steht auf.

»Sie müssen dort entlang.«

Er weist ihr mit der Hand den Weg, möchte sie schnell wieder loswerden, denn er hat noch etwas vor. Er will, nein er muss dieses andere Buch weiterlesen, vielleicht sogar weiterschreiben. Nein, weiterschreiben darf er nicht, er muss es löschen, das ist nicht er, das ist nicht dieser liebevolle Kitschromanautor, der die Herzen seiner Leser zum Glühen bringt.

Nur noch einmal lesen und träumen. Das ist ihm nach dem letzten Schluck klar geworden. Doch zuvor muss dieser ungebetene Gast verschwinden. Das hübsche, junge Ding bedankt sich und macht sich auf den Weg. Er hat sich inzwischen noch einen Whisky nachgeschenkt und will gerade weiter sein anderes Werk genießen, da macht ihm sein schlechtes Gewissen einen Strich durch die Rechnung. Sie würde sich sicher verirren, allein findet sie niemals den richtigen Weg.

»He, warten Sie.«

Die junge Frau bleibt stehen.

»Sie können doch jetzt nicht allein weitergehen, im Dunkeln finden Sie niemals zurück. Kommen Sie her.«

Fast schon erleichtert und angetan von seiner warmen Stimme dreht sie sich um und kommt mit einem bezaubernden Lächeln zu ihm. Die anbrechende Dunkelheit hat ihr Angst gemacht und vielleicht begleitet er sie ja.

»Sie können heute Nacht hier übernachten, die Hütte hat ein separates Gästezimmer, also keine Angst.«

Er setzt dabei sein bezauberndstes Lächeln auf.

»Morgen früh reise ich sowieso ab, dann kann ich Sie mitnehmen.«

Ohne lange zu überlegen, bleibt sie.

»Mein Name ist Caroline, ich komme aus Holland, brauchte mal eine Auszeit. Es ist wunderschön in Schottland.

Entschuldigen Sie, aber ich will Ihnen keine Umstände machen.«

Er lacht laut auf.

»Ich hätte mir Vorwürfe gemacht, wenn ich Sie allein in die Nacht geschickt hätte. Ich heiße Lukas, und auch ich war auf der Suche nach der Einsamkeit.«

Schnell ist das Eis gebrochen, alle Vorbehalte sind vergessen und Caroline aus Holland setzt sich zu Lukas und lässt sich ebenfalls ein Glas schottischen Whisky einschenken. Kurz vor Mitternacht zeigt Lukas ihr das Gästezimmer und die Beiden wünschen sich eine gute Nacht und angenehme Träume. Er geht zurück auf die Terrasse und schreibt fasziniert weiter, bis die Flasche mit dem Whisky leer ist, dann geht er ins Bett.

Was für ein Traum.

Noch etwas durcheinander und völlig aufgewühlt steht er auf. Voller Ekel müsste er sein, wenn er an diese Bilder denkt, die ihm sein Gehirn letzte Nacht vorgegaukelt hat. Doch er fühlt sich irgendwie befreit und befriedigt.

Jetzt muss er aber los, der Flieger startet in sechs Stunden und dann diese Kleine. Wie war noch ihr Name? Ach ja, Caroline aus Holland heißt sie, sie muss er auch noch mitnehmen. Schnell sammelt er seinen Kram zusammen, wundert sich, dass sein Bett dermaßen zerwühlt und seine Sachen lieblos und komplett verdreckt auf dem Fußboden verstreut liegen.

Oh Gott, der Whisky…

Er schlägt sich erschrocken und gleichzeitig belustigt die Hand gegen die Stirn. Er ist sicherlich im Rausch noch irgendwo in den Dreck gefallen. Er rafft das Dreckzeug zusammen, verstaut es in einer Plastiktüte und will Caroline aus Holland holen. Doch sie ist weg. Ihr Zimmer ist leer, das Bett sieht unbenutzt aus.

Da hat sie sich einfach verpisst, dieses kleine Luderchen, dabei war sie doch Hauptfigur in meinem Traum.

Lachend greift er nach dem Notebook und freut sich schon auf den Flug, denn dann wird er diesen Traum in Buchstaben wieder auferstehen lassen. Den Plan, alles zu verwerfen, hat er weit nach hinten geschoben.

Lukas hat am Abend vergessen, das Notebook herunterzufahren, das kleine, grüne, blinkende Licht macht ihn darauf aufmerksam. Schnell will er das Notebook ausschalten, er muss endlich los. Die Zeit rennt ihm davon. Schockiert starrt er auf den Bildschirm.

„...Der Anblick dieses gefesselten Körpers, der unfähig ist, vom Bett aufzustehen. Das Messer blitzt bedrohlich auf, bevor die Klinge unsanft ihren Körper berührt. Das Blut rinnt und er genießt ihre Schreie und den köstlichen Geschmack der warmen Flüssigkeit... Er jagt sie nackt in den Wald, ihre Schreie verhallen im Nirgendwo. Ihr Körper übersät von Spuren der Nacht.... Erschöpft fällt sie zu Boden und er über sie her.... Ein letztes Mal dringt er in sie ein und verbeißt sich dabei in ihren geschundenen Körper. Caroline aus Holland, ein köstliches Stück Fleisch..."

Er knallt mit Wucht den Bildschirm zu, rennt ruhelos und ab. Traum, Realität? Er weiß es nicht.

Caroline aus Holland, wo bist du? Sag, dass du einfach nur gegangen bist.

Er geht zurück ins Bad, kaltes Wasser muss helfen. Literweise schüttet er sich das kalte Nass ins Gesicht. Nichts, keine Erinnerung. Dann blickt er in den Spiegel. Diese stahlblauen Augen, die je nach Lichteinfall ihre Farbe ändern, lassen tief blicken, eiskalt wirken sie heute, dabei strahlen sie meist so viel Wärme und Vertrauen aus. Er starrt sich an, minutenlang. Dann sieht er im Spiegel etwas funkeln. Langsam und fassungslos dreht er sich um. Ein Messer, das achtlos neben der Dusche auf dem Fußboden liegt. Zögerlich greift er danach. Es klebt Blut daran. Doch anstatt gleich entsetzt und voller Reue die Polizei zu rufen und sich zu stellen, betrachtet er das Messer, schließt die Augen, träumt und leckt es genüsslich ab.

Caroline aus Holland, ich denk, du hast mich ziemlich glücklich gemacht und zu neuen Ideen inspiriert.

Kapitel 2

September 2017. Frei, endlich. Raus aus dem Alltag und den stressigen Job hinter sich lassen. Die gescheiterte Beziehung vergessen, die ihr wirklich nicht gutgetan hat und abschalten. Wahllos packt Sarah ihre Koffer und fährt. Raus aus der Wohnung voller mehr oder weniger schöner Erinnerungen. Vor drei Wochen verließ er sie. Dieser Idiot. Er fühle sich eingeengt, hat er gesagt. Und Liebe war es wohl auch nie, behauptet er. Dabei hatte ihm Sarah alle Freiräume, die er wollte, gelassen. Eine neue Frau begleitet ihn bereits. Sarah hat die beiden gesehen. Seine letzten Sachen holte er vor ein paar Tagen. Sie dreht sich noch einmal um, verschließt die Tür und fährt einfach los.

Auf nach Bayern, Berge ich komme.

In die Alpen wollte sie schon immer mit ihm, doch das war ihm zu „idyllisch", ständig fand er fadenscheinige Ausreden. Jetzt kann Sarah tun, was sie will, dahinfahren, wohin sie will und endlich zur Ruhe kommen. Drei Wochen hat sie Zeit. Den Kindle-Reader hat sie im Koffer verstaut. Jetzt wird sie sich endlich die Zeit zum Lesen nehmen. Mehr möchte sie nicht. Ein wenig die Aussicht genießen, wandern und lesen.

Voller Zuversicht, das richtige kleine, ruhige Hotel zu finden, fährt sie voll bepackt los. Je näher sie zu den Bergen kommt, desto besser wird ihre Laune, sie kann wieder mehr lächeln. Der Ex-Idiot rückt in weite Ferne. Perfekt.

Die großen Tourismus-Hotels lässt sie links liegen, fährt weiter. Die Straße wird schmaler, die schneebedeckte Gipfel der Alpen scheinen greifbar nah. Sie fährt diese gefährlichen Serpentinen nach oben. Kurz hält sie am Straßenrand, steigt aus und genießt die Luft, die Aussicht und das Gefühl der Freiheit.

Es ist Spätsommer, September, aber ungewöhnlich warm für diese Jahreszeit, selbst in den Bergen. Doch langsam kommen Bedenken in Sarah auf. Sollte sie diese Richtung weiterfahren? Hier sieht es wahrlich nicht so aus, wie wenn dieses kleine, süße Hotel, von dem sie immer geträumt hat, noch auf dem Weg liegen würde oder überhaupt existiert. Hier ist eigentlich nur eine große Menge Nichts. Sarah beschließt umzukehren. So langsam braucht sie eine Unterkunft. Es ist schon später Nachmittag. Wenn sie jetzt weiter die Serpentinen nach oben fährt, in der Hoffnung, doch noch ihr Traumhotel zu finden, wird es stockdunkel sein, bevor sie in der Touristenhölle ankommt, wenn ihr Traumhotelplan platzt.

Vielleicht hätte sie vorher Google befragen sollen, hier ist der Empfang ihres Handys leider gleich null. So sehr sie das vermeiden wollte, doch für ein oder zwei Nächte kann sie die Massenansammlung bergwütiger Touristen sicher ertragen. Dieser Deluxe-Alpen-Palast, der sicher keine Wünsche offenlässt, hat sicher noch ein weniger preisgünstiges Zimmerchen für sie frei. Morgen kann sie sich dann ganz entspannt nach einem kleinen, ruhigen, abgelegenen Hotel erkundigen.

Sie wendet und fährt zurück. Plötzlich, wie aus dem Nichts, ein Wegweiser „Hotel zum Ausblick". Sarah überlegt. Doch bei diesem Namen kann es nun wirklich kein besonderes Hotel sein. Selbst das Hinweisschild ist eher unscheinbar, unbedeutend und klein. Bei ihrem Weg nach oben hat sie es noch nicht einmal bemerkt. Sie biegt nach rechts in Richtung Nirgendwo ab und hofft, genau dieses einfache, abgelegene Hotel nach ihren Vorstellungen zu finden. Sarahs Weg führt mitten durch den Wald. Langsam bezweifelt Sarah, dass dieses Hotel tatsächlich noch existiert. Doch dann sieht sie es. Es sieht gepflegt und richtig rustikal aus. Ein kleines Alpenhotel, mit den typischen Balkonen und den Geranien, die gepflegt und üppig nach unten hängen.

Hoffentlich ist noch ein Zimmer frei.

Sarah will unbedingt hierbleiben. So hat sie es sich vorgestellt. Sie parkt ihr Auto und geht erwartungsvoll zur Rezeption, die nicht besetzt ist. Mit einem „Bing" macht sie auf sich aufmerksam und schon eilt eine in die Jahre gekommene, ältere Frau mit einem schon fast erschrockenen Lächeln zu ihr, im Schlepptau den passenden älteren Herrn.

»Hätten Sie noch ein kleines Zimmerchen für mich? Ich würde gern eine Woche oder ein paar Tage hier verbringen.«

Das ältere Pärchen sieht sich an und nach einem kurzen Zögern, das Sarah nicht verborgen bleibt, antworten sie mit einem verhaltenen Ja und bieten Sarah an, sich das Zimmer vorher anzusehen. Wahrscheinlich haben die Herrschaften

Angst, dass Sarah unzufrieden ist, sie mehr Komfort erwartet. Die ältere Dame bietet ihr einen Kaffee an, bittet Sarah, sich noch für wenige Augenblicke zu gedulden und verschwindet flinken Fußes. Sarah genießt den Kaffee, hofft, dass ihr das Zimmer zusagt und wartet etwas ungeduldig.

Kapitel 3

2012 - drei Jahre ist Caroline nun her. Sein Buch wurde ein Bestseller und ein weiteres folgte. Kuschelromane mit Happyend. Doch er hat auch sein anderes Buch fertiggestellt, lange überlegt, ob er es seinem Verlag vorlegen sollte. Lukas hat sich dagegen entschieden und es unter einem Pseudonym veröffentlicht, mit großem Erfolg. Und jeder fragt sich bis heute, wer wohl hinter diesem Pseudonym „Samuel Senkrad" steckt. Bisher konnte er unerkannt bleiben.

Die Erinnerungen an Caroline werden mit jedem Tag stärker. Er muss es wieder erleben. Immer wieder nutzt er sein eigenes Buch als Bettlektüre, um wieder diese Träume zu haben, die er real erleben konnte. Nach und nach hat er sich, trotz des Vollrauschs, an Details erinnert. Und mit jedem noch so winzigen Detail ist der Wunsch größer geworden, es wieder zu erleben. Er muss es einfach noch einmal erleben. Auf seinen Lesungen, natürlich für die schnulzige Lektüre, sieht er diese willigen Leserinnen, die ihn regelrecht anhimmeln, ihm aus der Hand fressen würden, wenn er es zugelassen hätte.

Doch das ist keine Option für ihn, nachgedacht hat er darüber oft. Die Gefahr wäre einfach zu groß gewesen, dass diese andere Leidenschaft ans Tageslicht dringt.

Spätsommer, die Gedanken an sein erstes Mal sind dann besonders groß. Gerade hat er wieder ein Manuskript fertiggestellt. Er weiß, jetzt lässt ihn sein Verleger erst einmal in

Ruhe. Jetzt kann er ausspannen, neue Ideen sammeln, den Kopf freibekommen. Es gibt Niemanden, bei dem er sich rechtfertigen müsste. Sein Verleger ist zufrieden. Familie hat er nicht. Lukas ist ein Einzelkind. Aufgewachsen ist er in einem Dorf in der Nähe von München.

Seine Mutter starb bei einem Verkehrsunfall als er 24 Jahre alt geworden war, damals hatte er gerade sein Studium beendet. Der plötzliche Tod seiner Mutter nahm Lukas sehr mit. Er stürzte in ein tiefes Loch, begann zu trinken und verkroch sich in der kleinen Wohnung, in der er mit seiner Mutter gewohnt hatte. Wochenlang wollte er niemanden sehen. Sein Lebensmut und sein größter Halt waren von einem Moment auf den anderen weg. Nichts war mehr wie zuvor.

Seinen Vater hat er nie kennengelernt. Lukas Mutter nannte ihn nur eine namenlose, flüchtige, unbedeutende Bekanntschaft. Weitere Fragen ließ sie nicht zu. Andere Verwandte kannte Lukas ebenfalls nicht. Lukas wollte seinen Wurzeln auf die Spur kommen, wenigstens einen noch so entfernten Verwandten finden, doch jegliche Versuche endeten im Nichts. Trotz ausgedehnter Recherche ist es Lukas nie gelungen, etwas über das Leben seiner Mutter und seiner Herkunft herauszufinden.

Dabei war sich Lukas immer sicher, dass ihm seine Mutter einiges verheimlichte. Insgeheim hoffte er, dass er nach dem Tod seiner Mutter Dokumente, Unterlagen oder vielleicht sogar ein Tagebuch finden würde, um mehr über sie und sich selbst herauszufinden. Doch er fand absolut nichts. Ihre Vergangenheit ein einziges leeres Buch.

Irgendwann resignierte er, ließ Vergangenheit Vergangenheit sein und begann wieder zu leben. Ein Leben voller Leben. Niemals würde er so sterben wollen wie seine Mutter. Ein Tod, der keine Vergangenheit hat. Sein Leben soll nachvollziehbar sein. Lukas wollte schon immer etwas im Leben erreichen, besonders sein. Sehr zum Leidwesen seiner Mutter, die ihren langweiligen Bürojob über alles liebte und so strukturiert und geradlinig durchs Leben ging. Anfangs drängte sie Lukas dazu, ebenfalls diesen einfachen Weg zu gehen.

Als er ihr sagte, dass er studieren möchte, war sie nicht gerade begeistert, versuchte es ihm auszureden. Doch er war und blieb ein Sturkopf und das bis heute. Jetzt, nach ihrem plötzlichen Tod, war der Drang nach mehr größer denn je. Er wollte es allen Zweiflern beweisen und natürlich am meisten sich selbst. Das Schreiben half ihm dabei.

Alles begann mit einem Blog und jetzt ist er ein erfolgreicher, angesehener Autor von herzzerreißenden Liebesromanen, deren Geschichten so einfühlsam sind und den Lesern ein Lächeln aufs Gesicht zaubern. Lukas ist stolz auf das Erreichte. Seine Leser sind seine Familie geworden. Doch vor drei Jahren in Schottland hat er etwas gespürt, das ihm seither nicht mehr aus dem Kopf geht. Jetzt will er es wieder erleben.

Kapitel 4

Lukas überlegt, ob Schottland wieder sein Ziel sein sollte, so wie vor drei Jahren. Bei den Gedanken an Schottland beginnen seine Augen dunkel zu leuchten. Erschreckend schön war es damals. Dieser Moment als Fantasie und Realität eins wurden, so erschreckend und abstoßend-anziehend zugleich. Fast jeden Tag denkt er daran und mit jeder Sekunde sehnt er sich mehr danach. Lukas weiß, es wird in Schottland nie wieder so sein können, deswegen entscheidet er sich für Portugal.

Seine Mutter liebte Portugal. Fast jedes Jahr verbrachten sie ihren Urlaub an der Algarve. Lukas erinnert sich an diese ewig lange Holztreppe hinunter an den Praia do Camilo, die Felsformationen, die ihn schon als Kind fantasieren ließen. Pausenlos nervte Lukas damals seine Mutter mit Geschichten, die er am Strand erfand. Sie packte ihn dann, rannte mit ihm in das kühle Meer und nannte ihn liebevoll ihr kleines Plaudertäschchen.

Der Flug dauert nicht lang, am Flughafen mietet sich Lukas einen Kleinwagen und fährt einfach los. Praia do Camilo ist nicht sein Ziel. Lukas fährt in den Norden Portugals. Das Douro-Tal soll mit seiner Lage und dem Ausblick auf den Douro ganz außergewöhnlich sein.

Fasziniert fährt Lukas durch diese einzigartige Landschaft auf der engen, kurvigen Straße entlang. Wein soweit das Auge reicht, Olivenbäume und dazu der strahlendblaue Himmel, der den Douro funkeln lässt. Lukas lächelt, genießt die Fahrt. In einem Ort mitten in den Weinbergen findet er ein Tourismusbüro. Obwohl die nette junge Frau Lukas kein passendes, abgeschiedenes Objekt anbieten kann, bittet sie Lukas, sich einen Moment zu gedulden. Sie greift nach ihrem Handy und telefoniert. Keine zehn Minuten später erscheint ein älterer Herr, der Lukas sein Domizil präsentieren möchte. Er greift zu seinem Handy und zeigt Lukas ein paar Fotos. Ein zufriedenes Nicken und ein angetanes Lächeln sagen mehr als tausend Worte.

Er gibt der jungen Frau ein großzügiges Trinkgeld für die Vermittlung und folgt dem Fremden in seinem gemieteten Kleinwagen.

Angekommen irgendwo im Nirgendwo an dem unscheinbaren Häuschen, mitten im Wald und mit einer wunderbaren Aussicht, sind die Formalitäten schnell erledigt, wobei diese nicht viel mehr wie ein kräftiger Händedruck und der Wechsel von Bargeld sind. Lukas ist äußerst großzügig, da wird kein Wert auf Personalien und Schriftkram gelegt.

»Ja, es ist perfekt!«

Nachdem sein Vermieter aufgrund der überaus großzügigen Bezahlung mit einem breiten Grinsen davongerauscht ist, sieht sich Lukas um. Seine tief blauen Augen bekommen wieder diesen dunklen Glanz, denn er hat nur eins im Kopf - hier will er es wieder erleben. Und das wird er, schneller, wie er sich es im Moment vorstellen kann.

35

Die Hütte hat wider Erwarten ein nettes Extra. Einen Keller, der in zwei kleine Räume aufgeteilt ist. Schon fängt seine Fantasie an, Purzelbäume zu schlagen. Schnell packt er seine Sachen aus, kann es kaum erwarten, sein Notebook herauszuholen.

Er beginnt zu schreiben. Und er schreibt, ohne aufzublicken. Seite um Seite. Plötzlich schlägt er kraftvoll den Bildschirm herunter, steht auf und läuft unruhig hin und her. Sein Trieb ist so stark, seine Worte sind so intensiv zusammengefügt, als ob er es bereits erlebt hätte. Er blickt auf die Uhr und hat nicht bemerkt, dass es bereits 04.00 Uhr morgens ist. Aufgewühlt von dem Geschriebenen fällt es ihm schwer, Schlaf zu finden. Unruhig wälzt er sich hin und her. Irgendwann gegen Mittag wacht er schweißgebadet auf.

Magenkrämpfe schütteln ihn. Gegessen hat er nichts und der hochprozentige Whisky letzte Nacht, hat seinem Magen ebenfalls zugesetzt. Beim Blick in den Kühlschrank fällt ihm auf, dass er vergessen hat, im Supermarkt vorbeizufahren. Selbst der Whisky vom Flughafen hat sich letzte Nacht stark dezimiert und hält sicher nicht den nächsten zwei Wochen stand. Ausgehungert jeglicher Art fährt Lukas in den kleinen Supermarkt, der direkt neben dem Touristikbüro ist. Vollbepackt verlässt er den Supermarkt, geht zu seinem Leihwagen. So kann er wenigstens diesen Hunger stillen.

Dabei bemerkt er die junge Frau nicht, die er gedankenversunken anrempelt. Sie schimpft auf Portugiesisch los und Lukas steht lachend vor ihr und versucht sich zu entschuldigen. Sein bezauberndes Lächeln und diese tief blauen Augen lassen den kleinen, wild schimpfenden, portugiesischen Spatzen schnell ruhig werden.

»Entschuldigen Sie, sorry, ich habe nicht aufgepasst.«

Sie blickt ihn an, wird sogar ein wenig rot und spricht in gebrochenem Deutsch.

»Äh, nischt schliem.«

Sie dreht sich um und geht. Lukas hat es gesehen, sie soll die nächste Hauptfigur in seinem neuen Buch werden. Dieser kleine, schimpfende Spatz wird seinen Hunger stillen. Ohne lange zu überlegen, läuft er ihr hinterher.

»Warten Sie, ich möchte Sie nicht einfach so gehen lassen, schließlich habe ich Sie ziemlich unsanft geschubst. Übrigens, ich heiße Lukas.«

Dabei setzt er sein charmantestes Lächeln auf, dem Keine widerstehen kann.

»Äh, issch, ich hab nich viel Zeit.«

Lukas bittet sie, kurz zu warten und berührt dabei sanft ihre Hand. Ihr Lächeln sagt ihm, dass sie nicht nein sagen wird. Oscarverdächtig charmant entschuldigt er sich nochmals und bittet den kleinen Spatzen, mit ihm eine Tasse Kaffee zu trinken. Etwas verschüchtert sagt sie ja, greift nach ihrem Rucksack und folgt dem attraktiven Mann.

»Mein Name is Lucinda.«

In einem kleinen Straßencafé setzen sie sich und Lucinda erzählt, dass sie heute Abend zu ihren Eltern fahren will und nur noch etwas zum Knabbern für die lange Busfahrt gekauft hat. Lukas ist ganz angetan von Lucinda und bittet sie, doch mit ihm am Abend zum Essen zu gehen. Lucinda überlegt. Ihr Bus fährt eigentlich um 19.00 Uhr, der nächste 23.30 Uhr. Ihre Eltern warten nicht auf sie, es soll ja eine Überraschung sein. Doch sollte sie diesem Lukas vertrauen? Sie blickt ihm in seine wunderschönen, warmen Augen. Lucinda sagt ja.

»Danke, Lucinda. Halbsieben hier, ich freu mich auf dich, süße, kleine Lucinda.«

Lucinda schenkt Lukas ein Lächeln und geht zurück in ihre kleine Wohnung gleich um die Ecke, hinter dem Café, sie möchte besonders hübsch für den attraktiven, fremden Lukas sein. Am liebsten würde sie gleich ihre Freundin anrufen, doch Lucinda legt den Hörer wieder zur Seite. Ihre Freundin würde ihr es sicher ausreden, ihr absurde Horrorgeschichten von verbrecherischen Fremden erzählen und ihr ein schlechtes Gewissen einreden wollen. Schnell huscht Lucinda unter die Dusche. Sie lächelt und fühlt Schmetterlinge im Bauch.

Lukas ist überwältigt von dieser unerwarteten Begegnung.

Das Schicksal meint es gut mit mir. So schnell und ohne einen Plan zu haben. Perfekt.

Er freut sich auf diesen Abend, aber anders als Lucinda vielleicht denkt. Eilig fährt er zu seiner Hütte, macht vorher noch in einem Baumarkt halt. Er will vorbereitet sein und die Zeit ist knapp.

»Ein wundervoller Abend. Ich bring dich noch zum Bus.«

Lukas hat alles perfekt geplant, sie ist ihm willenlos verfallen. Er reicht Lucinda noch eine Rose und gibt ihr dazu einen Abschiedskuss, dabei flüstert er ihr ins Ohr.

»Oder möchtest du noch mit zu mir kommen? Fahr erst morgen, bitte.«

Lucinda muss nicht lange überlegen, so ein charmanter, großzügiger und aufregender Mann. Sie haucht ihm ein verlegenes „Sim" entgegen. Er verstaut ihre kleine Reisetasche, die sie für die Fahrt zu ihren Eltern bereits mitgenommen hat, um keine Sekunde mit ihm zu verschenken, im Kleinwagen und fährt mit ihr in ihr Verderben.

So schnell wird dich sicher niemand vermissen.

Er grinst auf der Fahrt zurück und der Glanz in seinen Augen ist dunkler als je zuvor. Vor der Hütte angekommen, zieht Lukas Lucinda zu sich heran, umarmt sie und küsst sie innig unter dem klaren Sternenhimmel, der zum Greifen nah scheint. Keine fünf Minuten später liegt er mit Lucinda im Bett. Ihr nackter, aufregender Körper lässt ihn träumen. Er verwöhnt und sie genießt es stöhnend. Für ihn allerdings nicht mehr wie ein notwendiges Vorspiel. Denn was er will, ist etwas ganz anderes. Erschöpft schläft sie mit einem Lächeln in seinen Armen ein. Lukas ist unruhig, nervös, voller Vorfreude. Vorsichtig befreit er sich aus ihrer Umarmung und steht auf.

Lukas betrachtet Lucinda aus Portugal ganz genau. Inzwischen hat er sich einen großen Schluck Whisky gegönnt. Sie ist Caroline aus Holland sehr ähnlich, dabei leckt er sich mit der Zunge genüsslich über die Lippen, nicht nur, um keinen Tropfen des Whiskys zu verschwenden. Die ersten Sonnenstrahlen blitzen durch das kleine Fenster. Lucinda räkelt sich. Sie öffnet die Augen und noch bevor sie ihm ein guten Morgen schenken kann, wirft er sich auf sie. Er hat die ganze Zeit auf diesen Moment gewartet. Er stand einfach nur da, bewaffnet mit einem Stück Klebeband, das er ihr jetzt über den Mund klebt, noch bevor sie begreift, was da gerade passiert. Ihr fragender, ängstlicher, erstarrter Blick - ja, den wollte er sehen und er sieht ihn jetzt. Während sie sich mit aller Kraft versucht zu wehren, sitzt er auf ihrem nackten Körper und die Kabelbinder aus dem Baumarkt umschlingen ihre Handgelenke und die Streben des Bettes. Sie hat keine Chance. Mit unbändiger Kraft drückt er ihre wild zappelnden Beine auseinander. Fassungslos lässt Lucinda die Schmerzen über sich ergehen, hofft, es bald überstanden zu haben. Er lässt von ihr ab, steht auf. Lucinda schlägt schützend die Beine übereinander. Da dreht er sich zu ihr um.

»Das war nur der Anfang!«

Kräftig schlägt er ihr ins Gesicht. Ihre Schreie dringen nicht durch ihren zugeklebten Mund, doch die Tränen laufen über ihre Wangen. Es brennt höllisch. Er dreht sich mit einem hämischen Lachen um und geht. Mit weit aufgerissenen Augen und brennenden Schmerzen, die Hände gefesselt und nackt bleibt Lucinda zurück. Stundenlang starrt sie auf die Tür, hofft, dass er einfach verschwunden ist und niemals zurückkehrt. Erschöpft schläft sie für wenige Augenblicke ein.

»Steh auf du Schlampe!«

Lucinda erstarrt, er ist wieder da, hat ihr bereits die Kabelbinder durchgeschnitten und zerrt sie an den Armen herunter vom Bett, durch das kleine Häuschen. Nackt und hilflos versucht sie irgendwie auf die Beine zu kommen, um nicht noch mehr Schmerzen erleiden zu müssen.

Er schleift sie hinter sich her in den Keller, in den hinteren Raum, wirft sie auf den kalten, feuchten Boden. Dann kniet er sich vor Lucinda, die sich wie ein Baby schutzsuchend zusammengerollt hat. Er beginnt sie abzulecken. Voller Ekel dreht sich Lucinda weg und spürt einen kräftigen Schlag im Gesicht, der sie bewusstlos werden lässt. Sie weiß nicht wie lange. Unendliche Schmerzen holen sie aus der Bewusstlosigkeit.

Lucinda liegt nicht mehr auf dem Boden. Sie kann sich kaum einen Zentimeter bewegen. Ihre Handgelenke sind zusammengeschnürt, mit ausgestreckten Armen hängt sie an der Kellerdecke. Um ihre Fußgelenke schnüren sich ebenfalls Fesseln tief in die Haut. Bei jeder Bewegung dringen sie tiefer ein. Nur mit den Zehenspitzen kann sie den Boden berühren. Er hat ihre Beine weit auseinander am Boden festgesurrt. Ihre Arme kribbeln, das Blut schafft es kaum noch, bis in die

Fingerspitzen vorzudringen. Es ist stockfinster. Ihr Mund zugeklebt und die Tränen brennen wie Feuer auf ihren Wunden.

Sie friert, zittert vor Angst und Kälte. Jeder Versuch, sich aus diesen Fesseln zu befreien, scheitert und bringt ihr neue, unerträglichere Schmerzen.

Die Tür öffnet sich. Das Monster namens Lukas steht wieder da. Ein riesiger Schatten im Türrahmen, die dürftige Beleuchtung aus dem Nebenraum lässt keinen Blick in sein perverses Gesicht zu. Er kommt näher, reißt ihr das Klebeband vom Mund. Lucinda schreit auf. Dann geht er um Lucinda herum und betrachtet voller Gier sein Werk. Sie bettelt und fleht. Doch er hört es nicht. Dann verharrt er hinter Lucinda minutenlang. Ihr Körper bebt vor Angst, sie will diesem Mistkerl ins Gesicht sehen. Doch noch bevor sie denken kann, wirft er ihr einen Leinensack über den Kopf, der ihr kaum Luft zum Atmen lässt. Sie spürt seine Hände auf ihrem Körper, fühlt seinen Atem auf ihrer Haut. Er lässt von ihr ab, sie atmet durch. Doch noch bevor sie ein zweites Mal tief durchatmen kann, zerreißt ein durchdringender Schrei die Einsamkeit. Ein zweiter und dritter folgen. Danach spürt sie wieder seine Zunge, die ihr das Blut vom Rücken leckt.

Er peitscht sie. Ein Rohrstock, der mit jedem Schlag tiefere Wunden verursacht. Besinnungslos schlägt er zu. Jeden Schlag spürt sie wie tausend Messerstiche. Lucinda aus Portugal, sie wird die neue Hauptperson in seinem Buch. Minuten oder

Stunden vergehen, Lucinda weiß nicht, wie lange er bei ihr war. Er hat ihre Arme losgebunden. Sie liegt auf dem Boden, den Sack noch über dem Kopf. Ihr fehlt die Kraft, ihn sich vom Kopf zu reißen. Ihre Beine sind noch gefesselt. Lucinda will nur noch sterben. Ihr Körper ist nicht mehr, wie eine einzige große Wunde.

Lukas sitzt vor der Hütte und schreibt. Es ist Abend und die Finger fliegen nur so über die Tastatur. Kein Gedanke an den Menschen Lucinda, nur an das Objekt Lucinda. Er schreibt das Erlebte detailgenau auf. Er erlebt jede einzelne Minute mit jedem Buchstaben, jedem Wort nochmal. Dieser erste Schlag, der sie erstarren und schreien ließ.

Ein Rinnsal aus Blut, den er genüsslich abgeschleckt hat. Dabei leckt er sich wieder über die Lippen, um vielleicht beim Gedanken daran noch einen köstlichen Tropfen zu erwischen. Wie sie sich versucht hat zu krümmen, als er ihren Bauch kräftig mit dem Stock drangsalierte. Oh, und als er sie dann losband, sie so vor ihm lag, wie sich sein Körper auf ihrem blutenden Leib rieb. Ein widerliches Grinsen lässt sein sonst so angenehmes Äußeres zu einer abartigen Fratze werden.

Er schreibt und schreibt, bis Whisky und Müdigkeit ihn einfach auf dem Stuhl vor der Hütte einschlafen lassen. Sein Grunzen und Schnarchen strahlt so viel Zufriedenheit aus.

Im Morgengrauen wird er wach und geht zufrieden ins Bett, verschläft den halben Tag. Nach einer kräftigen Mahlzeit fühlt er sich fit. Lucinda aus Portugal soll schließlich nicht zu lange auf sein ersehntes Finale warten. Er trinkt nicht so viel, gerade so viel, um vernünftig in Stimmung zu kommen. Diesmal möchte er auch dabei sein, nicht wie bei Caroline, als er erst am nächsten Morgen lesen konnte, was er tatsächlich in der Nacht zuvor erleben durfte.

Auch wenn nach und nach die Erinnerungen zurückgekommen sind, diesmal will er es real erleben. Ihre Schreie, den Schmerz, die Jagd und das Ende.

Nackt und erbärmlich zitternd vor Schmerzen, Angst und Kälte liegt sie gefesselt auf dem Boden. Und er treibt sein perverses Spiel mit der Wehrlosen. Schlägt auf alte Wunden, fügt ihr neue hinzu. Dann löst er ihre Fesseln, reißt ihr den Leinensack vom Kopf, starrt angeregt in ihre Augen und geht. Die Tür lässt er einen Spalt offen, sie soll ruhig sehen, dass der Weg frei ist. Lukas wartet im Dunklen vor der Hütte. Mit heftigem Blitz und Donner rollt ein Unwetter heran.

»Perfekt!«

Lukas kann es kaum erwarten, bis das wehrlose, geschundene Ding den Weg in die Freiheit sucht.

Du dreckiges Miststück lässt dir verdammt nochmal ziemlich viel Zeit. Das wirst du büßen müssen.

Lukas reißt langsam der Geduldsfaden.

Warum kommt dieses kleine Miststück nicht?

Die Vorfreude auf ihr nahendes Ende und auf das, was er gleich mit ihr anstellen wird, lässt ihn fast durchdrehen. Doch jetzt lässt sie Lukas im Regen stehen. So hatte er sich das nicht vorgestellt. Ein paar Stufen aus dem Keller nach oben, ein kurzer Weg, der ihr wieder Hoffnung geben soll.

He, jetzt komm schon, so schwer ist das nicht!

Er will endlich jagen, seine Beute erlegen und die erfolgreiche Jagd mit einer letzten köstlichen Mahlzeit krönen.

Doch dann hört er plötzlich leise Schritte. Lucinda hat es geschafft, das Adrenalin und die Zuversicht, ihm entkommen zu können, haben ihr Kraft gegeben. Unendlicher Überlebenswille lässt sie die Tür aufreißen. Es regnet, nur ein paar aufleuchtende Blitze zeigen ihr den hoffentlich richtigen Weg. Nackt rennt sie in die Nacht. Mit einem Arm schützt sie ihre entblößten Brüste. Sie spürt die Steine und Äste unter ihren Füßen nicht. Lucinda rennt um ihr Leben, fällt hin, steht wieder auf und rennt weiter. Erschrocken dreht sie sich um. War da was, hat sie etwas gehört? Nein, er schläft sicher seinen Rausch aus. Sein Atem roch widerlich nach Alkohol. Lucinda rennt und plötzlich...

»Lucinda, ich komme!«

Lucinda schreit auf, rennt, ihre Füße bluten, der Regen prasselt auf sie nieder. Sie rennt gegen Zweige, die zu tief herabhängen und in der Dunkelheit nicht zu sehen sind. Sie rennt und rennt. Plötzlich wird sie jäh ausgebremst. Mit voller Wucht prallt sie gegen etwas. Sie prallt gegen ihn.

Lukas hat sie überholt, sich einfach vor sie gestellt. Lucinda bricht zusammen, möchte auf allen Vieren vor ihm davonkriechen. Er hält sie am rechten Bein fest. Sie tritt ihm mit dem linken Fuß mit voller Wucht weit unter den Bauchnabel. Erschrocken und schmerzerfüllt lässt er von ihr ab. Sie kann entkommen. Doch nicht weit.

Er wirft sich mit seinem ganzen Gewicht von hinten auf sie. Lucinda hat keine Chance, bricht unter seinem Gewicht zusammen und landet mit dem Gesicht voran auf dem aufgeweichten Waldboden.

Wutendbrand, doch sicher, die Jagd gewonnen zu haben, macht er sich über seine Beute her. Es gefällt ihm, dass sie sich wehrt. Er fesselt ihre Hände hinter dem Rücken. Reißt ihren Kopf am Haar weit nach hinten und greift nach dem Messer, das sich hinten in seinem Gürtel befindet. Der finale Schnitt.

»Nein, du Miststück, du kleine Schlampe. Nein! Ich werde mir Zeit nehmen.«

Er dreht sie um. Lucinda starrt ihn an. Er sitzt auf ihr, hält ihr Mund und Nase mit der einen Hand zu, mit der anderen beginnt er langsam, ihren Körper aufzuschlitzen. Er spürt ihre Schreie, die jedoch durch den festen Druck auf ihren Mund nicht zu hören sind. Doch es interessiert ihn nicht. Er will jetzt ein letztes Mal in ihren Körper eindringen, mit unendlicher Gewalt. Dabei schlürft er ihr Blut aus der offenen Wunde und voller Gier beißt er ihr einen Fetzen Fleisch aus dem Körper. Lucinda liegt still da, kein Schrei, kein Zittern. Sie ist bewusstlos. Der Schmerz war zu groß, ihr Körper schützt sie ein letztes Mal. Und er beißt wieder zu, fetzt ihr ein weiteres Stück aus dem Körper während er mit einem furchteinflößenden, befreienden Schrei kommt. Dann dreht er sie um, fühlt ihren Puls.

Er ist sehr schwach, doch sie lebt. Dann zerrt er ihren Kopf am Haar nach hinten und befreit sie mit einem letzten Schnitt von ihrem Leid. Das Blut spritzt pulsierend aus ihrem Hals und er bedient sich daran, trinkt voller Leidenschaft und reißt Fleischfetzen aus ihrem noch warmen Körper wie ein wildes Tier.

Als er fertig ist, verscharrt er Lucinda in der Abgeschiedenheit von Portugal und geht befriedigt zurück durch den strömenden Regen zu der Hütte. Das Unwetter tobt weiter, durchnässt kommt er in der Hütte an, legt sich hin, schläft befriedigt ein und träumt von seiner perversen Jagd.

Zehn Tage später reist er ab. Ihre Überreste verwesen irgendwo im Nirgendwo von Portugal. Sicher haben Maden, allerlei Ungeziefer und das eine oder andere ausgehungerte, wilde Tier ihren Hunger an Lucinda gestillt. Doch ihm ist das egal. Es geht ihm gut. Er fühlt sich befreit. Diesen wunderbaren Geschmack wird er nicht so schnell vergessen. Ein kleines Souvenir hatte er sich von seiner Beute noch mitgenommen und zwei Tage später köstlich zubereitet, gut gewürzt und mit geschlossenen Augen, das Bild von der Jagd vor sich, genossen. Lucinda aus Portugal ist Vergangenheit, nur in seinen Buchstaben wird sie ewig weiterleben, so wie Caroline aus Holland. Wer wird die nächste sein? Seine Augen beginnen finster zu glänzen, wenn er an die Vergangenheit denkt und noch finsterer, da er weiß, die Zukunft wird ihn wieder zum Jäger machen.

Kapitel 5

Sein Buch mit Lucinda aus Holland in der Hauptrolle wurde wieder ein Bestseller. Und ab und zu hat er tatsächlich überlegt, ob er preisgibt, wer hinter seinem Pseudonym steckt. Doch noch ist es nicht an der Zeit. Er ist Lukas Bick, der wunderbare Liebesromanautor, mit den schönsten Happyends, den romantischsten Geschichten, die von Liebe, Lust und Leidenschaft erzählen und immer glückliche, meist weibliche Leserinnen zu Tränen rühren. Mit jedem seiner Romane kommen neue, faszinierte Leser jeden Alters hinzu. Sie sehen in Lukas den Traumprinzen, den perfekten Mann, Schwiegersohn, Romantiker. Bei jeder Buchlesung wird er angehimmelt und natürlich zeigt er seine nette, charmante Seite. Doch das ist er nicht. Er ist ein Jäger, ein Raubtier, das es kaum erwarten kann, mit seiner Beute zu spielen, um sie dann zu töten und zu zerfetzen. Das ist sein wahres Ich.

Anna, die Zukunft, die Gegenwart und schon bald Vergangenheit. Fünf Jahre sind es nach seinem ersten Mal her, zwei Jahre nach der Fortsetzung. Und dann kam Anna. Wieder war es ein Treffen vor einem Supermarkt, doch diesmal war es Berechnung, was in Portugal funktioniert, kann in Deutschland nicht falsch sein, dachte er sich. Aus der Ferne hatte er Anna bereits beobachtet und schnell war ihm klar, sie ist die Nächste. Sein charmantes Auftreten faszinierte Anna und sie verliebte sich unsterblich. Als er sie dann noch in dieses kleine Hotel entführte, wusste Anna, er ist der Richtige. Anna war hin und weg, überglücklich, mit ihm einen romantischen Urlaub zu verbringen.

Dieses süße, kleine, unscheinbare Hotel. Während einer seiner Schreibblockaden nach Caroline aus Holland und Lucinda aus Portugal hatte er sich in die Alpen zurückgezogen und bei einer Wanderung dieses Hotel entdeckt, verwildert und mit einem großen Schild „Zwangsversteigerung am 05.05.2013".

Vor dem Haus ein uralter Opel und ein älteres Ehepaar, das ein paar Kartons mühevoll in den viel zu kleinen Kofferraum stopft.

»Entschuldigung.«

Lukas hat eine Idee und seine Augen bekommen wieder diesen dunklen Glanz.

»Ähm, können Sie mir vielleicht sagen, wem dieses Hotel gehört?«

Das ältere Ehepaar sieht sich fragend an.

»Zwei Wochen gehört es noch uns, dann wird es wohl einem Abrissbagger zum Opfer fallen.«

Sie drehen sich weg und stopfen weiter ihre Habseligkeiten in den Opel.

»Darf ich mir vielleicht ihr kleines Schmuckstück einmal ansehen? Und warum wollen Sie überhaupt verkaufen?«

Die Frau tritt näher.

»Wollen?!«

Ihre Stimme klingt genervt und traurig zugleich.

»Junger Mann, Sie wohnen sicher auch unten in der Stadt. Hierher will sich niemand mehr verirren! Pleite sind wir! Und jetzt stehen wir vor dem Nichts und einem riesigen Haufen Schulden. Sechs Jahre haben wir gekämpft um jeden Gast. Alle wollten wiederkommen. Tsss... keiner kam je zurück. Zu abgelegen, zu..., ach was weiß ich!«

Tränen fließen ihr übers Gesicht und schnell eilt ihr Mann dazu, nimmt sie in den Arm.

»Wissen Sie was das Schlimmste ist. Wir wissen noch nicht einmal wohin. Wir haben keine Kinder, kein Geld und keine Hoffnung. Wir sollten vielleicht nicht nur dieses Hotel, sondern gleich diese Welt verlassen.«

Mit seiner Frau im Arm, dreht er sich um und hilft ihr in den Opel.

»Bitte, ich würde mir wirklich gern dieses Hotel ansehen. Es tut mir echt leid, dass es für sie gerade nicht so gut läuft. Das wird schon wieder.«

Mit tränenerfüllter, zittriger Stimme springt die Frau aus dem Opel.

»Sie sind ein Depp, ein Scherzbold. Nichts wird gut für uns, wir haben alles verloren! Aber bitte, hier, nehmen Sie und sehen Sie sich um!«

Sie wirft ihm einen Schlüssel hin, steigt wieder in den Opel und bricht unter Tränen zusammen. Ihr Gesicht vergräbt sich tief in ihren Händen und ihr Mann hat Mühe, sie zu beruhigen. Lukas ist über so viel Verzweiflung tatsächlich erschrocken, doch er bückt sich, greift nach dem Schlüssel und geht in das Hotel. Der Zustand ist gar nicht so schlecht. Gut, es müsste alles renoviert werden, doch die Substanz ist ganz okay und die große Terrasse mit dem einzigartigen Ausblick gefällt Lukas. Er wollte schon lange investieren, doch alles, was ihm angeboten wurde, entsprach bei weitem nicht seinen Vorstellungen. Dann entdeckt er eine Treppe, die in den Keller führt.

»Fantastisch. Wer hätte das gedacht.«

Lukas steht vor einem relativ großen Schwimmbecken, das natürlich leer ist, der ganze Bereich sieht etwas vernachlässigt aus, im Gegensatz zum Rest des Hotels, dass zwar im Glanz der Siebziger erstrahlt, aber sauber und gepflegt ist. Er hat sich entschieden. Er will dieses Hotel, er will investieren. Als Lukas das Hotel verlässt, sitzen die zwei Leutchen noch immer im Opel. Schnell gibt er ihnen den Schlüssel zurück.

»Man sieht sich immer zwei Mal im Leben, bis dann.«

Er dreht sich um, geht zügig zurück in sein Hotel. Er hat einen Plan. Er will, nein er muss dieses Hotel haben, möglichst noch vor der Zwangsversteigerung in zwei Wochen, Lukas möchte kein Risiko eingehen und eventuelle Mitinteressenten vor dem Termin aus dem Weg räumen.

Und tatsächlich, er hat sich mit der Bank geeinigt, fast zum Schnäppchenpreis. Lukas ist jetzt Besitzer eines eigenen Hotels. Mit dieser Nachricht überrascht er das ältere Ehepaar, namens Resi und Karl, die mehr recht als schlecht inzwischen auf einem Campingplatz in der Nähe in einem heruntergekommenen

Wohnwagen hausen. Erschrocken blickt das alte Ehepaar Lukas an, als er urplötzlich vor ihrer Behausung steht.

»Ich habe Ihnen doch gesagt, dass man sich immer zwei Mal im Leben begegnet.«

Schmunzelnd und zwinkernd bittet er darum, hereinkommen zu dürfen. Etwas widerwillig und sich für diese Behausung schämend, winken sie Lukas herein, bieten ihm etwas zu trinken an und setzen sich gespannt zu ihm hin.

»Ich habe das Hotel gekauft, die Bauarbeiten beginnen in Kürze. Doch ich habe Sie nicht vergessen. Sie haben mir schließlich erlaubt, mir dieses kleine Schätzchen anzusehen. Ich möchte Ihnen einen Vorschlag machen.«

Lukas legt Resi und Karl ein Schriftstück hin, bittet sie, es sich genau durchzulesen.

»Eine Bedingung hätte ich. Sie müssten sich sofort entscheiden. Ich gebe Ihnen zehn Minuten.«

Lukas steht auf, dreht sich um und verlässt den Raum. Verdutzt, erschrocken und komplett verunsichert sehen sich Resi und Karl an. Sie verstehen nicht, was da soeben geschehen ist. Sollten sie tatsächlich Glück im Unglück haben? Dann greifen sie zu dem Blatt Papier und beginnen zu lesen, Zeile für Zeile. Irgendwie haben sie das Gefühl, dass ihr Retter und Wohltäter niemand anderes als der Teufel höchstpersönlich ist. Zwei gottesfürchtige Menschen, die regelmäßig in die Kirche gegangen sind, so viel Kraft durch ihren Glauben gewonnen haben.

Und jetzt sitzt wahrscheinlich der Teufel höchstpersönlich vor ihnen und macht ein Angebot, dass sie natürlich ablehnen müssten. Doch Resi und Karl nehmen sich an die Hand, sehen sich tief in die Augen. Ihre Endscheidung steht fest. Von Gott fühlen sie sich verlassen. Der Teufel schenkt ihnen die Hoffnung, nach der sie sich so lange vergebens gesehnt haben.

»Karl, wir tun es!«

Resi hat ausgesprochen, was Karl gedacht hat. Keine Sekunde später öffnet sich die Tür und Lukas kommt zurück. Lukas bleibt stehen, sieht Resi und Karl tief in die Augen.

»Und?«

Karl greift noch ein wenig fester Resis Hand. Sie blicken sich an.

»Wir unterschreiben!«

»Euch ist bewusst welche Konsequenzen es hat, wenn ihr gegen diesen Vertrag verstoßt!«

Resi und Karl nicken nur. Lukas legt ihnen einen vergoldeten Kugelschreiber hin. Mit zitternden Händen unterschreibt zuerst Karl und dann Resi, ohne wirklich zu wissen, was von ihnen erwartet wird. Aber es ist eine Chance, nach welcher sie in den letzten Monaten gesucht haben und Lukas gibt sie ihnen.

Lukas beauftrage eine Baufirma, um das Hotel grob instand zu setzen, er wollte den alten Charme der siebziger Jahre behalten. Vorerst zumindest. Nur der Wellness-Bereich bekommt eine Grundsanierung. Denn in den letzten Jahren wurde dieser nie benutzt.

Ob die Zwei jemals da unten waren?

Lukas lacht und betrachtet den neu erstrahlten Wellness-Bereich. Endabnahme, der Architekt ist zufrieden und Lukas sowieso.

»Ich möchte Ihnen etwas zeigen. Wir haben da etwas entdeckt.«

Der Architekt deutet auf die hinterste Ecke.

»Da hinten ist eine Tür. Vielleicht finden sie noch irgendwo einen Schlüssel, der passt. Wer weiß, vielleicht ist eine Schatzkammer dahinter versteckt.«

Mit einem breiten Lachen deutet der Architekt mit dem Finger zur Tür. Lukas hat tatsächlich diese Tür noch nicht gesehen. Eine Trockenbauwand, die während der Sanierung abgerissen wurde, verbarg diese Tür. Er muss unbedingt herausfinden was sich dahinter befindet.

»Eine Schatzkammer wäre gar nicht so schlecht.«

Lachend geht Lukas zurück nach oben. Der Umbau hat mehr gekostet wie erwartet, doch finanziell steht er nach wie vor gut da. Er wird bereits erwartet.

»Danke, vielen Dank, Sie werden es sicher niemals bereuen Herr Bick.«

Das ältere Ehepaar steht vor Lukas und diesmal sind es Tränen vor Glück und Dankbarkeit.

»Das war das mindeste was ich tun konnte und bitte, nennen Sie mich Lukas. Darf ich Resi und Karl sagen?«

Ohne lange zu zögern, nicken sie. Lukas hat sie zurückgeholt, die Vorbesitzer namens Resi und Karl. Den alten Opel hat er verschrotten lassen, ihnen dafür einen flotten und vor allem sicheren Kleinwagen spendiert und sie gebeten, das Hotel weiterzuführen. Ihre kleine Wohnung ist ebenfalls frisch renoviert und gehört den beiden auf Lebenszeit. Lukas hat Resi und Karl die Möglichkeit gegeben, diesen Vertrag zu unterzeichnen und ihr Leben grundlegend zu ändern. Er hat in diese leeren, verzweifelten, hoffnungslosen Augen geblickt und zwei ältere Menschen gesehen, die vor dem Nichts stehen und freiwillig aus dem Leben gehen wollten. Der Vertrag war ihre Chance. Heute ist der Tag, wo sie noch immer fassungslos, aber mehr als glücklich, zurückgekommen sind. Während der Bauarbeiten hat sie Lukas in einer Ferienwohnung untergebracht.

»Herr Bick, äh Lukas. Ist es tatsächlich wahr? Kein Traum? Wir sind Ihnen, dir zu ewigem Dank verpflichtet. Wir werden alles tun...«

Lukas legt beruhigend seine Hand auf Resis Schulter.

»Schon gut. Ich muss mich bedanken, dass ihr mein Angebot angenommen habt. So oft werde ich nicht hier sein können und ich brauch jemanden, auf den ich mich zu hundert Prozent verlassen kann. Also habe ich zu danken. Und jetzt – Willkommen zu Hause.«

Resi kullern die Freudentränen übers Gesicht.

»Wenn du irgendeinen Wunsch hast Lukas, egal was es ist. Wir sind da für dich.«

Lukas nickt dankend. Es war die richtige Entscheidung, Resi und Karl zurückzuholen.

»Oh, Resi oder Karl, da fällt mir etwas ein. Der Architekt hat mir im Wellness-Bereich gerade eine Tür gezeigt. Habt ihr irgendwo noch einen Schlüssel dafür oder wisst ihr, was sich dahinter verbirgt.«

Resi sieht Karl fragend an. Schulterzuckend müssen sie gestehen, dass sie selten unten waren, von einem weiteren Raum wissen sie nichts. Doch Karl fällt plötzlich ein, dass er noch einen alten Schuhkarton mit Schlüsseln, die er nie zuordnen konnte, im Schuppen hat. Augenblicklich rennt er eilig los, um die Schachtel zu holen. Wenige Minuten später ist Karl, ein wenig außer Puste und mit einem klimpernden, klappernden Karton, zurück.

»Soll ich probieren, ob einer davon passt?«

Lukas nimmt Karl den alten Schuhkarton ab.

»Ihr zwei kommt jetzt erst einmal wieder an, genießt noch ein paar Tage Ruhe, nächste Woche kommen die ersten Gäste. Ach, und bitte, lasst Zimmer Dreiundzwanzig immer für mich frei. Es gefällt mir. Ich werde zwar nicht so oft herkommen, doch manchmal bin ich sehr spontan.«

Lukas lacht und geht mit dem Schuhkarton voller Schlüssel in sein Zimmer Dreiundzwanzig, setzt sich auf den Balkon und genießt den Ausblick als Hoteleigentümer. Er wird das erste

Mal hier schlafen, ist gespannt, was er träumt, er träumt ja nie, doch wie heißt es so schön. Was man in der ersten Nacht im eigenen Heim träumt, wird wahr werden. Lukas lacht, an solchen Unsinn glaubt er nicht, so etwas kommt höchstens in seinen Kitschromanen vor. Ein, zwei oder drei Gläschen Wein und Lukas hüpft ins Bett in Zimmer Dreiundzwanzig.

Es ist dunkel und kalt, ein Sack über ihrem Kopf. Er schleift sie durch einen langen Gang und tut endlich, wonach er sich so lange gesehnt hat. Gefesselt und ihm ausgeliefert liegt sie schreiend bereit für ihn auf seinem Altar, bereit, um für ihn geopfert zu werden.

»Bist du bereit? Jetzt gehörst du mir. Bis in alle Ewigkeit.«

Lukas setzt das funkelnde Messer an ihre rechte Halsseite. Langsam drückt er die Klinge tief in ihre Haut. Plötzlich schreckt er auf. Es war ein Traum. Er hat geträumt und zu gern hätte er weiter geträumt.

Schade.

Sein dunkles Grinsen ist wieder da. Sein Blick fällt auf den Schuhkarton. Schnell genießt er eine Dusche. In der voll ausgestatteten, aber noch nicht wieder benutzten Hotelküche schaltet er den Wasserkocher an und macht sich einen eher ungenießbaren Pulverkaffee. Lukas ist neugierig. Als seine Lebensgeister so halbwegs aktiv sind, holt er den Schuhkarton mit dem Schlüsselsammelsurium und geht durch den Wellness-Bereich. Für die sehr gelungene Wohlfühloase fehlt ihm der Blick. Lukas will endlich wissen, was mit dieser Tür ist.

Einen Schlüssel nach dem anderen steckt Lukas in das Schloss, keiner scheint der richtige zu sein. Lukas hat es satt, will die Tür einfach eintreten oder einen Schlüsseldienst rufen. Er nimmt den letzten Schlüssel. Er passt. Fast wie von selbst dreht er sich im Schloss um. Mit einem Knarren und Quietschen öffnet sich die Tür. Es ist dunkel. Lukas tastet die Wand nach einem Lichtschalter ab und tatsächlich, er findet den Schalter. Lukas steht in einem Gang, die Glühbirnen flackern mehr oder weniger schwach vor sich hin, bevor einige von ihnen mit einem letzten Zischen den Geist aufgeben. Über Jahre oder gar Jahrzehnte haben Spinnen ihre Netze ungehindert weben können. Wie dichte Nebelschwaden versperren sie Lukas die Sicht. Aber Lukas erkennt ihn wieder.

Es ist der Gang aus seinem Traum. Etwas ungläubig geht er weiter. Mit einer Hand wild vor sich her fuchtelnd, versucht Lukas, dem Spinnwebennebel nicht komplett ausgeliefert zu sein. Eine weitere Treppe führt tiefer ins Erdreich. Dann wieder eine Tür. Natürlich wieder verschlossen. Lukas geht eilig zurück, hebt die auf dem Boden verstreuten Schlüssel auf und geht zurück zu der verschlossenen Tür. Diesmal findet er den Schlüssel schnell. Ein dunkles und feuchtes Loch, mehr nicht. Auch wenn es keine Schatzkammer ist, grinst Lukas.

Es fehlt eben nur noch der richtige Schatz.

Lukas lacht laut auf und sieht ganz neue Möglichkeiten. Er schließt die Tür und geht weiter. Ein wenig überrascht es ihn, dass dieses unterirdische Meisterwerk unentdeckt geblieben ist.

Plötzlich steht er in einem Raum. Genau in der Mitte befindet sich eine Art Opfertisch. Seine Fantasie fährt zur Höchstform auf. Sein Traum, er hat es alles gesehen und kann es kaum erwarten, diese „Räumlichkeiten" entsprechend zu nutzen und seinen persönlichen Altar zu bestücken.

Wegen Resi und Karl macht er sich keine Gedanken, sie werden und müssen ihm aus der Hand fressen. Ein Wink des Schicksals. Hier ist der Ort, an dem seine Träume wieder wahr werden sollen. Er sammelt die unnützen Schlüssel auf und wirft sie lieblos in den Schuhkarton. Die beiden wichtigen verstaut er behutsam in seiner Hosentasche. Diese Schlüssel wird er wie einen kleinen Schatz hüten, bis die Zeit gekommen ist.

Er geht zurück in sein Zimmer Nummer Dreiundzwanzig und beginnt zu schreiben. Und mit jedem Buchstaben, jedem Satz wird sein Verlangen größer, doch er muss sich gedulden. Ein Jahr zuvor hat ihn Lucinda glücklich gemacht. Und er hat es genossen. Doch noch mehr freut er sich darauf, in seinem Hotel, in seinem Verlies, auf seinem Opfertisch die erste Jagdtrophäe zu feiern.

Sein Hotel läuft gut, ist ein Geheimtipp, das letzte Jahr haben sich viele Ruhesuchende immer wieder hier eine Auszeit gegönnt. Lukas war nicht oft da, so wie er es Resi und Karl gesagt hatte. Manchmal kam er einfach spontan und sein

Zimmer Dreiundzwanzig war immer bereit, wurde freigehalten. Für ihren Wohltäter, Arbeitgeber und „Retter in der Not", wie ihn Karl und Resi immer gerne bezeichnen, auch wenn sie diesen Vertrag unterzeichnen mussten. Durch Lukas haben Resi und Karl neuen Lebensmut gewonnen und sind glücklich und sorgenfrei. Nur das zählt.

Jetzt ist Lukas wieder zurück mit Anna, die nicht ahnt, dass es ihr letzter Urlaub werden wird. Diese erste Nacht, sie lag in seinem Armen, nackt, erschöpft von so viel Zärtlichkeiten. Sie hat gelächelt und er betrachtete ihren wunderschönen Körper. Ihr Duft so einzigartig und anregend. Anna wird die Erste sein, die ihn in den versteckten, unterirdischen Gängen glücklich machen wird. Der Gedanke daran lässt seine tief blauen Augen wieder in diesem unheimlich dunklen, gefährlichen Glanz erstrahlen.

Anna, liebste Anna, ich kann es jetzt schon sehen. Du wirst mir wieder zu meinem wahren Ich verhelfen.

So schnell sollte sie damals zwar nicht gefunden werden, aber es war mehr als anregend, sie aus der Ferne noch einmal betrachten zu können. Sein drittes Meisterwerk. Anna war geplant. Schon bei ihrem ersten, unfreiwilligen Zusammenstoßen hatte er nur eins im Sinn. Sie sollte Inspiration sein, sie sollte die Hauptfigur in seinem neuen Buch werden. Sie roch so gut, als er ihr das erste Mal nah war. Ihr Körper perfekt. In jeder einzelnen Nacht mit ihr, hatte er nur diesen einen Gedanken. Wann wird sie ihn endlich richtig glücklich machen? Wenn sie neben ihm nach einer aufregenden Nacht erschöpft schlief, betrachtete er sie stundenlang, malte sich in seinen Gedanken aus, wie es sein wird.

»Bald Anna, bald ist es soweit.«

Oft nahm er das Notebook zur Hand und begann zu schreiben, während er sie so daliegen sah und wünschte sich nichts mehr, wie zu sehen, dass ihr ganzer Körper sich aufbäumt und angsterfüllte Blicke ihn endlich wieder leben lassen. Er sehnt sich nach dieser Befriedigung und danach, dass seine fantasievollen Worte endlich in die Realität umgesetzt werden können. Und es wurde Realität.

Anna, du hast mich sehr glücklich gemacht. Ich werde dich nie vergessen.

Kapitel 6

Wieder ist September, drei Jahre sind vergangen. Anna durchlebt seither jeden Tag diesen Albtraum, jeden Tag versucht sie, endlich aufzuwachen. Viele Gäste hat sie kommen und gehen sehen, doch Anna ist unsichtbar, Luft, nicht existent für jeden einzelnen Gast. Niemand hört Annas verzweifelte Schreie. Keiner beachtet sie. Sie ist eine lebende Tote, dazu verdammt, bis in alle Ewigkeiten in diesem Hotel gefangen zu sein. Sie irrt durch das Hotel, kennt jede noch so versteckte Ecke, hat Dinge gesehen, die sie sich nie im Leben vorstellen konnte. Niemand hat nach ihr gefragt. Manchmal spürt sie die Schmerzen und manchmal ist sie einfach nur leer, sitzt am Fenster und starrt in die für sie unerreichbare Freiheit, in dem Zimmer mit der Nummer Dreiundzwanzig. Hier war sie so glücklich mit dem Mann ihrer Träume. Seither hat kein Gast mehr in diesem Zimmer übernachtet. Anna weiß nicht warum, manchmal hatte sie das Gefühl, das Resi und Karl etwas mit ihrem Tod zu tun haben könnten. Doch das sind Hirngespinste, die Einsamkeit hat Anna dazu verleitet, die wildesten Spekulationen zu tätigen. Doch das Zimmer bleibt unberührt. Nur Resi kommt jede Woche samstags und schwingt den Staubwedel, lüftet durch und schließt schnell hinter sich die Tür wieder. Eine Zeit lang hat Anna versucht, Resi und Karl zu belauschen, doch die beiden haben nie ein Wort über sie verloren oder auch nur ansatzweise etwas gesagt, dass sie verdächtig machen würde.

Plötzlich hört Anna, wie sich der Schlüssel im Schloss dreht.

Heut ist doch nicht Samstag?

Resi kommt herein, bewaffnet mit frischer Bettwäsche und Handtüchern. Sie putzt das Zimmer, das drei Jahre lang unbenutzt war. Resis Augen funkeln. Wahrscheinlich ist sie stolz auf ihr Werk, denkt sich Anna. Nicht ein Staubkorn ist mehr zu sehen, die Fenster sind makellos und das Zimmer riecht frisch. Resi schließt wieder ab und geht. Anna sieht sich um, es sieht aus wie damals, als sie mit Lukas hier war. Die gleiche Bettwäsche, derselbe Duft, sogar der frische Strauß Blumen gleicht dem Strauß von damals, als Anna mit Lukas glücklich dieses Zimmer betrat.

Der Kaffee ist noch nicht ganz ausgetrunken, da kommt die ältere Dame wieder und bittet Sarah, sie zu begleiten. Sarah folgt ihr in die dritte Etage, ohne Aufzug und unter dem Dach. Anna ist unruhig und aufgeregt. Sie hofft noch immer, dass es Lukas ist, der nach viel zu langer Zeit zurückkehrt und sie doch befreien kann. Es dauert nicht lange, da öffnet sich die Tür. Eine junge, hübsche Frau betritt das Zimmer und sieht sich verzückt um.

»Bitte geh wieder! Du solltest nicht hier sein.«

Anna ahnt Schreckliches, hat dieses ungute Gefühl, das diese junge Frau in großer Gefahr ist und möchte sie warnen. Doch ihre Worte sind stumm.

»Sehen Sie sich ruhig um, wenn es ihnen gefällt, können Sie es gern nehmen. Wir warten unten auf Sie.«

Die ältere Dame namens Resi drückt Sarah den Schlüssel in die Hand und geht mit ihrem noch namenlosen Begleiter nach unten. Sarah ist erstaunt. So ein süßes Zimmer, selbst ein geranienverzierter Balkon gehört dazu. Es riecht gut, ist sauber und es ist alles da, was sich Sarah gewünscht hat. Sie geht auf den Balkon und der Blick auf die über den Gipfeln stehende Sonne sagt ihr, hier ist sie richtig. Ein Fernseher der Marke „Uralt-Röhre" steht auf einer Kommode und daneben ein Ventilator, der auch schon bessere Zeiten gesehen hat. Das Bad hat eine Dusche und beige Fliesen. Rustikaler geht es fast nicht. Sarah muss lachen. Es stört sie aber nicht.

Eine Waschschüssel und eine Toilette im Hof wären schlimmer.

Mit einem Lächeln geht sie zur Rezeption, wo die beiden Leutchen schon auf sie warten.

»Also, ich würde gern das Zimmer nehmen. Für eine Woche erst einmal. Ist das möglich?«

Resi setzt ein gekünsteltes Lächeln auf und die Details werden besprochen. Der Preis ist einfach super und Halbpension ist auch noch dabei. Sarah ist glücklich, das Hotel gefunden zu haben. Anna hingegen ist zuversichtlich und froh, dass die Unbekannte so schnell wieder gegangen ist. Sie sollte nicht hier sein. Doch es dauert nicht lange und sie kehrt zurück. Im Schlepptau Karl, so heißt der ältere Herr, der ihren Koffer trägt.

Sie sieht zufrieden aus und lässt sich auf das frisch gemachte Bett fallen.

»Bitte, was suchst du hier? Du musst hier weg. Der Schein trügt. Du bist in Gefahr. Du dummes Ding, es ist nicht richtig, dass du hier bist.«

Anna hat eine böse Vorahnung, will die junge Frau warnen. Doch so sehr sie auch versucht, nach der Frau zu greifen, Anna gelingt es nicht. Sie ist und bleibt unsichtbar. Anna wird Sarah nicht mehr aus den Augen lassen, sie auf Schritt und Tritt verfolgen, soweit es ihr möglich ist. Anna setzt sich ans Fenster und sieht der glücklichen, jungen Frau zu, wie sie auf dem Bett liegt und sich auf ein wenig Entspannung freut. Sarah verstaut ihre Sachen und macht sich etwas frisch. Die Fahrt war lang und es ist heiß. Dann setzt sie sich auf ihren Balkon und sieht der Sonne zu, wie sie langsam hinter den Gipfeln verschwindet.

Zum Glück ist dieser Idiot gegangen. Hierher wäre er niemals mit mir gefahren.

Ihr Ex steht auf Luxus, Wellness und Verwöhnprogramm.

Soll er doch! Kann er mit seiner neuen kleinen Vorzeige-Schlampe machen. Ha, hoffentlich langweilt er sich bald mit ihr.

An die neu gewonnene Freiheit muss sich Sarah noch gewöhnen. Nächtelang hat sie geweint und nachgedacht, was sie nur falsch gemacht hat. Sie hoffte so sehr, dass er zurückkommt. Vier Jahre Beziehung mit vielen schönen Zeiten, doch das letzte Jahr war chaotisch, sie hat gefühlt, dass etwas nicht stimmt. Sarah hat ihm jeden Wunsch von den Augen abgelesen, war da, wenn er sie brauchte, hat sich zurückgezogen, wenn er Abstand wollte. Er war der Mittelpunkt in ihrem Leben. Tagelang hat er sich nicht gemeldet und dann stand er plötzlich wieder vor der Tür als wäre nichts geschehen. Sie hat ihm verziehen, gelächelt und geliebt. Von ihren Zweifeln hat sie ihm nichts mehr gesagt, von ihren wahren Gefühlen, ihrer Einsamkeit sprach sie nie wieder. Sarah hoffte stets, dass er selbst merkt wie schlecht es ihr wirklich geht, er nachfragt, was sie bedrückt. Doch es war ihm vollkommen egal. Seine Blicke waren leer, seine Worte einfach nur so dahingeredet, inhaltslos. Und dann hat er ihre Zweifel bestätigt und ist gegangen.

Dabei wollte sie mit ihm den Rest ihres Lebens verbringen und eine Familie gründen. Selbst Sarahs Eltern und Freunde waren begeistert von diesem Vorzeigepartner, der etwas im Leben erreicht hat. Doch dabei ist er über Leichen gegangen und hat sich nie darum geschert, wie es den Menschen um ihn herum geht. Nur seine Ziele waren wichtig. Ein egoistisches Arschloch vom Allerfeinsten, ein Puppenspieler, der Menschen wie Marionetten benutzt, bis sie nicht mehr gut genug sind. Dabei steckt so viel Gutes in ihm. Wenn er doch nur mehr er selbst gewesen wäre.

Doch das spielt inzwischen keine Rolle mehr, Sarah ist sich sicher, ohne ihn ist sie besser dran, auch wenn sie jetzt erst einmal beziehungsgestört ist und das Vertrauen und den Glauben an die Liebe verloren hat. Er war es, der sie eingeengt hat, er hat ihr alles genommen, was ihr etwas bedeutete. Ihre Bedürfnisse haben in dieser Beziehung nie eine Rolle gespielt. Er hat sie gebrochen und selbst das reichte ihm noch nicht.

Aber jetzt ist Sarah dabei, sich wieder aufzubauen, wieder zu leben. Sie weiß, irgendwann wird der Richtige kommen, der Partner, der Freund, der auch Vertrauter und Geliebter sein wird, einer, der erkennt, was für ein wunderbarer Mensch Sarah ist und einer, der ihr den Halt, das Vertrauen und die Sicherheit gibt, die sie so sehr braucht.

Die Sonne verabschiedet sich mit einem wunderbaren Abendrot und Sarah atmet noch einmal tief ein, bevor sie zum Abendessen geht. Wenn das Essen jetzt auch noch so gut ist, wie das Zimmer und dieser Ausblick, hat sie alles richtig gemacht, dann wird es ihr Traumurlaub, nach welchem sie sich schon so lange gesehnt hat.

Anna folgt Sarah, nachdem sie aufgestanden, sich frisch gemacht und den Sonnenuntergang genossen hat. Die Unbekannte geht zum Essen. Anna steht an der Tür zu der großen Terrasse, hinausgehen kann sie nicht, dieser Weg bleibt ihr versperrt.

Die Tische sind hübsch eingedeckt auf dieser Terrasse mit dem perfekten Postkartenblick, ein frischer Blumenstrauß verziert jeden einzelnen, die Servietten sind akkurat gefaltet und das Besteck liegt 1A da. Nur Gäste sieht Sarah nicht. Komisch findet sie es ein wenig, denn ein paar Autos standen ja auf dem

Parkplatz vor dem Hotel. Sie ist eigentlich schon sehr neugierig, welche Menschen sich so ein Hotel heraussuchen.

Eigentlich schade.

Sarah setzt sich an einen der Tische auf der großzügigen Terrasse. Etwas knurrig und mit einem gekünstelten Lächeln steht Karl plötzlich neben ihr und stellt Sarah einen frischen Salat hin. Sie bedankt sich und beim Blick in seine Augen bemerkt sie einen so dunklen Glanz, ein eiskalter Schauer läuft ihr über den Rücken. Karl dreht sich um und verschwindet ohne ein weiteres Wort. Schon kommt Resi angewackelt, stellt Sarah eine Flasche Rotwein hin und gießt ihr ein.

»Aber, äh, ich habe doch gar keinen Wein bestellt.«

Sarah ist durch Karls Anblick noch etwas geschockt, will nichts Falsches sagen. Doch Resi schenkt ihr ein nettes Lächeln.

»Der gehört bei uns dazu. Unsere Hausmarke und ein Willkommenstrunk. Und – Karl ist manchmal ein starrköpfiger Esel.«

Resi flüstert ihr dies mit einem verschmitzten Zwinkern zu und holt einen übervollen, köstlich riechenden Teller.

»Guten Appetit.«

Sarah läuft das Wasser im Mund beim Anblick des Essens zusammen.

»Dankeschön. Äh, Resi, äh, darf ich etwas fragen?«

»Aber sicher doch Sarah, ich darf doch Sarah zu Ihnen sagen?«

Sarah hat nichts dagegen, es fühlt sich viel vertrauensvoller an und Karl hat ihr doch einen ziemlichen Schrecken verpasst.

»Gerne Resi. Ich bin nur neugierig. Sind außer mir gar keine Gäste hier? Wenn ich Ihnen mit meinem Aufenthalt zu viele Umstände mache, werde ich mir morgen ein anderes Hotel suchen.«

Resi beginnt zu lachen.

»Sarah, Sie machen uns keine Umstände, ganz im Gegenteil. Und, Sie sind nicht unser einziger Gast. Ein paar Gäste sind bereits wieder auf ihren Zimmern und die anderen haben sich heute für eine Bergtour entschieden, sind noch nicht zurück. Spätestens morgen früh beim Frühstück werden Sie sie sehen. Und jetzt essen Sie in Ruhe. Vielleicht taucht der eine oder andere Gast ja noch auf.«

Sarah läuft rot an, diese peinliche Frage hätte sie sich verkneifen sollen. Das Essen ist köstlich, der Salat frisch und der Wein verdammt gut. Sarah gießt sich ein weiteres Glas ein und genießt den Ausblick, obwohl es schon ziemlich dunkel ist. So hat sie es sich immer vorgestellt, nur eben nicht allein. Doch jetzt ist es genau das Richtige für sie. Sarah muss endlich zur Ruhe kommen, Kraft tanken, um sich endlich wieder frei fühlen zu können.

Sie heißt also Sarah. Ein schöner Name. Ich muss es schaffen, ich muss sie warnen. Bitte Sarah, geh wieder.

Nichts Gutes ahnend, beobachtet Anna Sarah die ganze Zeit, doch sie kann hier nichts tun. Sie geht zurück in Zimmer Dreiundzwanzig und wartet dort auf Sarah.

Das dritte Gläschen Hausmarke steigt Sarah langsam in den Kopf. Sie spürt bereits die Wirkung des Alkohols. Außerdem ist sie todmüde und hofft, endlich wieder einmal richtig tief schlafen zu können.

Auf ein bisschen wackeligen Beinen steht Sarah auf, geht von der Terrasse durch den Gastraum. Tatsächlich sitzen jetzt einige Gäste an den Tischen und genießen ihr Abendessen. Sarah ist zu müde, um sich ihre Mitbewohner genauer zu betrachten. Sie hingegen wird gemustert von oben bis unten.

Erstaunte, aber angetane Blicke und Getuschel begleiten Sarah, die nichts davon mitbekommt. Sie kann es kaum erwarten, sich auf das gemütliche Bett fallen zu lassen und zu schlafen. Ihr ist schwummrig vom Wein, treppaufwärts muss sie sich am Geländer festhalten. Lachend stellt Sarah fest, dass sie schon lange keinen Rausch mehr gehabt hat. Oben angekommen, schließt sie Zimmer Nummer Dreiundzwanzig auf, geht ins Bad und nach einem kurzen Besuch auf ihrem Balkon hüpft sie fast zu übermütig ins Bett, das bedenklich knackt. Der bereitliegende Kindle hat heute keine Chance mehr.

Mit einem Lachen deckt sich Sarah zu, dreht sich um, hofft, das Bett wird halten und keine zehn Minuten später versinkt sie in einen tiefen Schlaf. Anna lässt Sarah nicht aus den Augen, als sie leicht angetrunken ins Zimmer zurückkommt. Auch wenn sie nicht weiß, wie sie Sarah warnen kann, will sie alles versuchen. Vielleicht passiert ihr auch nichts und sie wird nach ein paar Tagen erholt abreisen. Anna hofft es so sehr, doch sie hat dieses ungute Gefühl, welches sie wahnsinnig macht und mit jeder Minute stärker wird. Als Sarah schläft, setzt sich Anna an ihr Bett, erzählt ihre Geschichte, versucht sie zur Abreise zu drängen.

Am nächsten Morgen wacht Sarah ausgeschlafen wie schon lange nicht mehr auf. Sie ist nicht ein einziges Mal aufgewacht. Schnell hüpft sie aus dem Bett, wirft sich den Bademantel über und öffnet die Tür zu ihrem Balkon. Es wird ein wunderschöner Tag, die Luft ist klar, noch etwas frisch, aber ein strahlend blauer Himmel begrüßt sie. Es ist erst sieben Uhr morgens. Doch Sarah kann es kaum erwarten, die Gegend zu erkunden. Sie hat diese innerliche Unruhe in sich, die sie bekämpfen will. Noch vor dem Frühstück will sie joggen gehen. Es ist schon eine Ewigkeit her, dass sie sich dazu durchringen konnte. Sie zieht sich die fast unbenutzten Sportsachen und die nur zwei Mal getragenen Turnschuhe an, greift sich ihren iPod, der prall gefüllt ist, von Klassik bis Rock ist alles dabei, für jede Lebenslage und Stimmung etwas. Ihren Musikgeschmack hat er auch gehasst.

Tsss, dieser Idiot!

Sarah schließt ihr Zimmer ab und stürmt hoch motiviert die Treppe nach unten. Karl steht an der Rezeption und unterhält sich mit einem Gast, der wohl gerade angereist ist oder abreist. Das Gepäck steht neben ihm. Karl beäugt Sarah argwöhnisch und ein knappes „guten Morgen" kommt über seine Lippen. Der Gast, ein attraktiver Mann, um die 40, stattlich gebaut,

72

begrüßt Sarah hingegen mit einem Lächeln und einem Blick, der ihr ein Kribbeln am ganzen Körper verpasst. Schnell lächelt sie zurück.

Sie schämt sich fast für ihr ungeschminktes Auftreten und verschwindet durch die Tür, um endlich flinken Fußes die Natur zu erkunden. Sarah ist etwas außer Übung, aber es tut ihr gut, Beethoven im Ohr, die Freiheit vor sich und den Duft der Natur in der Nase. Sie joggt durch den unebenen Wald, ein paar Sonnenstrahlen dringen durch die Baumkronen. Es ist wunderbar. Sarah fühlt sich freier. Total verschwitzt und etwas außer Puste kommt sie nach einer dreiviertel Stunde im Hotel an. Kein Mensch ist zu sehen.

Glück gehabt.

Sarah huscht flink in ihr Zimmer, sie hat dringend eine Dusche nötig. Ihr Magen knurrt laut.

» Schon gut, du bekommst doch gleich etwas.«

Frisch geduscht und ein wenig aufbereitet geht Sarah neugierig zum Frühstück. Der Duft von frischem Kaffee kommt ihr schon entgegen. Ein doch unerwartet vielfältiges Buffet ist aufgebaut. Tatsächlich sind reichlich Gäste da. Resi zwinkert Sarah zu und deutet auf die vorhandenen Gäste.

»Sehen Sie Sarah, sie sind nicht unser einziger Gast.«

Resi bietet Sarah einen Platz auf der Terrasse an. Sarah ist ihre Frage immer noch peinlich.

»Entschuldigung Resi, meine Frage war echt dumm gewesen.«

Nachdem sie sich an den Tisch setzte, kommt Karl mit einer frischen Kanne Kaffee, der köstlich duftet. Er ist wie ausgewechselt. Nett und gesprächig.

»Kann ich Ihnen noch etwas bringen? Haben Sie noch einen Wunsch?«

Sarah ist überrascht, kein Unterton in seiner Stimme, kein angsteinflößender Blick. Ein wenig irritiert bedankt sie sich bei Karl und stürzt sich auf das Buffet, um ihren Bärenhunger endlich zu stillen. Sie genießt das Frühstück, den Ausblick. Einsam fühlt sich Sarah nicht. Das erste Mal seit einer gefühlten Ewigkeit kann sie selbst bestimmen, was sie wann, wo und wie lange unternimmt, ohne Rücksicht auf irgendetwas oder irgendjemanden nehmen zu müssen. Sarah ist sich sicher, es wird der schönste Urlaub, den sie je erleben durfte. Endlich kann sie wieder durchatmen und lächeln. Während ihres ausgiebigen Frühstücks sieht sich Sarah unauffällig die einzelnen Gäste an. Sie fragt sich, wen es ausgerechnet hierher verschlägt. Vielleicht kommt sie mit dem einen oder anderen Gast auch mal ins Gespräch, nett sehen alle aus. Plötzlich entdeckt sie ihn, den interessanten Mann vom Morgen.

Also ist er angereist.

Sarah ist gar nicht so abgeneigt, diesem Mann näher zu kommen und schenkt ihm ein Lächeln, als er sich an den Nebentisch setzt. Trotz gerade beendeter Beziehung schlägt ihr Herz bei seinem Anblick etwas höher.

Wer hätte das gedacht.

Wieder lächelt Sarah. Er blickt ihr aus der Ferne tief in die Augen. Sein Blick ist so einzigartig und intensiv. Doch plötzlich setzt sich eine Frau zu ihm, sehr attraktiv und die beiden vertiefen sich sofort in ein Gespräch. Sarah kommt sich dumm vor, wendet den Blick ab und frühstückt in Ruhe weiter. Doch immer wieder bemerkt Sarah, wie er ihren Blick sucht, trotz Begleiterin.

Nein, so etwas kommt für Sarah nicht in Frage. Sie würde sich niemals mit einem Mann einlassen, der in einer Beziehung ist. Er küsst seine attraktive Begleiterin und dabei sieht er Sarah tief in die Augen. Vollkommen durcheinander beendet Sarah ihr ausgiebiges Frühstück und geht überstürzt in ihr Zimmer.

Oh mein Gott. Was war das?

Fassungslos lässt sich Sarah auf das bereits frisch gemachte Bett fallen. Sie hat diesen Kuss gespürt, als hätte er Sarah und nicht die Schönheit an seiner Seite in diesem Moment geküsst. Sarah ist vollkommen durcheinander. Und es war nicht nur dieser Kuss, sie ist sich sicher, sie hat ihn flüstern hören.

»Du gehörst mir.«

Leise, aber doch so klar und deutlich hat sie es gehört, Worte, die ihr einen heftigen eiskalten Schauer über den Rücken laufen ließen. Sie muss sich täuschen.

So ein Unfug! Jetzt dreh ich schon komplett durch, nur wenn ich einen hübschen Mann sehe. Ans Single-Sein muss ich mich echt noch gewöhnen."

Lachend greift Sarah nach ihrer Tasche, sperrt hinter sich das Zimmer Nummer Dreiundzwanzig ab und verlässt fast schon fluchtartig ihren neuen Zufluchtsort. So schnell wie möglich möchte sie diese kuriose Begegnung aus ihrem Gedächtnis streichen. Resi steht an der Rezeption und sieht die herunter eilende Sarah fragend an.

»Oh, alles in Ordnung, ich fahre in die Stadt.«

Sarah versucht ihre Hektik zu entschuldigen.

»Äh, ja, okay. Aber vielleicht kann ich Ihnen einen Tipp geben?«

Resi spurtet neben Sarah zur Eingangstür heraus und gibt Sarah noch ein paar Ratschläge mit auf den Weg, erzählt ihr von dem Wanderweg gleich hinter dem Hotel.

Der Tag ist wie im Flug vergangen. Am Nachmittag ist sie zurück. Sarah hat ein wenig die Gegend unsicher gemacht. Selbst in der „Touristenhölle" war sie. Auch wenn die Straße unendlich lang schien, hinter dem kleinen Hotel führt ein Wanderpfad direkt in die Stadt, dreißig Minuten Fußmarsch, mehr waren es nicht. Resi hat ihn Sarah gezeigt. Abgesehen von diesen riesigen „Verwöhn-Wohlfühl-Oasen" ist die Stadt richtig schön. Vor allem der ursprüngliche Teil. In einem Eiskaffee, etwas abseits der Hauptstraße, hat sich Sarah einen großen Eisbecher mit Sahne gegönnt. Dabei musste sie an ihren Ex denken.

Dieser Idiot hätte mir jetzt spöttische Blicke geschenkt und sicher die eine oder andere Bemerkung über die Kalorienmengen losgelassen.

Bei diesem Gedanken hat Sarah der Eisbecher gleich doppelt und dreifach gut geschmeckt. Jetzt möchte sie einfach die Zeit bis zum Abendessen auf ihrem süßen Balkon mit dem Kindle verbringen und die Füße hochlegen. Der Weg zurück aus dem Tal war dann doch ziemlich anstrengend. Sarah liest. Vertieft in die spannende Geschichte, vergisst sie fast, dass es Zeit für das Abendessen ist. Das Essen war wieder wunderbar und trotz versuchten Widerstands, hat sich Sarah breitschlagen lassen, Wein zu trinken. Aber nur ein Glas, selbst das bringt ihr Blut wieder zum Kochen. Diese Hausmarke muss schon mehr den Alkoholgehalt von Likör haben, Sarah schafft es kaum, die Stufen zu Zimmer Nummer Dreiundzwanzig unbeschadet hinaufzukommen. Sie ist froh, ins Bett fallen zu können.

Mitten in der Nacht wird sie aus dem Schlaf gerissen. Jemand rüttelt an ihren Armen und schreit sie an.

»Bitte, verschwinde hier, so schnell du kannst. Fahr nach Hause, jetzt, bevor es zu spät ist. Sarah, du musst hier weg!«

Erschrocken setzt sich Sarah im Bett auf, verkrampft ihre Hände in der karierten Bettwäsche und versucht darunter Schutz zu finden. Aber es ist wieder totenstill. Kein Mucks ist zu hören, einfach nur Stille. Niemand ist hier. Sarah zittert am ganzen Leib.

Nein, doch, wie nur?!

Anna springt auf, geht einen Schritt vom Bett weg. Sarah hat sie gehört und ist aus dem Schlaf geschreckt.

»Oh, bitte Sarah, bitte hör auf mich, verschwinde so schnell du kannst. Du hattest keinen Traum. Ich war es, ich habe dich aufschrecken lassen. Hör auf mich und fahre so schnell du kannst.«

Doch Sarah scheint es nicht mehr zu hören. Sie legt sich wieder hin und kriecht unter die Bettdecke.

Wie habe ich das geschafft? Ich kann es! Und ich werde es weiter versuchen, bis sie endlich abreist.

»Ich muss geträumt haben. Aber es war so real.«

Nur zögerlich streckt Sarah ihren Kopf unter der schützenden Bettdecke hervor und steht noch etwas ängstlich, aber neugierig auf.

Es ist 02.30 Uhr. Auf Zehenspitzen geht sie zur Zimmertür, die verschlossen ist. Vorsichtig dreht sie den Schlüssel um und öffnet die Tür. Doch nichts ist zu hören oder zu sehen. Sie schließt leise die Tür, dreht den Schlüssel zwei Mal herum und geht zum Balkon. Auch draußen, nur ein sternenklarer Himmel und der Mond, fast Vollmond und zum Greifen nah. Es ist weder etwas zu hören noch zu sehen. Schnell legt sie sich wieder hin und schläft ein.

Sarah wird völlig verstört wach, weiß im ersten Moment nicht, wo sie ist. Sie reibt sich ihre Augen und sieht sich unsicher um. Alles scheint friedlich. Es ist schon hell, die Geranien leuchten ihr durch die Tür vom Balkon in einem wunderbaren Licht entgegen. Sie steht auf, öffnet die Tür, geht auf den Balkon, stützt sich mit den Armen an der Brüstung ab und atmet tief durch.

Was für ein dämlicher Traum!

Lachend blinzelt Sarah in den strahlend blauen Himmel. Sie muss unbedingt dieser Hausmarke von Resi widerstehen. Das Zeug ist zu stark für Sarah und lässt sie ganz wirr im Kopf werden. Der Traum ist schnell abgehakt, vollkommener Unsinn. Sarah beschließt, wieder laufen zu gehen. Ihre Laufschuhe sollen endlich gnadenlos benutzt werden. Viel zu lange hat sie darauf verzichtet.

Mit einem Lächeln verlässt Sarah das Hotel, genießt die Ruhe und joggt gemütlich durch den Wald, an einer Wiese vorbei und kann es kaum erwarten, ihr Frühstück auf der Terrasse zu genießen. Heute möchte sie im Hotel bleiben und nichts unternehmen, den Kindle herausholen und nur lesen. Vielleicht macht sie sich auch auf die Suche nach dem von Resi angepriesenen „Wellness-Bereich", der sich wohl im Keller des Hotels befinden soll, mit Sauna und einem kleinen Schwimmbad. Sarah kann es kaum glauben bei dieser sonst eher rustikalen Einrichtung des Hotels.

Sarah braucht dieses komfortable Verwöhnprogramm nicht, doch die Aussicht, ein paar runden schwimmen zu können, ist gar nicht so übel. Zwei Tage ist sie jetzt hier, hatte eine verrückte Begegnung mit dem Unbekannten, der ihr Worte ins Ohr flüstert, während er eine andere Frau küsst und dieser absurde Albtraum. So viel Action hatte sie sich hier nun wirklich nicht vorgestellt.

Inzwischen kommen Sarah diese Vorkommnisse ziemlich lächerlich vor. Sie schiebt diese Dinge auf den Stress der letzten Zeit und natürlich auf Resis Hausmarke. Und jetzt, wo sie endlich zur Ruhe kommt, spielt ihr Verstand ein wenig verrückt. Lachend macht sich Sarah nach der erfrischenden Dusche und hungrig auf den Weg zum Frühstück.

Obwohl sie etwas die Zeit verpasst hat, ist das Buffet noch reichlich bestückt und Karl eilt wieder gut gelaunt und zuvorkommend zu Sarah und bringt ihr frischen Kaffee. Die Terrasse ist fast menschenleer, kein Wunder, es ist fast 10.00 Uhr. Sarah lässt es sich schmecken.

Am anderen Ende der Terrasse stehen fünf vereinsamte Sonnenliegen. Sie beschließt, sich noch einen Kaffee zu nehmen und sich ein paar Minuten auf einer der Liegen zu entspannen. Wunderbar.

Sie ist allein, der Kaffee ist heiß und köstlich. Sarah genießt den Kaffee, stellt die Tasse beiseite und schließt die Augen. Das Vogelgezwitscher und das Rauschen der Bäume sind einfach nur herrlich und entspannend. Tatsächlich werden ihre Augen immer schwerer und sie schlummert ein. Plötzlich friert sie. Erschrocken wird sie wach. Dunkle Wolken sind am zuvor noch wolkenlosen Himmel aufgezogen, bauen sich bedrohlich auf. Das Donnergrollen kommt näher, ein Sturm zieht auf.

»Sarah, Sie müssen hereinkommen. Ein Unwetter.«

Resi steht wie aus dem Nichts da und räumt eilig die Auflagen der Stühle und Liegen zusammen, nimmt die Tischdekoration von den Tischen und schließt die Sonnenschirme.

»Unwetter kommen hier sehr schnell.«

Noch schlaftrunken steht Sarah auf. Ein heftiger Blitz, gefolgt von einem ohrenbetäubenden Donner, lassen Resi schneller werden. Die ersten Tropfen fallen und der Wind wird stärker, wirbelt die Blätter von den Bäumen. Sarah geht eilig zurück in ihr Zimmer, ist froh, bei dem Mistwetter nicht unterwegs zu sein. Ein Blitz jagt den nächsten, es donnert fast ununterbrochen. Die Geranien auf dem Balkon müssen viele Blüten lassen. Der Regen prasselt mit einer enormen Kraft aus den Wolken. Sarah steht auf dem geschützten Balkon, beobachtet erschrocken und fasziniert zugleich diese Naturgewalt. Ein heftiger Blitzeinschlag, danach Bersten und ein dumpfer Knall. Der Blitz hat in eine der Eichen eingeschlagen, die den unebenen Weg zum Hotel zieren und spaltet sie in zwei Teile. Gleichzeitig kommt ein Taxi, das gerade noch der umstürzenden Eiche ausweichen kann.

Ja, die haben nun wirklich mal Glück gehabt.

Der Fahrer steigt im strömenden Regen aus, öffnet zuerst einen Schirm und dann die Tür des Taxis. Ein dunkel gekleideter Mann steigt aus, geschützt vor dem Regen unter dem übergroßen Schirm geht er ins Hotel. Er bleibt stehen, schiebt den Schirm beiseite und sieht nach oben, genau zu dem Balkon auf dem Sarah das Spektakel beobachtet, er blickt ihr tief in die

Augen. Im selben Moment ein weiterer heftiger Blitzeinschlag, gefolgt von einem ohrenbetäubenden Donner. Das ganze Hotel scheint zu beben. Sarah wendet erschrocken den Blick ab und flüchtet in ihr Zimmer. Am liebsten würde Sarah unter der karierten Bettdecke Schutz suchen, wie sie es als kleines Mädchen immer getan hat, wenn Gewitter sie aus dem Schlaf gerissen haben, doch sie kommt sich bei diesem Gedanken ziemlich dumm vor. Es war wieder dieser Blick und diese Worte.

»Du gehörst mir!«

Lautlose und zugleich ohrenbetäubende Worte. Sarah hält das alles für einen schlechten Scherz. Doch irgendetwas hat dieser Mann an sich, der ihr noch nie im Leben begegnet ist, das so anziehend und erschreckend furchteinflößend gleichermaßen ist.

Kapitel 7

Drei viel zu lange Jahre ist Anna her. Und jetzt wird er zurückkehren, zurück zu Anna. Anna wurde damals zu schnell gefunden. Die nächste Hauptfigur muss unsichtbar verschwinden. Zu groß wäre die Gefahr für ihn, mit den Toten in Verbindung gebracht zu werden. Die wirren Buchstaben in seinem Kopf sollen endlich zu Worten, zu Sätzen, zu einem neuen Buch werden. Anna wird ihm wieder helfen, er wird in seinen Keller gehen, die Augen schließen und die Vergangenheit aufleben lassen, um die Zukunft so schnell wie möglich zur Gegenwart zu machen. Sein Buch soll wieder ein Kapitel seiner eigenen Biografie werden. Jetzt lässt er sich zu seinem Hotel bringen.

Ein Unwetter tobt, der Himmel spürt bereits, dass das Böse unterwegs ist. Die Wolken entladen sich ein letztes Mal, Blitz und Donner und ein Knarren und Knacken. Die hundert Jahre alte Eiche kann dieser Gewalt nicht standhalten und zerbricht hinter dem Wagen, versperrt den Weg.

»Glück gehabt.«

Lukas blickt doch etwas erschrocken nach hinten. Unter dem großen Regenschirm fällt sein Blick nach oben begleitet von einem ohrenbetäubenden Donner.

Wieso?

Lukas kann es kaum fassen, als er auf dem Balkon von Zimmer Dreiundzwanzig eine Fremde sieht. Doch was er da oben sieht, gefällt ihm richtig gut, vor allem, weil dieses Etwas auf dem Balkon erschrocken nach hinten hüpft. Drei Jahre ist es her, als er mit Anna da oben stand, sie fest im Arm hielt und die ihm diese so wunderbaren Nächte geschenkt hatte. Doch jetzt sieht er diese Unbekannte und er weiß, sie gehört ihm. Dieser eine Blick genügt, um in ihm wieder diesen unendlichen Jagddrang auszulösen. Ein Wink des Schicksals, dass sie in seinem Zimmer Dreiundzwanzig wohnt. Schnell geht er ins Hotel. Resi und Karl springen ihm erschrocken entgegen.

»Lukas, es tut uns wirklich leid. Wir wussten nicht... Dein Zimmer, wir haben...«

Das schlechte Gewissen, sein Zimmer vermietet zu haben, steht den beiden ins Gesicht geschrieben.

»Wir werden ihr sofort ein anderes Zimmer geben. Es dauert nicht lange.«

Lukas setzt sein charmantestes Schnulzenromanlächeln auf.

»Es ist okay. Lasst sie ruhig da wohnen.«

Er zwinkert Resi zu und bittet sie um den Schlüssel eines anderen Zimmers. Sich nochmals entschuldigend gibt Resi ihm den Schlüssel.

»Resi, ich habe dir gleich gesagt, dass es eine dumme Idee und falsch war, dem armen Ding das Zimmer zu vermieten! Irgendwie habe ich geahnt, dass Lukas kommt!«

Ohne Resi eines Blickes zu würdigen, geht Karl nach draußen und kümmert sich um die Hinterlassenschaften des Unwetters. Lukas sieht es als Wink des Schicksals, dass ausgerechnet jetzt sein Zimmer belegt ist. Obwohl er extra darum gebeten hat, egal wie selten er hier ist, sein Zimmer nicht zu vermieten, ist er nicht böse auf Resi und Karl. Er hat sie auf seinem Balkon gesehen und wird alles dafür tun, dass sie die Nächste ist, die ihn in den Tiefen des Hotels seine Wünsche erfüllen wird. Seine Augen beginnen dunkel zu leuchten. Er wird es wieder tun. Lukas ist ausgehungert.

Nach dem letzten Donnerschlag beruhigt sich das Wetter. Der Regen lässt nach und die Vögel beginnen wieder zu zwitschern, der Himmel reißt auf und die dunklen, bedrohlich wirkenden Wolken verschwinden, lassen die Sonne wieder durch die vereinzelten Wolken blitzen. Eine Viertelstunde später erinnert nur die zweigeteilte Eiche an das eben noch tobende Unwetter. Sarah ist wieder auf dem Balkon. Resi und Karl betrachten kopfschüttelnd den alten Baum, der die Zufahrt blockiert. Beide versuchen, den Baum irgendwie zu bewegen, was natürlich aussichtslos ist. Resigniert drehen sie sich um und gehen zurück zum Hotel.

Karl holt aus dem Anbau Gartenwerkzeug, um den Unrat vor dem Gebäude wegzuräumen, während Resi eilig ins Hotel geht. Inzwischen haben sich einige Gäste auf dem Hof versammelt und sehen sich die Macht der zerstörerischen Kraft der Natur an. Die Zufahrt zum Hotel ist durch die alte Eiche komplett blockiert, überall liegen kleinere und größere Äste herum und die Bäume haben innerhalb weniger Minuten fast ihr ganzes Laub verloren. Aufgeregte, fragende Blicke werden zwischen den Gästen und Resi, die inzwischen wieder nach draußen gekommen ist, ausgetauscht. Resi nickt und sieht flüchtig zu Sarah. Sarah fühlt sich ertappt beim Lauschen. Sie läuft rot an und geht schnell zurück in ihr Zimmer und legt sich auf das Bett.

Was für ein verrückter Urlaub.

Sarah überlegt für einen Moment, diesen Trip abzubrechen. So langsam hat sie die Nase gestrichen voll von Träumen, Worten, Unwettern. Irgendwie hat sie ein ungutes Gefühl. Doch dann besinnt sie sich.

Das ist doch alles Unfug! Nur dumme Zufälle und dazu dieser Wein. Ich bleibe bis zum Ende der Woche.

Sarah beschließt, den von Resi so angepriesenen „Wellness-Bereich" zu suchen, ein paar Runden schwimmen und klar im Kopf werden, wieder diesen Urlaub in ihrem Traumhotel genießen. Schnell kramt sie die Badesachen aus ihrer Tasche, zieht den Bademantel über, schnappt sich ein Handtuch und geht unbeobachtet in Richtung „Wellness-Tempel". Und tatsächlich, er sieht erstaunlich einladend aus, nicht groß, aber der Pool reicht, um ein paar Runden zu schwimmen. Die Plastikpalmen, die gemütlichen Liegen und das gedämpfte Licht, mit ein klein wenig Fantasie erinnert es an einen Sonnenuntergang am Meer.

Sarah legt Bademantel und Handtuch auf eine der Liegen und streckt vorsichtig die große Zehe ins Wasser, es ist angenehm warm. Schnell steigt sie in den Pool und schwimmt. Sie ist allein hier unten und genießt die Leichtigkeit im Wasser. Mit jeder geschwommenen Bahn werden ihre Gedanken freier. Ein wunderbares Gefühl. Erleichtert steigt Sarah aus dem Pool. Plötzlich zuckt sie zusammen. Da sind sie wieder, dieses Pärchen, dieser Mann, der seine Freundin oder Frau geküsst hat, dieser Kuss, den Sarah so real spürte.

Schnell bedeckt sie ihren Körper mit dem bereitliegenden Handtuch und will flüchten. Doch er beachtet Sarah nicht, hat nur Augen für seine Begleitung. Und wieder küssen sie sich. Sarah rechnet schon wieder mit dem Schlimmsten. Doch es passiert nichts.

Erleichtert stellt sie fest, dass es wohl doch nur ihre Fantasie war, die ihr einen Streich gespielt hat. Lächelnd zieht sich Sarah den Bademantel über, sieht noch einmal zu den Beiden, die gerade Hand in Hand in den Pool wollen und Sarah gar nicht wahrnehmen. Sarah dreht sich um und geht auf ihr Zimmer. Sie nimmt eine ausgiebige Dusche und legt sich auf ihr Bett, den Kindle in der Hand und liest, bis ihr die Augen zufallen. Erschrocken sieht Sarah auf die Uhr, jetzt hätte sie fast das Abendessen verpasst, der Magen knurrt und der Appetit ist groß.

Schnell macht sie sich zurecht und geht eilig zum Essen. Auf ihrem Weg nach unten verfehlt sie die letzte Stufe, stolpert fällt mit einem entsetzten Schrei. Doch noch bevor sie mit Wucht auf dem Boden aufkommt, wird sie aufgefangen. Ihr Körper bebt und zittert. Nur langsam kann sie aufsehen, um sich bei ihrem Retter zu bedanken.

»Dankeschön, es tut mir leid, ich war wohl etwas unachtsam. Ich wollte Sie nicht...«

Sarah blickt ihrem Retter in die Augen und ihr Herz scheint stehen zu bleiben. Ein Blick, der sie durchdringt, gewaltig, angsteinflößend und anziehend. Es ist dieser dunkel gekleidete Gast, der im Unwetter angekommen ist. Schon vom Balkon aus hatte sein Blick Sarah zusammenzucken lassen und jetzt liegt sie in seinen Armen. Schnell rafft sie sich auf und möchte vor Scham einfach nur im Erdboden versinken. Wortlos nickt er, lässt Sarah aus seinen Armen frei und geht an ihr die Stufen nach oben vorbei.

»Du gehörst mir!«

Sarah vergeht schlagartig der Hunger. Diese Worte, sie hat sie gehört, als er nach oben ging. Am liebsten würde sie umkehren, zurück in ihr Zimmer gehen, packen und abfahren.

»Sarah, alles in Ordnung?«

Resi steht plötzlich neben ihr und legt ihre Hand auf Sarahs Schulter, entsetzt und erschrocken zuckt sie zusammen.

»Oh, Resi, ich habe Sie nicht kommen sehen. Es ist alles okay.«

Sarah sieht das eigenartige Funkeln in Resis Augen nicht, auch nicht Karl, der aus einer dunklen Ecke dieses Spektakel mitbekommen hat. Sarah entschließt sich, doch etwas zu essen, zu groß ist die Angst, dem neuen Gast auf dem Weg nach oben nochmal zu begegnen.

Das Essen sieht wieder fantastisch aus, doch Hunger verspürt Sarah nicht wirklich. Nur mit Mühe zwingt sie sich, ein paar Bissen zu sich zu nehmen. Dieses Gefühl, dass hier etwas nicht stimmt, wird mit jeder Minute stärker. Plötzlich steht Resi neben Sarah mit dem Wein. Sarah winkt dankend ab, will einen klaren Kopf behalten.

»Nein danke Resi, mir geht es nicht so gut. Ich glaube, ich werde morgen abreisen.«

Resis Lächeln verschwindet, ihr Blick wird eiskalt.

»Oh, Ihnen gefällt es nicht mehr bei uns?! Das tut mir leid.«

Resi dreht sich um und geht eilig zur Tür heraus Richtung Küche. Jetzt hat Sarah auch noch ein schlechtes Gewissen zu ihrem unguten Gefühl. Achtlos schiebt sie den Teller beiseite und nippt an ihrem Wasser.

»Sie will abreisen!«

Resi kann es nicht fassen.

»Das müssen wir verhindern Karl. Sie muss bleiben. Ich habe es in seinen Augen gesehen.«

Schulterzuckend und mit einem vorwurfsvollen Blick für seine Frau steht Karl da.

»Ich habe dir gleich gesagt, dass du sie wegschicken sollst. So war es nicht geplant. Wir sollten sie gehen lassen. Er hätte ihr nie begegnen dürfen.«

»Du alter Narr, dafür ist es zu spät. Das weißt du!«

Er spürt mehr wie je zuvor dieses Verlangen. Sie lag schon in seinen Armen, für einen Augenblick, doch so verlockend. Sie will es doch auch. Lukas geht nach unten, er muss mehr über seine faszinierende Beute herausfinden. Er setzt sich auf die Terrasse, Resi eilt sofort mit seinem Lieblingsgetränk herbei.

»Resi, wie heißt die Kleine, die in meinem Bett schlafen darf?«

Dabei zwinkert er vielversprechend.

»Ihr Name ist Sarah. Und, Lukas, wir hätten ihr dein Zimmer nicht gegeben, doch sie stand auf einmal da. Für diese Nacht war alles ausgebucht.«

Resi versucht sich nochmals zu entschuldigen.

»Lukas, sie wird aber morgen abreisen.«

Sein Lächeln wird von jetzt auf gleich von einem entsetzten Blick überschattet. Er hatte doch gerade sie zu seiner neuen Hauptfigur auserkoren, sie kann jetzt nicht einfach abreisen. Resi ist sein Blick nicht entgangen.

»Lukas, alles in Ordnung?«

Sie weiß, was Lukas vorhat. Seit Anna ist ihr klar, wer ihr Wohltäter in Wahrheit ist. Nach Annas Tod hat Lukas abends auf der Terrasse bei seinem Whisky gesessen, geschrieben und Resi im Vollrausch alles erzählt. Caroline, Lucinda und dann Anna.

»Ich brauche das, Resi.«

Mehr hat er dazu nicht gesagt. Schockiert hat Resi damals mit Karl geredet. Doch beiden war bewusst, dass sie das Monster in Lukas akzeptieren müssen. Lukas hat ihnen ein neues, glückliches Leben verschafft und sie haben diesen Vertrag unterzeichnet. Jetzt war es an Resi und Karl die Vereinbarung zu brechen oder es zu akzeptieren. Vielleicht war es Schicksal oder doch Absicht, ausgerechnet jetzt Sarah in Zimmer Dreiundzwanzig einzuquartieren, wohl wissend, dass Lukas sicher in Kürze zu seinem Hotel kommt. Schließlich wäre eine Wildfremde, Alleinreisende perfekt für Lukas.

»Lukas, kann ich dir irgendwie helfen?«

Resi weiß, dass Sarah die nächste sein soll. Erschrocken blickt Lukas Resi an.

»Resi, ich..., ich kümmere mich selbst darum!«

Resi nickt nur. Und noch im Gehen flüstert sie ihm zu.

»Sie wird sehr tief schlafen. Nichts wird sie aus ihrem Schlaf reißen.«

Lukas hat verstanden und nickt Resi wohlwollend zu. Dann trinkt er aus. Resi hat ihm die Chance gegeben, dass dieses Miststück Sarah doch bald in seinen Armen liegen wird und er jagen kann.

Sarah nippt ein wenig an ihrem Wasser. Als sie ihn auf die Terrasse kommen sieht, geht Sarah eilig zurück in ihr Zimmer dreht den Schlüssel zwei Mal im Schloss um und vergewissert sich, dass auch die Tür zum Balkon zugesperrt ist. Am liebsten würde Sarah noch heute packen und abreisen. Doch sie ist müde, und ihre Augen fallen Sarah jetzt schon wie von selbst zu. Kaum im Bett, schläft sie ein. Sie freut sich, morgen endlich abreisen zu können. Vielleicht wird sie doch noch ein paar Tage in diesem Wellness-Tempel verbringen.

Sie steht zwar nicht auf diesen Luxus, doch hier stimmt irgendetwas nicht. Dieses ungute Gefühl, dazu diese unheimlichen Begegnungen und Stimmen in ihrem Kopf. Es ist wirklich nicht das, was sie sich erhofft hat. Sie wollte doch genießen, zur Ruhe kommen. Es war alles so perfekt. Jetzt will sie nur noch weg hier. Gleich morgen früh. Frühstücken will Sarah nicht mehr. Nur schnell den Schlüssel abgeben und nichts wie weg hier. Sarah wälzt sich unruhig im Bett hin und her, bevor sie in einen tiefen Schlaf fällt.

Kapitel 8

Es ist mitten in der Nacht. Totenstille herrscht im Hotel. Mit zitternden Händen greift er nach den zwei geheimen Schlüsseln, die er wie einen Schatz hütet und geht zu Zimmer Dreiundzwanzig. Sarah hat abgeschlossen. Doch Lukas besitzt seinen eigenen Schlüssel. Jetzt ist es der dritte Schlüssel zu seinem Glück. Leise sperrt er auf. Sarah liegt da. Tief und fest schlafend. Vorsichtig berührt er sie. Sie atmet ruhig, dreht sich nur einmal im Schlaf.

Er betrachtet Sarah und ist sich mehr als sicher. Sie muss er haben. Ihr Duft ist so verführerisch, er leckt ihr über den Unterarm. Sarah rührt sich nicht. Mit einem Grinsen stellt er fest, dass Resi nicht zu viel versprochen hat. Er schlägt die karierte Bettdecke zurück und kann sich kaum bremsen. Doch er reißt sich zusammen. Behutsam hebt er Sarah mit seinen kräftigen Armen hoch. Sie seufzt, doch munter wird sie nicht. Unbeobachtet von jeglichen Hotelgästen trägt er Sarah nach unten, vorbei am Pool.

Sanft legt er Sarah auf den kalten Boden und sperrt die verborgene Tür auf. Er trägt sie den schlecht beleuchteten Gang entlang, immer weiter, sperrt das kleine Verlies auf, legt sie auf den Boden des fensterlosen, winzigen Raums. Hier riecht alles noch so wunderbar nach Anna. Wie gern würde er gleich..., doch er mag es, wenn sich seine Beute wehrt. Jetzt sitzt sie in der Falle. Voller Vorfreude auf seine neue Jagd sperrt er die Tür hinter sich ab und geht zurück.

Es ist mitten in der Nacht, er gönnt sich noch einen Drink und will ins Bett, ausgeschlafen sein für die nächste Nacht. Doch er hält es nicht mehr aus.

»Sarah, ich muss dich jetzt haben!«

Wie in Trance rennt er zurück in den Keller. Fast vergisst er, die Tür hinter sich zuzusperren. Er reißt die Tür zum Verlies auf. Da liegt sie, seine Beute, schlafend. Unsanft greift er nach ihr und zerrt sie zu seinem Opfertisch. Die Stricke, mit denen er Anna damals gefesselt hatte, baumeln noch immer in den Ösen, ihr Blut klebt noch daran. Er zieht die Stricke fest um die Gelenke der Schlafenden. Wie ein wildes Tier schleicht er um seine Beute, leckt sie ab, um sie dann einfach nur zu betrachten. Sarahs Brustkorb hebt sich langsam nach oben und unten, ohne zu ahnen, in welcher Gefahr sie sich befindet. Wie gern würde Lukas ihr das Haar nach hinten zerren und ihr den Hals langsam aufschlitzen, mit jedem Schnitt ein wenig tiefer in das junge, frische Fleisch schneiden. Lukas zieht die Schlingen noch etwas fester. Sarah stöhnt und ein kaum hörbares „Ah" dringt über ihre Lippen. Bald ist die Nacht vorbei. Lukas bleibt nicht mehr viel Zeit. Brutal fällt er über die Betäubte her. Dann löst er die Fesseln, zerrt sie vom Tisch. Dabei prallt Sarah mit dem Kopf unsanft auf dem Boden auf. Das Blut läuft als kleines Rinnsal aus der Wunde. Er wirft sie über seine Schultern. Fast hörbar, fallen kleine Blutstropfen auf den kalten Steinboden.

Dann wirft er Sarah gefühllos auf den Boden des Verlieses, versperrt die Tür und geht zurück in sein Zimmer. Noch vor Sonnenaufgang beginnt er, das erste Kapitel zu schreiben.

...Sie fiel genau in meine Arme, erschrocken und sehnsüchtig blickte sie mich an. Ihr ganzer Körper schrie »Nimm mich«, schon bei dem ersten Blick auf dem Balkon. Das kleine Miststück hat sich in mein Zimmer eingeschlichen und kann es kaum erwarten, dass ich endlich bei ihr bin. Nur ein paar Stunden später waren wir dann das erste Mal vereint. Sie lag vor mir, die Augen sehnsuchtsvoll geschlossen. Jeder Teil ihres Körpers schrie, nimm mich. Und ich nahm sie. Dabei schnürten sich die Fesseln tiefer in ihre Haut....

Sarah wird wach, es ist finster, kalt und ein beißender Geruch raubt ihr fast den Atem. Sie hält sich die Hand vor Mund und Nase, doch dieser bestialische Gestank lässt Sarah kaum atmen. Ihr Kopf dröhnt, hämmert. Mit der anderen Hand streicht sie sich über den Kopf, spürt diese Beule und ihr Haar ist blutverklebt. Es muss ein heftiger Schlag gewesen sein. Sarah will schreien, doch der Gestank hindert sie daran, tief Luft zu holen. Sarah tastet sich auf allen Vieren durch den Raum, der nicht größer wie eine winzige Abstellkammer zu sein scheint.

Wo bin ich, was ist hier los?

Verzweifelt und vorsichtig atmend hockt sich Sarah hin, sie zittert vor Kälte, Angst und der Ungewissheit. Das Letzte, woran sich Sarah erinnert, ist, dass sie schlafen gegangen ist, danach weiß sie nichts mehr.

Ein Albtraum! Gleich wache ich auf! Bitte, ich will aufwachen. Es kann nur, es muss einfach ein schrecklicher Albtraum sein.

Tränen laufen Sarah über das Gesicht. Nicht nur ihr Kopf droht vor Schmerzen zu explodieren, auch ihre Hand- und Fußgelenke schmerzen. Ihr ganzer Körper kribbelt, schmerzt. Und es ist immer noch stockfinster. Sarah kann nichts erkennen, will endlich aufwachen, packen und abreisen. Wie ein Schutz suchendes Kind rollt sie sich zusammen. Plötzlich glaubt Sarah, Schritte und Stimmen zu hören.

» Hilfe, helft mir! Ich bin hier!

Sie schreit sich die Seele aus dem Leib. Zu tief hat sie den ekelerregenden Gestank eingeatmet. Sie muss sich übergeben. Der säuerliche Geschmack in ihrem Mund ist widerlich. Mit letzter Kraft schreit sie noch einmal um Hilfe. Doch es ist einfach nur still. Sarah hat sich geirrt, es ist niemand hier, der ihr helfen wird.

Lukas schläft so tief wie schon lange nicht mehr. In seinem Traum hat er sich bereits ausgemalt, wie die nächste Nacht verlaufen soll. Er genießt die warme Spätsommersonne und den Ausblick, versteckt seine dunklen Gedanken hinter einer dicken Sonnenbrille und trinkt den ersten Kaffee, natürlich mit Milch. Dann winkt er Resi zu sich, die wie immer sehr bedacht um das Wohl ihres Gönners ist.

»Sie ist abgereist, ihr könnt das Zimmer herrichten.«

Resi hat verstanden und geht eilig ohne weitere Fragen zu stellen in Zimmer Nummer Dreiundzwanzig. Keine Stunde später erinnert nichts mehr daran, dass Sarah jemals dieses Zimmer betreten hat.

Es ist zu spät. Sarah warum bist du nicht gegangen!?

Sarah schläft tief und fest, als sich die Tür leise öffnete. Anna schreit so laut sie kann, doch keine Reaktion. Die Kapuze tief ins Gesicht gezogen, kann Anna nicht in die Augen des Mistkerls sehen, nicht erkennen, wer sich hinter dem Monster versteckt. Hilflos muss Anna mit ansehen, wie Sarah schlafend aus dem Zimmer getragen wird. Wild um sich schlagend versucht sie, den widerlichen Eindringling aufzuhalten. Doch sie ist Luft. Ungehindert trägt er Sarah einfach aus dem Zimmer. Anna verfolgt ihn. Sie muss Sarah irgendwie helfen, auch wenn das aussichtslos erscheint. Er trägt Sarah nach unten, vorbei am Pool, zu einer Tür, die gut versteckt in einer Ecke hinter dem Palmenwald ist.

Anna hält Abstand, obwohl das nicht nötig ist. Er öffnet die Tür. Noch bevor Anna durch die Tür schlüpfen kann, wird sie von innen zugeschlagen. Anna versucht, die Tür zu durchdringen oder zu öffnen, doch es gelingt ihr nicht. Es dauert nicht lang und Lukas kommt ohne Sarah zurück. Anna bleibt, versucht weiter, dieses Hindernis zu überwinden. Im gesamten Hotel hat sie „freien Zugang", als lebende Tote sind Türen kein Tabu. Nur hinaus kann sie nicht. Und jetzt steht sie nach drei Jahren wieder vor einer verschlossenen Tür. Resigniert kehrt Anna zurück in Zimmer Dreiundzwanzig und wartet.

Vielleicht kommt Sarah ja doch zurück.

Anna setzt sich ans Fenster, den Blick starr auf die Tür gerichtet. Draußen wird es hell. Ein schöner Tag. Leichte Nebelschwaden hängen über den Baumwipfeln. Die Vögel zwitschern ein Lied und alles sieht friedlich aus. Die Stunden vergehen und Anna wartet noch immer geschockt im Zimmer Dreiundzwanzig. Plötzlich dreht sich der Schlüssel im Schloss um.

»Sarah, endlich.«

Anna springt auf. Doch da steht Resi mit Karl im Schlepptau.

»Was tut ihr hier? Wo ist Sarah?!«

Anna muss mit ansehen, wie Karl die Schränke öffnet und Sarahs Koffer packt.

»Hör auf damit! Wo ist Sarah?«

Karl macht, ohne ein Wort zu sagen, weiter. Der Kindle, Sarahs Handy, alles wird verstaut. Dann geht er mit Sarahs Sachen wortlos zur Tür hinaus. Resi putzt inzwischen mit einem teuflischen Funkeln in den Augen und keine halbe Stunde später erinnert nichts mehr daran, dass hier noch letzte Nacht jemand geschlafen hat. Resi zieht die Vorhänge zu und bemerkt Anna nicht, die entsetzt und fassungslos dem Treiben zusieht. Der Schlüssel dreht sich wieder im Schloss und Anna ist allein. Sie schlägt die Hände vors Gesicht und weiß, es ist zu spät.

Nein, nein, nein, Sarah, ich habe dich gewarnt und du hast mich gehört. Vielleicht hast du Glück im Unglück, musst nicht als lebende Tote an diesem Ort bleiben.

Anna starrt zum Fenster hinaus. Dieser trügerisch schöne Spätsommertag und die Hölle hier drin. Zusammengesackt, die Arme und die Knie verschlungen und mit gesenktem Kopf sitzt Anna da und weiß nicht weiter. Anna springt auf.

Vielleicht lebt Sarah noch. Vielleicht ist es noch nicht zu spät. Ich muss zu ihr.

Anna rennt die Treppen hinunter. Resi steht an der Rezeption als wäre nichts geschehen, Karl fegt Blätter vor dem Hotel zusammen.

Dieses scheinheilige Pack!

Anna wirft den beiden einen verächtlichen Blick zu und geht schnell weiter zum Pool. Einige Gäste schwimmen ihre Runden. Ein verliebtes, älteres Pärchen liegt Hand in Hand auf den bequemen Liegen. Anna geht zu der versteckten Tür, rüttelt daran, hämmert dagegen. Doch nichts. Diese Tür lässt sich nicht öffnen.

Du scheiß Tür, geh endlich auf.

Doch egal wie sehr sich Anna auch bemüht, die Tür bleibt verschlossen. Unsichtbare Tränen laufen ihr übers Gesicht und Hoffnungslosigkeit macht sich breit. Doch Anna beschließt zu warten. Irgendwann wird die Tür geöffnet werden. Vielleicht kann sie dann ungesehen hindurchschlüpfen. Sie setzt sich hin, hofft, dass es noch nicht zu spät ist. Minute um Minute, Stunde um Stunde. Die Badenden und Liebenden interessieren sie dabei nicht. Ihre Gedanken sind bei Sarah und der Hoffnung, dass sie noch lebt und Anna ihr zur Flucht verhelfen kann.

Der Tag ist zäh. Lukas kann den Moment kaum erwarten, wieder zum Jäger zu werden. Vom Gnadenstoß ist sie noch weit entfernt. Zu lange musste er ausharren, warten. Lukas ist zurückgekommen, um endlich wieder er selbst sein zu können. Zwar hätte er nicht zu träumen gewagt, dass ihn seine Beute auf seinem eigenen Balkon erwartet, doch zu gern hat er dieses Angebot angenommen. Jetzt will er ein neues Meisterwerk verfassen. Die Zeit scheint still zu stehen. Lukas versucht zu schreiben.

...Ihre erbärmlichen Schreie sind wie Balsam auf seiner dunklen Seele, die viel zu lang im Verborgenen ausharren musste. Er leckt sich ihr Blut von seinen Lippen, ganz warm ist es noch. Sie bettelt ihn an. Doch in seinen Ohren klingt es wie eine Aufforderung. Er verbeißt sich in ihrem Oberschenkel und genießt den pulsierenden Lebenssaft. Das Messer liegt bereit, es funkelt gefährlich im Schein der Kerzen...

Lukas erträgt seine eigenen Worte nicht mehr. Zu sehr treibt es ihn.

Es wird Abend. Der Pool ist verlassen. Anna sitzt noch immer da und lässt die versteckte Tür nicht aus den Augen. Doch es geschieht nichts. Es ist spät, die Beleuchtung geht aus. Nur ein paar wenige Notlichter lassen den Raum nicht ganz in Finsternis versinken. Schockierend denkt Anna an diese Bruchstücke, an die sie sich nach und nach erinnert hat. An diese Dinge, die ihr angetan wurden, die man seinem ärgsten Feind nicht wünscht. Sie hat sich den Tod herbeigesehnt, doch eine lebende Tote wollte sie niemals sein. Plötzlich öffnet sich die Tür zum Schwimmbad. Resi kommt hereingeeilt.

Ich wusste es! Sie steckt dahinter! Sie und ihr Mann, der wie ein Hündchen darauf hört, was sein Frauchen sagt!

Sarah ist davon überzeugt, dass Resi und Karl hier ein falsches Spiel treiben. Doch Resi geht wider Erwarten nicht zu dieser versteckten Tür. Sie räumt zurückgelassene Handtücher und den Müll weg, um dann fix wieder zu verschwinden. Anna kann es nicht glauben. Sie ist fest davon überzeugt, dass Resi die Drahtzieherin ist. Resigniert setzt sich Anna wieder und wartet weiter.

Es ist gerade 22.30 Uhr. Eigentlich zu früh, doch Lukas steckt sich die Schlüssel in die Hosentasche, verbirgt sein Äußeres wieder unter einem dunklen Kapuzenshirt.

Leise und unbemerkt schleicht er aus seinem Zimmer, geht nach unten. Glück gehabt, im Wellness-Bereich tummeln sich keine Nachtschwärmer. Eilig verschwindet er in sein Reich. Anna hat diese dunkel gekleidete Gestalt, die sich am Pool fast unbemerkt herangeschlichen hat, gesehen. Sie ist nervös. Sie kann nicht erkennen, wer sich hinter dem dunklen Kapuzenshirt verbirgt.

Er geht direkt zu der verborgenen Tür. Einen Augenblick hält er inne und blickt Anna gezielt in die Augen, zumindest macht es den Anschein. Doch dann dreht er sich wieder weg und öffnet die Tür. Anna betet und hofft, dass es ihr diesmal möglich ist, ihm zu folgen. Sie muss zu Sarah, sie muss ihr helfen.

Jetzt! Anna springt auf, die Tür fällt langsam wieder zu. Nur noch ein winziger Spalt. Sie hat das Gefühl, gegen eine Mauer zu prallen. Doch die Mauer gibt nach, Anna ist hinter der Tür, die jetzt fast lautlos hinter ihr ins Schloss fällt. Anna fühlt sich anders, schwach. Ein Gefühl, das sie seit Jahren nicht mehr hatte. Sie bleibt stehen, atmet tief durch. Eiskalt läuft es ihr den Rücken herunter.

Es ist fast stockdunkel, nur ein paar wenige, schwache, in die Wände eingearbeitete Lampen zeigen den Weg. Anna steht auf und tastet sich vorsichtig an der Wand entlang. Der dunkle Gang führt zu einer ebenso karg beleuchteten Treppe. Vorsichtig geht sie die Stufen nach unten, die letzte verfehlt sie und fällt. Sie hält sich den Mund zu, um nicht laut aufzuschreien, obwohl sie sicher niemand hören wird.

Vor dem Raum, in dem Sarah auf ihn ungeduldig wartet, hat er eine 60 Watt Glühbirne installiert. So kann er ihren erwartungsvollen Blick genießen, wenn er die Tür öffnet, ohne erkannt zu werden. Es wäre zu früh.

Kapitel 9

Stunden vergehen. Oder waren es nur Minuten? Sarah ist in dieser winzigen Kammer, in vollkommener Dunkelheit. Ihr Körper schmerzt, brennt und sie friert erbärmlich. Plötzlich öffnet sich die Tür. Grelles Licht hindert Sarah daran, irgendetwas zu erkennen. Mit bebender Stimme bettelt Sarah.

»Bitte, wer immer du bist, lass mich gehen. Ich werde nichts sagen. Bitte lass mich einfach gehen.«

Sarah schallt ein widerlich gehässiges, wortloses Lachen entgegen. Das Licht blendet, Sarah kneift die Augen zusammen. Lukas sieht in ihre angsterfüllten Augen. Sein Lachen ist abartig grausam.

»Schrei nur, es hört dich niemand und mir tust du einen großen Gefallen damit.«

Dann folgt ein kräftiger Schlag. Er zerrt die ohnmächtige Sarah brutal hinter sich her. Lukas zuckt zusammen, hält inne.

War da was?

Nein, nichts. Er muss sich geirrt haben. Sarah im Schlepptau geht er zu seinem neuen Spielplatz. Er hievt sie auf den Altar. Unsanft legt er sie auf den Rücken, zurrt die Fesseln fest. Kleine Blutstropfen bahnen sich an der Verschnürung vorbei. An Händen und Füßen entstehen kleine Rinnsale. Wie in seinem Traum, hat er Kerzen aufgestellt. Im Schein des Kerzenlichts sieht Sarah noch wundervoller und anziehender aus. Er nimmt sich eine Kerze und lässt das heiße Wachs langsam auf ihren

Körper tropfen, dabei genießt er, wie ihr Körper bei jedem heißen Tropfen zusammenzuckt. Auf der Brust und den Oberschenkeln ist sie besonders empfindlich. Dann greift er nach dem Messer. Kleine, oberflächliche Schnitte. Er giert nach ihrem Blut und umfährt mit dem Messer ihren Bauchnabel, kann sich kaum zurückhalten. Er spürt bereits, wie seine Hände in ihren noch warmen Körper eindringen. Er will ihr Herz schlagen fühlen, bis zum letzten Pulsieren. Ihr Herz in seinen Händen. Wie in diesem wunderbaren Traum. Das Messer fällt auf den Boden und er über Sarah her. Wie ein Tier verbeißt er sich in ihr. Sie reißt die Augen auf, starrt ihn schockiert an. In Rage beißt und schlägt er zu. Mit einem befreienden Gebrüll lässt er von ihr ab und springt zwei Schritte nach hinten.

»Scheiße, fast hätte ich die Jagd vor der Jagd beendet. «

Schnell fühlt er ihren Puls, langsam, jedoch kräftig genug. Er wischt sich mit der Hand zufrieden und befreit den Schweiß von seiner Stirn, löst die Fesseln und schleift sie zurück zu ihrem feuchten Gefängnis.

Da ist doch was?

Er verharrt, hält den Atem an und lauscht.

»Hallo, wer immer hier herumkriecht, zeig dich! Ich finde dich sowieso! Also komm heraus!«

Wieder hört er außer Sarahs Stöhnen nichts, sie atmet schwer und krümmt sich zusammen.

Lukas muss sich getäuscht haben, wer sollte auch hier sein? Er lässt Sarah auf dem kalten Boden zurück.

»Es ist noch nicht vorbei, kleine Sarah, ich komme bald zurück.«

Er sperr die Tür ab und geht.

Schockiert sieht Anna das Geschehen mit an, fassungslos hält sie sich die Hände vors Gesicht, möchte im Erdboden für alle Ewigkeiten verschwinden. Nicht nur Sarahs Leid mit anzusehen, ist unerträglich, Annas Erinnerungen kommen zurück. Anna spürt diese Schmerzen am eigenen Leib. Sie selbst hat sie erlebt. Der Anblick zerreißt ihr fast das Herz. Sie kennt das Gefühl, diese Sehnsucht, sofort sterben zu wollen. Doch die Gewissheit, dass es nur mit dem Tod enden kann, die hat Sarah noch nicht. Anna erkennt diesen Raum wieder. Sie sieht Sarah daliegen, nackt und an allen Gelenken gefesselt auf diesem Tisch. An allen vier Ecken sind Ösen zur Befestigung der Fesseln eingegossen. Die Fesseln sind aus Leder und so eng um Sarahs Gelenke gebunden, dass ihre Hände und Füße kaum noch eine Blutzirkulation zulassen.

Oh Gott, Sarah...

Anna schießen Tränen in die Augen. Sie möchte weglaufen, dieser Anblick ist kaum zu ertragen. Hilflos muss sie mit ansehen, wie Sarahs Körper langsam aufgeschlitzt wird. Sie spürt Sarahs Schmerz. Plötzlich dreht sich der Perversling um.

»Lukas?!«

Anna starrt fassungslos in das Gesicht ihrer großen Liebe, dem Mann, mit dem sie den Rest ihres Lebens verbringen wollte.

Und genau dies hat sie auch getan. Seit Jahren hofft sie, dass er zurückkommt, sie rettet oder wenigstens nach ihr sucht.

»Lukas, hast du mir das angetan? Du verdammter Dreckskerl, ich habe dich geliebt, dir vertraut. Wieso?«

Lukas steht vor Sarah, fuchtelt mit dem Messer in der Hand herum und giert Sarah an. Anna kann es nicht begreifen. Für einen kurzen Moment vergisst sie Sarahs Schicksal. Ihre letzten Tage und Stunden als lebendiger Mensch hier im Hotel laufen im Sekundentakt vor ihren Augen ab. Krampfhaft versucht sich Anna zu erinnern, ob sie damals in die Augen von Lukas geblickt hat, bevor sie sterben musste. Die Schmerzen spürt sie, ihren letzten Atemzug, nur das Gesicht ihres Peinigers sieht sie nicht. Nur daran, dass sie Lukas damals zwischen den ganzen Schaulustigen hat stehen sehen. Anna muss sich wegdrehen, sie kann nicht mit ansehen, wie Lukas sich an Sarah vergeht. Unbegreiflich, ihre große Liebe ist ein perverser Mörder. Mit Tränen in den Augen sieht Anna, wie Lukas endlich von Sarah ablässt, sie hinter sich her schleift und zurück in die dunkle Zelle bringt. Voller Wut schreit Anna.

»Du abartiges Dreckschwein!«

Plötzlich bleibt er stehen, dreht sich suchend und erschrocken um. Anna zuckt zusammen, verkriecht sich schnell noch weiter in die Dunkelheit. Langsam geht sie ihm hinterher, hört, wie er die Tür schließt und die Treppe hinaufsteigt, um schnell durch den Gang zu verschwinden. Anna wartet etwas und folgt ihm. Noch bevor sich die versteckte Tür schließt, huscht sie hindurch. Sie muss ihm folgen. Doch schon wenige Augenblicke später ist Lukas aus Annas Blickfeld verschwunden.

Im Hotel ist es ruhig, es ist früh am Morgen und Anna weiß nicht, wie es weitergehen soll. Sie geht zurück zum Pool. Sie darf den Moment nicht verpassen, wenn die Tür sich wieder öffnet. Ihre Gedanken sind bei Sarah und bei dem Dreckschwein, das sie einst geliebt hat. Anna hat es nie geahnt, kann es nicht glauben, doch jetzt hat sie es mit ihren eigenen Augen gesehen.

Stunden vergehen. Ein paar Hotelgäste ziehen inzwischen ihre Bahnen im Pool. Abwarten kann und will Anna nicht mehr. Es ist bereits nachmittags. Viel Zeit bleibt Sarah sicherlich nicht mehr. Anna springt auf, möchte sich im Hotel umsehen, vielleicht findet sie den Mistkerl, kann ihn irgendwie von diesem perversen Plan abhalten und Sarahs Leben retten.

Ich finde dich!

Die Badegäste bemerken ihre Anwesenheit nicht. Alles scheint wie immer im Hotel zu sein. Die Sonne scheint, einzelne Gäste genießen ihren Kaffee auf der sonnenüberfluteten Terrasse. Nichts deutet darauf hin, welch schreckliches Schauspiel sich zwei Etagen tiefer abspielt. Resi und Karl plaudern belanglos mit ein paar Gästen über den schönen Spätsommer, während sie den einen oder anderen Aperol servieren. Anna beobachtet diese scheinheilige Idylle. Sie muss hier weg.

Du Mistkerl, was bis du nur für ein abartiger Mensch!

Voller Hass auf ihren ehemaligen Geliebten irrt Anna weiter durchs Hotel, schlüpft in jedes Zimmer. Sie muss ihn finden. In einem der letzten Zimmer dann, die Vorhänge sind geschlossen. Ein Gast liegt zufrieden und ruhig atmend im Bett. Es ist Lukas. Anna schreit ihn an, fuchtelt wild mit ihren Armen umher. Doch Lukas schläft unbeeindruckt weiter.

Er räkelt sich. Streckt die Arme weit aus und gähnt zufrieden, bevor er mit einem Ruck aus dem Bett springt. Caroline, Lucinda, Anna. Jetzt endlich ist es wieder soweit. Und diese Sarah entspricht voll und ganz seinen Erwartungen. Wie sehr hat Lukas es vermisst. Doch jetzt geht's ihm gut. Das Finale ist nicht mehr weit weg.

Er kann es kaum erwarten. Noch bevor er eingeschlafen ist, hat er sich Notizen gemacht. Jedes noch so kleine Detail soll für jeden gut lesbar in seinem neuen Buch verewigt werden. Seine Leser sollen stolz auf ihn sein. Die schönste Fantasie ist immer noch die Realität. Seine Biografie, seine wahre Leidenschaft. Lukas nimmt sich seine Notizen und beginnt zu schreiben.

Zwischendurch hat er Resi gebeten, ihm einen kleinen Snack aufs Zimmer zu bringen. Schon klopft sie an der Tür, reicht ihm schnell ein Tablett. Resi kann ihrem Gönner jetzt nicht in die Augen sehen. Mit einem verlegenen Lächeln huscht Resi eilig davon. Lukas bedankt sich und macht sich schnell an die Arbeit. Dass er nicht allein ist, bemerkt er nicht. Anna ist die ganze Zeit bei ihm. Sie hat dieses zufriedene Lächeln geliebt, wenn sie neben ihm wach lag und ihr Glück nicht fassen konnte, so einen wunderbaren Mann gefunden zu haben. Und jetzt hat er wieder dieses Lächeln. Doch jetzt ist es nicht mehr, wie ein perverses Grinsen, hässlich und so falsch.

Dieses so angenehme Äußere, das charmante Getue, dem keine Frau widerstehen kann, ist nur eine Hülle, hinter der sich ein Monster versteckt. Hilflos und wütend starrt sie Lukas an. Schweißperlen stehen ihm beim Schreiben auf der Stirn. Anna spürt, wie sehr er es genießt, jeden einzelnen Buchstaben, jedes Wort zu schreiben. Plötzlich springt Lukas auf, aufgewühlt geht er im Zimmer auf und ab. Die Gier steht ihm ins Gesicht geschrieben. Er starrt auf die Uhr, dann auf den Wald. Sein Grinsen wird breiter. Doch Lukas muss sich noch gedulden. Er wischt sich den Schweiß von der Stirn und seine feuchten Hände an der Hose trocken. Dann geht er ins Bad. Lukas braucht eine erfrischende Dusche. Er kann sich keine Fehler erlauben, muss konzentriert bleiben, bis er wieder bei ihr ist. Dann kann Lukas endlich er selbst sein, frei und gedankenlos. Das eiskalte Wasser rinnt über seinen kräftigen Körper. Anstatt die Wassertemperatur zu ändern oder erschrocken aus der Dusche zu springen, bleibt er stehen und genießt die Schmerzen, diese Nadelstiche auf seiner Haut, die sein Blut zum Stocken bringen.

Währenddessen starrt Anna fassungslos auf den Laptop. Sie liest die letzten Zeilen.

„...erschöpft bricht sie zusammen. Jetzt stürzt er sich mit seinem ganzen Körper auf sie. Ein entsetzlicher Schrei durchbricht die Stille

der Nacht. Wie ein wildes Tier verbeißt er sich in ihrem Hals und sein mächtiger Körper liegt auf ihr, um ihren zuckenden Körper unter Kontrolle zu halten..."

Wütend beginnt Anna auf die Tasten einzuschlagen, auch wenn sie genau weiß, sie wird nichts ausrichten können. Anna ist Luft, eine lebende Tote, ein Geist.

Verzweifelt tippt sie ein letztes Mal auf den Laptop, dreht sich um, sie muss hier raus. Voller Hass rennt sie aus seinem Zimmer. Nur weg hier!

Ich muss einen Weg finden! Sarah muss mein Schicksal erspart bleiben. Sie darf nicht erleben, was dieser Mistkerl vorhat, sie hat..., nein! niemand hat so etwas verdient!

Nie hätte sie gedacht, was sein wahres Sein wirklich ist, wer sich wirklich hinter diesem Menschen, hinter dieser so attraktiven Fassade verbirgt. Nichts erinnert mehr an ihren Traummann, mit dem sie sich eine Zukunft ausgemalt hat.

Der Mann, den sie so geliebt hat. Jetzt erkennt sie diese furchteinflößende Fratze mit den messerscharfen Zähnen, dem stechenden Blick, der ohnmächtig werden lässt. Klauen, die sich in seine Opfer krallen bis das Blut in Strömen fließt. Eine Kreatur, ein Dämon vom Teufel persönlich erschaffen, eine dunkle, bösartige, verdorbene, menschliche Seele, mächtig, unberechenbar, gefährlich und todbringend. Oder ist er der Teufel selbst? Angewidert bei dem Gedanken an dieses Scheusal steigt ihre Wut und ihr Hass auf ihn ins Unermessliche.

Kapitel 10

Mit einem quälenden Schrei wird Sarah wach, sie hat unerträgliche Schmerzen, das Atmen fällt ihr schwer. Ihr Gesicht ist unter einem Sack versteckt, den sich Sarah mit einem Ruck vom Kopf reißt.

»Du Schwein, du Drecksack!«

Wut, Verzweiflung, Angst und die Ungewissheit lassen Sarah schreien. Doch ihre Schreie verhallen im Nichts. Sie ist immer noch in diesem dunklen Loch, weiß nicht wie lange schon. Sarahs Lippen sind ausgetrocknet, sie hat wahnsinnigen Durst, der sie fast um den Verstand bringt. Diese Finsternis, der Gestank und diese Angst, nicht mehr lebend aus diesem Loch herauszukommen, lassen sie panisch werden. Die Tür öffnet sich, grelles Licht lässt Sarah die Augen zusammenkneifen. Schon schließt sich die Tür mit einem lauten Knarren. Ein kurzes Knacken und Surren und eine spärlich leuchtende Glühbirne an der Decke des Raums lässt die Dunkelheit verschwinden. Hell ist es nicht, doch es reicht, um sich umzusehen. Auf dem Boden liegt der Leinensack, sicher der, den sie sich gerade vom Kopf gezogen hat. Kein Fenster. Ein Kellerloch. Feuchtigkeit funkelt an den kargen Steinwänden und tropft vereinzelt herunter. Die Tür, massiv, undurchdringbar. Ein winziges, vergittertes Fenster, das nur von einer Seite zu öffnen ist, befindet sich in der Tür. Auf dem Boden stehen Wasser, ein Sandwich und ein Joghurt. Sarah dreht sich angeekelt weg, betrachtet ihren schmerzenden Körper. Sie trägt nichts außer einem Leinenhemd. Ihre Hand- und Fußgelenke sind gezeichnet von Fesselspuren. Ihr Körper übersät von kleinen Bläschen, die bei jeder Berührung brennen. Kratzspuren und Verletzungen, die Bisswunden ähneln. Sarah ekelt sich so sehr vor sich selbst, dass sie sich übergeben muss.

Was hast du nur mit mir gemacht?! Töte mich doch einfach!

Sie bricht zusammen, weint, zittert, zum Schreien fehlt ihr die Kraft. Sie sitzt nur da, stiert zur Tür. Der widerliche Geschmack von Erbrochenen in ihrem Mund raubt ihr den Atem. Sie nimmt das Wasser, trinkt es in einem Zug aus. Es tut ihr gut, der ekelhafte Geschmack im Mund lässt nach und sie versucht, klar zu denken, einen Ausweg aus dieser ausweglos scheinenden Situation zu finden. Sarah rafft sich auf, rüttelt an der Tür, die sich keinen Zentimeter bewegt. Kraftlos setzt sie sich in die äußerste Ecke, keine zwei Meter von der Tür entfernt, verschränkt die Arme um ihre Knie, leg den Kopf zwischen ihre Arme und die angezogenen Beine und beginnt hemmungslos zu weinen. Ein erbärmliches Häufchen Elend. Die Feuchtigkeit ihrer Zelle kriecht langsam durch ihren Körper, Sarah zittert am ganzen Leib. Sie jammert vor sich hin, bittet, bettelt. Doch es bleibt ruhig. Kein Gelächter, keine Schritte, nur Stille, die von vereinzelt herabfallen Tropfen unterbrochen wird. Sie weiß nicht, ob es Tag oder Nacht ist. Sie weiß nicht, ob sie überhaupt noch in diesem Hotel ist. Sarah weiß einfach gar nichts mehr. Erschöpft fällt sie in einen tiefen Schlaf.

Lukas steht noch immer unter der Dusche. Sein Körper beginnt langsam, sich weiß-bläulich zu verfärben. Er dreht das eiskalte Wasser ab. Nur langsam kommt das Gefühl in seinen unterkühlten Körper zurück. Er trocknet sich ab, zieht sich an und beschließt, sich den Wald genauer anzusehen. Ein abgelegener, nicht einfach zugänglicher Teil sollte es sein. Sarah darf nicht so schnell gefunden werden wie Anna damals. Noch bevor er das Zimmer verlässt, muss Lukas seinen neuen Bestseller speichern. Nicht ein Buchstabe soll verloren gehen.

„Ich weiß wer du bist und was du tust!"

Erschrocken springt er zwei Schritte zurück und starrt auf den Bildschirm, liest diese Drohung und hat das erste Mal Bedenken, entdeckt worden zu sein.

»Was soll der Scheiß! Hallo? Ist jemand hier?«

Schnell löscht er den Satz und speichert.

»Hallo?«

Lukas blickt schon fast ängstlich um sich. Vielleicht hat er sich auch nur getäuscht und die eiskalte Dusche und ein letzter Rest seines Gewissens haben ihm einen Streich gespielt. Er muss hier raus. Eilig rennt er die Treppe hinunter. Zu gern würde er jetzt zu Sarah. Dieses Miststück wartet doch schon ungeduldig. Doch es ist zu früh. Für Resi, die hinter der Rezeption steht und sich mit einem Gast unterhält, hat er nur ein kurzes Nicken übrig. Gedanken kommen in ihm auf. Sollte vielleicht Resi? Nein, auf gar keinen Fall. Resi und Karl würden ihn niemals verraten.

Eilig verlässt er sein Hotel, geht immer weiter. Dabei bemerkt Lukas nicht, wie sich dunkle Wolkenberge am Himmel auftürmen. Plötzlich steht er da, wo es damals mit Anna geendet hat. Gefährliches Brodeln am abendlichen Himmel. Doch Lukas ist wieder er selbst. Diese wunderbaren Erinnerungen.

»Anna.«

Laut stöhnt er ihren Namen in den brodelnden Abendhimmel. Seine Augen leuchten dunkel und gefährlich auf, als er ihren Namen ausspricht. In Erinnerungen versunken bleibt er stehen und schließt die Augen. Er sieht es wieder, fühlt es wieder, die Sehnsucht danach lässt ihn alle Bedenken vergessen.

»Niemand wird mich jemals stoppen können. Keiner von euch!«

Lukas öffnet die Augen, dreht sich um und geht eilig zum Hotel zurück. Er muss es heute wieder erleben, er will heute wieder leben. Es ist später Abend und die Dunkelheit wird nur von einigen Blitzen durchbrochen. Die ersten Tropfen fallen und noch bevor Lukas im Hotel ankommt, tobt ein heftiges Unwetter. Komplett durchnässt ist er zurück im Hotel, es ist spät, fast Mitternacht. Niemand läuft ihm über den Weg. Schnell holt er die Schlüssel zu seinem Reich und verschwindet unbeobachtet in den Tiefen des Hotels. Nur die Tropfen auf dem Boden seiner durchnässten Kleidung hinterlassen eine Spur, doch das ist ihm egal. Er will Sarah - jetzt. Der Pool ist leer, nur die Notlichter brennen. Hastig und übereilt steckt er den Schlüssel in das Schloss, dabei fällt er klirrend zu Boden. Im Dämmerlicht hat Lukas Schwierigkeiten, den Schlüssel wieder zu finden. Auf allen Vieren kriecht Lukas auf dem Boden herum und tastet nach dem Schlüssel. Endlich, schnell greift er nach ihm und öffnet mit zitternden Händen die Tür. Anna hat auf diesen Moment ungeduldig gewartet.

Sie beobachtet ihn, will den Moment nicht verpassen und durch die Tür huschen. Auch wenn sie nicht weiß wie, will sie nichts unversucht lassen und Sarah helfen. Lukas geht eilig durch die Tür. Anna springt auf. Lukas schlägt die Tür kraftvoll zu.

»Nein, nein, nein! Du dämliche Tür! Geh auf.«

Verzweifelt hämmert Anna gegen die Tür. Dieses Mal hat sie keine Chance. Noch einmal tritt und springt sie gegen die verschlossene Tür.

»Nein, bitte nicht! Du Bastard, du Monster! Sarah, ich habe versagt. Bitte verzeih mir.«

Anna muss Sarah ihrem Schicksal überlassen, kann ihr nicht helfen, nur noch hoffen und bangen.

Ein lautes Knarren lässt Sarah aufschrecken, die wuchtige Tür öffnet sich. Sarah wird aus dem Schlaf gerissen. Übersät mit Wunden, ihr Gesicht angeschwollen, das einst so gepflegte Haar strähnig und blutverklebt. Nichts erinnert mehr an diese starke Frau, die mit dieser Reise ins Ungewisse einen Neustart in ihrem Leben schaffen wollte.

»Nein, nein, bitte nicht? Was wollen Sie von mir?«

Doch noch bevor Sarah eine Antwort bekommt, greift ein dunkel gekleideter Mann nach ihrem Arm. Die schwache Glühbirne an der Decke schwingt leise quietschend hin und her. Selbst im Dämmerlicht erkennt man die panische Angst in Sarahs Gesicht.

»Steh auf!«

Ohne jegliches Mitleid zerrt Lukas Sarah brutal am Handgelenk in die Höhe. Kellerasseln und Silberfische rennen in die sichere, feuchte Dunkelheit.

»Jetzt bewegt deinen Arsch!«

Bettelnd und flehend versucht Sarah, ihn davon abzuhalten, sie hinter sich herzuzerren. Sarah schreit, schlägt mit dem noch freien Arm um sich. Doch ohne nur einen Hauch von Mitleid oder Interesse zu zeigen, geht er weiter und schleift Sarah unsanft hinter sich her. Sarah schafft es irgendwie, sich aus seinem kraftvollen Griff zu befreien, springt auf, doch noch bevor sie weglaufen kann, greift er unsanft zu und versetzt ihr einen kräftigen Schlag ins Gesicht.

Benommen stürzt Sarah zu Boden und spürt, wie er ihr ein Tuch vor dem Mund hält. Nach einem verzweifelten Versuch, die Luft anzuhalten, atmet Sarah nach Sauerstoff ringend tief ein, und ein schon fast angenehmer, süßlicher Geschmack umhüllt Nase und Mund. Ihr Körper sackt in sich zusammen. Er nimmt die betäubte Sarah, wirft sie sich über die Schulter und geht weiter.

Sarah liegt träumend auf einer duftenden Blumenwiese.

Was für ein dummer, abartiger Albtraum.

Lachend genießt Sarah das warme Sonnenlicht auf ihrem nur leicht bekleideten Körper. Ein wunderschönes Gefühl. Der Duft der süßen Blumenwiese tut ihr gut.

Ich wusste es, es war nur ein Traum.

Glücklich und zufrieden genießt sie das Zwitschern der Vögel, das Rauschen eines Bachs.

Plötzlich durchfährt sie ein quälender Schmerz, ein höllisches Brennen lässt sie aufschreien. Sarah reißt die Augen auf und erstarrt. Fesseln verhindern, dass sie sich auch nur einen Zentimeter bewegen kann. Ihr Körper bebt, ihre Arme und Beine versuchen, sich verzweifelt von den Fesseln zu befreien. Über ihren Lippen ein dicker Streifen Klebeband. Dieser Albtraum ist real. Ihre weit aufgerissenen Augen starren ihn an. Eiskalt grinsend ergötzt er sich am Anblick der sich windenden Beute.

Sarah fällt es schwer zu atmen, der Schlag ins Gesicht hat ihre gesamte rechte Gesichtshälfte fast bis zur Unkenntlichkeit anschwellen lassen. Er kommt näher, reißt ihr mit einem einzigen kräftigen Ruck das Klebeband vom Mund. Sarah schreit auf und japst nach Luft. Ihre Lippen sind von dem heftigen Ruck aufgeplatzt, brennen wie Feuer und Blut läuft ihr in den Mund.

Unbeeindruckt von Sarahs Leid blitzt ein Messer auf. Eine Klinge, so scharf wie ein Skalpell, ritzt sich unter Sarahs Schreien und ihren aussichtslosen Versuchen, sich aus den

Fesseln zu befreien in ihren Körper. Knapp unterhalb des Kehlkopfs, um den Bauchnabel, bis hin zu ihrem Schambereich. Sarah bäumt sich vor Schmerzen auf, sie ist kurz davor das Bewusstsein zu verlieren.

Sie will einfach nur noch sterben. Der Schnitt ist oberflächlich, Blut sickert aus der langen, klaffenden Wunde. Ein teuflisch funkelndes Augenpaar ergötzt sich an diesem Anblick.

Seine Finger fahren über die blutende Wunde und verteilen das Blut auf ihrem gesamten Körper. Er leckt sich erst seine Finger ab, jeden einzelnen, bevor er das Blut von Sarahs Körper leckt. Zuerst ganz vorsichtig, fast sanft, bevor er ihren ganzen Körper in Besitz nimmt und dabei die versiegende Blutquelle mit heftigem Saugen zum Pulsieren bringt. Besinnungslos, unfassbar brutal lässt er seinen abartigen Trieb an Sarahs Körper aus. Tränen laufen über ihr Gesicht, dabei schreit Sarah vor Angst und Schmerzen. Dann beißt er zu, ihr Körper bäumt sich auf, Lukas kann sich kaum stoppen.

Sarah schreit und verliert das Bewusstsein. Sofort lässt er von ihr ab, fast wäre er zu weit gegangen - zu früh. Er geht zwei Schritte zurück, betrachtet seine Beute. Die Fesseln schnüren sich tief in Sarahs Fleisch. Er ist das Raubtier, das mit seiner Beute spielt, bevor er zum Finale übergeht. Doch noch ist es nicht soweit.

Wimmernd und nicht bei Sinnen liegt Sarah festgeschnallt und schmerzgeplagt vor ihm. Er wendet sich ab und zündet Kerzen an. Eine nach der anderen. Dann schleicht er um Sarah herum, betrachtet sie, jeden Zentimeter ihres entblößten Körpers, der übersät mit blauen Flecken, Bisswunden und Schnittstellen ist.

Die Gier steht ihm ins Gesicht geschrieben. Er wischt sich mit dem Handrücken über seinen Mund, letzte Blutstropfen leckt er sich genüsslich ab. Langsam kommt Sarah wieder zu sich. Plötzlich und wie im Rausch fällt er über Sarah her.

Mit weit aufgerissenen Augen starrt sie ihn dabei an. Kein Schrei, kein Aufbäumen mehr, nur der starre Blick genau in seine widerlichen, abartigen Augen. Kurz treffen sich ihre Blicke und er springt erschrocken zurück. Doch es ist kein Mitleid. Nein, sie muss leben. Sarah muss noch genug Kraft zum Fliehen haben. Er muss sie jagen, um zum finalen Schlag zu kommen. Er braucht dieses Gefühl des Beherrschens. Ihr rasender Puls soll in seinen Händen immer langsamer werden.

Den letzten Herzschlag will er ganz nah spüren, seine Hände tief in ihrem Körper, dabei ihr Herz in seinen Händen haltend, um es ihr dann brutal aus der Brust zu reißen. So soll es enden. Aber nicht hier. Lukas dreht sich wieder weg, muss tief durchatmen. Sarah ist ihm egal, sie ist nur die nächste Hauptfigur in seinem neuen Buch, Mittel zum Zweck. Es geht um ihn.

Seine Jagd, seine Regeln, sein wahres Sein. Abartig und pervers. Noch einmal atmet er tief durch. Dann wendet er sich wieder Sarah zu. Das dunkle Funkeln in seinen Augen lässt Sarah noch mehr erstarren. Verzweifelt winselt sie.

»Bitte, bitte, nicht, tu es nicht. Ich flehe dich...«

Ein heftiger Schlag mitten ins Gesicht und Sarah liegt regungslos da. Heute darf sie noch nicht sterben. Ein letzter Tropfen aus ihrer pulsierenden Wunde, dann lässt er von ihr ab und schneidet die Fesseln durch. Sarah ist nicht in der Lage, sich auch nur einen Zentimeter zu bewegen. Er streift ihr dieses blutverschmierte Leinenhemd über und zerrt sie gnadenlos zurück in das Loch und wirft sie auf den eiskalten Boden. Noch bevor er die Tür verschließt, dreht er sich um.

»Oh, du schmeckst köstlich und es wird noch besser.«

Mit einem breiten Grinsen schließt und verriegelt er die Tür mit einem kräftigen Ruck. Fassungslos und geplagt von unerträglichen Schmerzen ist Sarah nichts mehr wie ein Häufchen Elend, nicht in der Lage auch nur einen klaren Gedanken zu fassen.

Die schwache Glühbirne schwingt quietschend hin und her und bringt etwas Licht in das Loch, doch Sarah umgibt nur Dunkelheit und Leere. Die Schmerzen und das pulsierende Blut aus ihren frischen Wunden sind die einzigen Zeichen dafür, dass sie noch am Leben ist. Das Leinenhemd ist blutgetränkt und feucht. Sie hockt einfach nur da, den starren Blick auf die Tür gerichtet.

»Oh, kleines Sarah-Miststück, du machst mich glücklich und in der nächsten Nacht werde ich Erfüllung finden. Bis dahin bleibe ich bei dir, genieße den Gedanken daran, was wir zwei in ein paar Stunden erleben werden. Ich gehe nicht mehr weg, bevor es zu Ende ist.«

Hier unten ist sein wahres Leben und er ist bestens vorbereitet. In einer kleinen Kammer, gleich neben dem „Vergnügungsraum" hat er sich eingerichtet. Eine klapprige alte Couch, ein Tisch, ein Stuhl aus der alten Hoteleinrichtung, ein uraltes Waschbecken war bereits da, voll funktionstüchtig und Proviant mit der dazugehörenden Flasche Whisky, schließlich muss er richtig in Stimmung kommen.

Lukas geht nicht zurück. Diese Nacht wird er die Jagd beenden. Allein der Gedanke an Sarah verführt ihn zu Höchstleistungen. Hier unten kann er das gerade erlebte auf Papier bringen. Zettel und Stift liegen für ein paar Notizen griffbereit, kein Detail soll verloren gehen. Die Tür steht offen, sein Blick fällt genau auf den Tisch, auf welchem Sarah vor wenigen Augenblicken gefesselt, so köstlich anziehend und bereitwillig aufgebahrt lag. Bereit nur für ihn.

Noch bevor er sich hinlegt, um ausgeschlafen für die finale Jagd zu sein, muss er noch einmal Sarah sehen. Leise öffnet er die Luke in der Tür, hinter welcher Sarah auf ihn wartet. Gestern genoss er diesen Anblick so sehr, als er die Tür öffnete und ihr das Wasser und den Snack hinwarf. Ihr geblendeter Blick, diese zusammengekniffenen Augen und die Schockstarre, nicht wissend, was geschehen wird. Er grinst, leckt sich über die Lippen. Und auch wenn er es kaum erwarten kann, geht er zurück und legt sich schlafen.

Nur ein paar Stunden Schlaf, mehr war nicht möglich. Unruhig läuft er auf und ab. Den Whisky hat er sich nicht ins bereitstehende Glas gegossen. Ein, zwei oder drei kräftige Schlucke aus der Flasche und er fühlt sich bereit.

Sarah heute wirst du zur Hauptfigur, zum Star. Genieße diesen Moment.

Der Wettergott meint es gut mit Lukas. Das nächste Unwetter jagt durch die Alpen. Regen, Sturm, Blitz und Donner. So mag er es. Und die Gefahr, dass irgendwelche verirrten Nachtwanderer unterwegs sind, ist mehr als unwahrscheinlich.

Grinsend zündet er die auf dem Boden stehenden Kerzen an und dann geht er zu ihr. Fast ohne jegliche Gegenwehr lässt sich Sarah von ihm mitzerren. Sie hat keine Kraft mehr, will einfach alles nur hinter sich bringen und sterben. Keine Schreie, kein Flehen mehr. Lukas wird wütend, schließlich soll sich dieses Miststück wehren. Wie soll man seine Beute jagen, die nicht mehr gejagt werden will.

»Du kleine Schlampe, gib dir ein wenig mühe. Hab dich nicht so. Du bist kräftig, ich weiß es.«

Fast zu einfach schnallt Lukas Sarah auf dem Tisch fest. Sie starrt ihn nur wortlos an. Selbst als er die Fesseln enger zurrt, zuckt Sarah nicht mit einer Fingerspitze. Verzweifelte Wut kocht in ihm auf. Sollte seine Jagd gescheitert sein? Er schleicht um sie herum beobachtet Sarah und sucht fassungslos nach einer Lösung.

Scheiße! Was soll ich mit einer halbtoten Beute? Ich will jagen und töten, dann, wenn ich dazu bereit bin.

Er holt den Whisky, trinkt und schüttet Sarah reichlich in den Mund. Sie will den Kopf wegdrehen, doch er hält ihn fest, schüttet weiter. Reflexartig schluckt Sarah mit weit aufgerissenen Augen. Lukas wirft die Flasche in die Ecke, die laut klirrend in tausend Stücke zerspringt. Sarah hustet, schnappt nach Luft. Dann wirft er sich auf sie. Doch Sarah lässt regungslos alles über sich ergehen. Nur in ihren Augen erkennt man den Schmerz und das Leid. Mit brutaler Gewalt vergeht sich Lukas an ihr. Dann springt er auf und schlägt ihr heftig ins Gesicht.

»Du dämliche Schlampe, was soll der Scheiß!«

Ein zweiter Schlag folgt. Sie verliert das Bewusstsein. Lukas ist fassungslos. Wütend rennt er auf und ab. So darf es nicht enden! Sein Plan scheint sich in Luft aufzulösen. Er greift zum Messer, hält es fest in seiner Hand.

Ich sollte sie hier gleich aufschlitzen. Ihr das Herz herausreißen, es braten und genießen.

Dabei sticht er immer wieder bedrohlich tief auf Sarahs Körper ein. Er leckt das Messer ab. Die klaffenden Wunden saugt er aus. Bedrohlich hebt er den Arm für den finalen Stich. Doch noch bevor er zum Äußersten geht, löst er Sarah die Fesseln und verbirgt sich in der sicheren Dunkelheit.

Du dämliche Schlampe, noch gebe ich nicht auf. Ich habe Zeit.

Blutstropfen ihrer aufgeplatzten Lippen laufen Sarah in den Mund, benommen und instinktiv dreht sie den Kopf zur Seite. Ein Rinnsal aus Blut fließt nun über ihre Wange bis hin zum

Ohr. Benommen wird Sarah wach. Wie lange sie bewusstlos war, weiß sie nicht. Hämmernde Kopfschmerzen lassen sie kaum denken. Langsam öffnet Sarah die Augen. Nur schemenhaft kann sie erkennen, dass sie immer noch auf diesem Altar liegt, diesem Perversling gnadenlos ausgeliefert. Ruhe umgibt sie, nur das Geräusch von Sarahs schwerer Atmung durchbricht die absolute Stille. Stechende Schmerzen in der Brust hindern Sarah daran, tief durchzuatmen. Regungslos liegt sie da. Ein dumpfer Knall. Eine Tür fällt ins Schloss.

Nein, er kommt zurück.

»Du Schwein! Hast du immer noch nicht genug!«

Sarah bäumt sich auf, schreit in die Dunkelheit hinter dem kargen Kerzenschein. Ihr Kopf scheint zu zerbersten, ihre Brust fühlt sich an, als würden Messer zwischen den Rippen tief hineingestochen und in der Wunde gedreht werden. Sie spürt, wie ihre Hände und Füße zu kribbeln beginnen, als würden sie in einem Ameisenhaufen stecken. Sie ist frei. Die Fesseln fallen auf den steinigen Boden. Sarah stockt der Atem. Bewegungslos wartet sie ab. Doch es geschieht nichts. Langsam bewegt sie ihre Arme. Noch immer nichts. Die Schmerzen lassen ihren Körper zusammenzucken, doch Sarah schreit lautlos.

Wie ein Baby bei den ersten Versuchen, die Welt zu erobern, rollt sie sich auf die Seite. Kurz hält sie inne. War da ein Geräusch? Nein, nur eine Ratte, die fiepend an der Wand entlang vorbeihuscht und in der Dunkelheit verschwindet.

Schweißperlen rinnen Sarah von der Stirn, brennend und stechend versickern sie in den offenen Wunden an Auge und Stirn. Jetzt versucht Sarah, sich aufzurichten. Sie kämpft, stützt sich mit der Hand ab. Geschafft!

Sarah sitzt. Ihr ist schwindelig und übel vom Whisky, fast verliert sie das Gleichgewicht und droht, auf den eiskalten Boden zu fallen. Sie verkrampft ihre Hände fest an dieses monströse, altertümliche Möbelstück.

Im Schein der flackernden Kerzen blickt sie sich um. Angewidert vom Anblick dieses Tisches, auf dem ihr Blut klebt, möchte Sarah herunterspringen. Doch sie besinnt sich, zu groß ist die Gefahr, kraftlos und hart auf dem Boden aufzuschlagen. Die Hände fest an der Kante, rutscht sie langsam Zentimeter um Zentimeter Richtung sicherem Steinboden. Sie streckt ihre Zehen weit nach unten, die den rettenden Boden noch nicht ertasten können. Dann verliert sie die Kraft, ihre Arme knicken einfach zusammen.

Ein kurzer, entsetzter Schrei, doch Sarah hat in diesem Moment festen Boden unter den Füßen und fällt nicht. Erschrocken hält sie sich die Hand vor den Mund und blickt ängstlich nach links und rechts. Immer noch Stille, er ist nicht da. Ein vorsichtiges Lächeln huscht über Sarahs Gesicht. Wie aus dem Nichts flitzt ein Schatten an Sarahs Füßen vorbei, reflexartig tritt sie danach. Mit einem lauten Fiepen fliegt etwas in die dunkle Ecke. Noch eine Ratte. Ekel überkommt Sarah und sie muss sich übergeben. Sie versucht, sich mit dem Arm, den säuerlichen Geschmack vom Mund zu wischen und hält sich dabei an dem Foltertisch fest, um nicht das Gleichgewicht zu verlieren.

»Nicht schlapp machen Sarah, klar denken!«

Nach diesem Hoffnungsschimmer spricht sich Sarah selbst Mut zu und blickt sich dabei weiter um, lauscht. Doch nach wie vor Stille, nur ihr eigener schwerer Atem ist zu hören. Barfuß, frierend und zitternd versucht Sarah, einen Ausweg zu finden. Sie ist schwach, ihre Beine geben nach und sie fällt unsanft auf den Boden.

Lukas beobachtet alles aus der Dunkelheit.

Oh ja, du kleine Schlampe, kämpfe! Ich wusste, dass du stark bist. Und dafür, dass du mir den Spaß fast verdorben hast, wirst du büßen.

Er ballt die Fäuste, kann sich kaum zurückhalten und beißt sich darauf, um nicht gleich seine Beute zu erlegen. Die Ratte hat Sarah genau in seine Richtung geschleudert. Er ist bereit, wenn sie bereit ist. Lukas liegt auf der Lauer, den Blick fest auf Sarah gerichtet, die langsam Hoffnung schöpft.

Genau so will ich es!

Sein funkelnder Blick, seine gierigen Augen, lassen nichts Gutes erahnen. Das wilde Tier lauert ausgehungert und beobachtet seine Beute.

Oh Sarah, komm und renne.

Lukas kann sich einen Seufzer kaum unterdrücken. Speichel läuft aus seinen Mundwinkeln. Er will jagen, sie spüren. Doch jetzt muss sie erst einmal den Weg finden, den Weg in die Freiheit, der ihren sicheren Tod bedeuten wird. Hungrig beobachtet er ihre ersten zaghaften Schritte, sieht, wie Sarah auf den Boden fällt.

Komm, du kleines Miststück, gib dir ein bisschen mehr Mühe! Zeig mir, dass du leben willst.

Zu gern würde er sie jetzt mit einer Peitsche vor sich hertreiben, sie anschreien und sie zwingen, doch nun endlich loszurennen. Es fällt ihm schwer, sich zurückzuhalten. Er beißt sich wieder auf die Lippe, um keinen Mucks von sich zu geben. Hier will er es nicht beenden. Es würde ihm nicht reichen. Lukas braucht diese Jagd. Er muss und will in ihr gehetztes, verzweifeltes Gesicht blicken, bevor er sie erlöst und seinen unendlichen Drang befriedigen kann.

Jetzt steh endlich wieder auf und lauf los! Du kleines Luder!

Lukas Körper bebt vor Aufregung. Schweißperlen laufen über seine Stirn. Mit zittrigen Händen wischt er sie sich ab. Sarah rappelt sich auf, zieht sich am Tisch nach oben. Benommen blickt sie sich um. Auf wackeligen Beinen geht sie ein paar Schritte zurück zu ihrem Verlies.

Nein, vielleicht wartet er dort auf mich. Es muss noch einen anderen Weg geben. Die Ratte, sie ist nach hinten gerannt. Ratten verlassen immer das sinkende Schiff in die richtige Richtung.

Sarah will es versuchen. Ratten sind schlau. Sicher gibt es einen Grund, warum die Ratte nach ihrer unfreiwilligen Flugeinlage in die entgegengesetzte Dunkelheit gerannt ist. Außer Sarah gibt es hier unten nichts, dass den Hunger der Ratten stillen könnte. Und Sarah ist noch kein Rattenfutter, noch lebt sie.

Jeder Schritt schmerzt, doch langsam tastet sich Sarah weiter. Noch einmal stürzt sie, kriecht auf allen Vieren weiter. Das Leinenhemd liegt blutverschmiert vor ihr auf dem feuchten Boden, sie greift danach. Lukas kann diesen Anblick kaum ertragen. Er ist nervös, aufgeregt und voller Vorfreude. Jetzt, wo sie wie ein Tier auf allen Vieren nach einem Ausweg sucht, steigt sein Verlangen fast bis ins Unermessliche. Endlich ist es wieder soweit. Endlich wird Sarah dazugehören. Endlich wird sie sich in seine geheimen Bestseller einreihen. Sarah tastet sich weiter. Es ist stockfinster. Das flackernde Kerzenlicht hat sie hinter sich gelassen. Sie spürt einen Luftzug.

Vielleicht ein Ausweg?

Vor ihr ist eine Wand, feucht, steinig. Sarah versucht, sich daran aufzurichten. Die Wand ist rutschig, doch sie schafft es. Sie dreht sich, lehnt sich mit dem Rücken zur Wand. Der Schwindel ist nicht mehr so stark, nur der widerliche Geschmack von Erbrochenem und Blut in ihrem Mund, lässt Sarah kurz würgen. Vorsichtig versucht sie, sich den Fetzten blutverschmiertes Leinenhemd um ihren Körper zu schlingen. Dann tastet sich Sarah an der Wand entlang, immer wieder zwingen sie diese unerträglichen Schmerzen kurz innezuhalten. Doch sie hat Hoffnung geschöpft. Ihre Schritte werden sicherer. Sarah stockt der Atem. Schnell drückt sie sich an die Wand. Ein Quietschen, kurz darauf eine zuschlagende Tür.

Oh nein, bitte nicht!

Tränen schießen über ihr geschwollenes Gesicht, ihr Herz schlägt schier ununterbrochen. Es bleibt wider Erwarten jedoch ruhig. Sarah tastet sich weiter an der Wand entlang, genau in die Richtung, woher das Quietschen kam. Ihre Angst wandelt sich in Wut um.

»Du Scheißkerl, falls du dort auf mich wartest, ich komme!«

Sarah schreit ihre Wut heraus. Die stechenden Schmerzen ignoriert sie, selbst das Blut, das aus der wieder aufgeplatzten Wunde an ihrer Lippe tropft, wischt sie sich nur ab. Und wieder schlägt eine Tür zu, ganz nah. Doch da ist noch mehr. Sarah bleibt stehen. Sie lächelt, zögerlich, doch sie lächelt. Sie hört Regen, tatsächlich Regen. Regen bedeutet Freiheit. Mit jedem Schritt hört Sarah den Regen stärker, ein heftiger Wind pfeift durch die Bäume.

Mit einem gewaltigen Stoß schlägt Sarah gegen die Tür, die sie endlich erreicht hat, geht festen Schrittes hinaus. Der Regen prasselt auf sie nieder, doch Sarah streckt ihr Gesicht nach oben, schließt die Augen, öffnet den Mund und lässt den sinnflutartigen Regen in ihren Mund laufen. Der Wind fegt durch ihr durchnässtes Haar und rosafarbenes Wasser läuft an ihr herunter.

Sarah spuckt das Wasser aus, um den säuerlichen Geschmack loszuwerden. Schnell lässt sie den strömenden Regen wieder in ihren Mund, um den Durst zu stillen. Ein heftiger Blitz, gefolgt von einem gewaltigen Donner und dem Klang eines berstenden Baums. Aber Sarah hat keine Angst. Ihre Lebens- und

Überlebensgeister sind zurück. Ihr ganzer Körper ist auf Flucht eingestellt. Adrenalin schießt in ihre Blutbahn und lässt sie die Schmerzen vergessen. Halbnackt und barfuß rennt sie los. Die Dornen, Äste und Steine unter ihren Füßen spürt sie nicht. Sarah rennt, ohne nachzudenken. Immer weiter. Unwetterartig prasselt der Regen auf Sarah herab, begleitet von Blitz und Donner. Der Sturm fegt alte, verdorrte Äste aus den Baumkronen. Sarah rennt ungeachtet dessen in den Wald. Ein dumpfer Schlag, gefolgt von einem lauten Aufschrei. Sie hält sich die Hand an den Kopf und ein Rinnsal aus Wasser und Blut läuft ihren Arm herunter. Ein Ast hat sie an der Stirn getroffen. Die dröhnenden Kopfschmerzen sind wieder da, stärker als je zuvor. Doch Sarah steht wieder auf.

»Verdammte Scheiße! Du Drecksast!«

Schimpfend und schreiend vor Schmerz und Wut geht sie weiter, etwas langsamer und den Arm abwechselnd schützend über ihren Kopf haltend und ihr im Weg hängende Zweige wegstoßend. Mit der anderen Hand hält sich Sarah noch immer diesen Fetzen Hemd vor ihrer Brust zusammen. Der Sturm lässt nach und der sinnflutartige Regen hat aufgehört, in der Ferne grummelt es noch und die Blitze sind nicht mehr, wie ein entferntes Wetterleuchten, das durch die Baumkronen zu sehen ist. Sarah bleibt kurz unter einem Baum stehen, tupft sich vorsichtig Blut mit dem Fetzenhemd von ihrer noch immer blutenden Wunde an der Stirn. Erst jetzt verspürt sie dieses Stechen an ihren Fußsohlen. Sie lehnt sich an den Baum, hebt einen Fuß nach dem anderen und zieht sich einige Dornen aus den Fersen und wischt sich den Dreck aus den aufgeschürften Füßen. Sie hockt sich hin, fühlt sich sicher und atmet befreit tief durch. Vor Erschöpfung fallen Sarah die Augen zu.

Die ersten Sonnenstrahlen kitzeln sie an der Nase. Schlaftrunken versucht Sarah sie mit der Hand wegzuwischen. Sie kneift, geblendet von der Sonne, die Augen zusammen, bevor sie sie endgültig öffnet. Vogelgezwitscher und der Duft von Herbst liegen in der Luft. Lächelnd versucht Sarah aufzustehen. Vergessen sind die letzten Tage. Schmerzen spürt sie nicht, selbst als sie sich durchs Haar fährt deutet nichts darauf hin, dass gerade noch tiefe Platzwunden Gesicht und Stirn zierten.

Fassungslos blick Sarah an ihrem Körper herunter. Sie trägt ihr Lieblingskleid, es ist sauber und duftet, dazu trägt sie Ballerinas, farblich natürlich passend zum Kleid. Ihre Hände sind gepflegt wie eh und je.

Sollte alles nur ein erbärmlicher Albtraum gewesen sein?

Lachend springt Sarah auf und genießt den Blick auf die Berge, die bei aufgehender Sonne besonders imposant sind.

Oh Gott, ich bin so froh.

Ihr fröhliches Lachen kommt schallend aus dem Wald zurück. Ausgelassen hüpft Sarah wie ein kleines Mädchen den Weg entlang, der sie zurück zum Hotel bringt. Sie sieht es schon. Vielleicht fünfhundert Meter vor ihr. Der Albtraum ist fast vergessen. Schon kann sie die große Terrasse erkennen, die noch einsam, aber bereits im herrlichsten Sonnenschein dazu einlädt, ein ausgiebiges Frühstück zu sich zu nehmen.

Habe ich einen Hunger.

Sarahs Magen knurrt und sie freut sich auf eine frische Tasse Kaffee. Sie geht die Außentreppe zur Terrasse nach oben, der Duft von frischen Kaffee zieht an ihr vorbei. Sie setzt sich, mit Blick auf die Berge, hofft, dass Resi gleich herangeeilt kommt und dreht sich kurz um. Tatsächlich kommt Resi zu ihr, stellt den Kaffee hin und blickt Sarah tief in die Augen.

»Sarah!«

Kapitel 11

Endlich!

Mit gierigem Blick folgt Lukas Sarah. Sein Plan ist perfekt. Das Wetter ist auf seiner Seite. Die Gegend kennt er in- und auswendig. Jetzt steht Lukas in der Tür und beobachtet Sarah. Zum Glück hat sie seinen Schatten im Türrahmen nicht bemerkt, als ein Blitz die ganze Gegend hell erleuchtet. Doch Lukas springt kurz in die Dunkelheit zurück.

Komm, du kleines Miststück. Du sollst dich sicher fühlen, dann ist dieses Überraschungsmoment noch viel besser.

Jetzt endlich ist die Zeit des Wartens vorbei. Gespielt hat er genug mit Sarah. Bei dem Gedanken daran, sie durch die Finsternis zu jagen und über seine Beute herzufallen, bekommt er zittrige, feuchte Hände. Noch verfolgt er sie mit sicherem Abstand und wenn er könnte, würde er es wie eine Raubkatze auf allen Vieren tun. Lukas gefällt, wie Sarah scheinbar schmerzfrei immer weiter geht, trotz des Unwetters und der Verletzungen.

Ich wusste es, sie ist verdammt stark, ein richtig zähes Luder! Es wird perfekt werden.

Bald wird er wissen, ob sie sich so sträubt, wie er es sich vorstellt und seine Begierde dabei befriedigt wird. Schnell geht er näher. Höchsten zehn Meter liegen noch zwischen ihnen. Schon setzt er zum Sprung an. Ein ohrenbetäubendes Knacken und Krachen - Lukas sieht, wie Sarah zu Boden geht.

»Scheiße!«

Leise fluchend springt er schnell hinter einen schützenden Baum und beobachtet Sarah.

Komm du kleine Schlampe, steh wieder auf! Los jetzt! Oh ja, komm du schaffst es! Ja, komm. Gut so, steh auf, renn weiter. Gehts nicht schneller!?

Froh darüber, dass sich Sarah aufgerafft hat, ärgert es Lukas ein wenig, dass sie an Geschwindigkeit verliert.

Ach, was solls, Hauptsache, sie hat ihren kleinen Hintern überhaupt wieder nach oben bekommen.

Als Sarah sich an den Baum lehnt, überlegt Lukas kurz, ob das der richtige Moment ist, um die Jagd zu beenden.

Nein, soll sich doch die kleine Schlampe ein wenig ausruhen.

Während Sarah unter dem Baum die Augen zufallen, schleicht Lukas um sie herum. Betrachtet sie, stellt sich vor, wie es wäre, sie jetzt an diesen Baum zu fesseln, um ihr dann Stück für Stück winzige, dann immer größer werdende Fetzen aus ihrer zarten Haut herauszureißen.

Neue Pläne für mein neues Buch. Das muss ich mir merken.

Er schleicht weiter, ganz nah, saugt ihren Duft ein, streicht mit dem Finger über ihre Kopfwunde und leckt sich das frische Blut ab. Sarah zuckt kurz zusammen, doch sie schläft weiter und lächelt dabei. Wie ein geschundener Engel sitzt sie da. Lukas gefällt dieser Anblick. Doch die Nacht ist bald vorbei und es muss heute beendet werden, er kann nicht mehr abwarten. Er stellt sich genau vor den schlafenden und geschundenen Engel.

»Sarah!«

»Nein! Wieso?«

Sarah zuckt zusammen, sie hört seine Stimme, blickt in seine Augen, umgeben von vollkommener Dunkelheit. Dieses nichts Gutes verheißende Funkeln in seinen Augen. Sie springt auf, das zerfetzte Leinenhemd, die blutende Wunde an der Stirn, ihre nackten Füße und diese erbärmlichen Schmerzen, alles ist wieder da. Sie hat nur geträumt und er hat sie gefunden. Schreiend rennt sie davon und Lukas lässt es zu.

»Lauf du Schlampe, renn um dein Leben!«

Nur wenige Sekunden, dann jagt er hinterher, greift nach ihr und bekommt nur ihr Hemd zu packen. Er reißt es ihr mit Wucht vom Leib, wirft es hinter sich. Sarah kommt ins Schlingern, kann sich kaum auf den Beinen halten. Doch sie schafft es. Schon ist er wieder hinter ihr, wirft sich mit ganzer Kraft auf Sarah. Chancenlos geht sie zu Boden. Seine großen, kräftigen Hände krallen sich tief in ihren Körper.

Laut schreit Sarah auf, wilde Tiere rennen aufgeschreckt davon. Er dreht sie um, liegt jetzt über ihr, sieht in Sarahs weit aufgerissenen Augen. Ihr starrer Blick voller Entsetzen und Angst. Jetzt ist sein Moment gekommen. Er drückt ihre Arme zu Boden, verbeißt sich in ihrem Hals, genießt jeden Tropfen ihres heißen Blutes. Sein Gesicht ist verschmiert von ihrem Blut als er von ihr ablässt. Sarah ist nicht fähig, sich auch nur einen Zentimeter zu bewegen, doch sie lebt, ihr Herz schlägt noch, schwach, sehr schwach. Lukas weiß, jetzt wird es nicht mehr lange dauern. Schnell steht er auf, greift nach dem Messer in seiner Hose. Dann setzt er sich auf sie und beginnt langsam zu schneiden. Zwischen ihren Brüsten bis hin zum Bauchnabel.

Immer und immer wieder, jedes Mal ein paar Millimeter tiefer. Er genießt diesen Anblick, die ersten winzigen Tropfen, die dünne, zarte Haut, die sich immer weiter öffnet. Weiße Hautränder, getränkt von Blutstropfen. Schnell leckt er jeden einzelnen ab, nichts soll verloren gehen. Mit jedem Schnitt wird aus dem roten Rinnsal immer mehr ein reißender Blutstrom. Schreie der Befriedigung durchbrechen die Stille der Nacht. Jetzt ist er tief genug. Noch pulsiert ihr Blut. Mit dem Finger fährt er jeden Zentimeter ab, immer noch auf ihr hockend.

»Gleich gehört dein Herz mir!«

Er bohrt tiefer in ihren Körper, erst mit einem, dann mit zwei, drei Fingern. Er spürt den Puls in seiner Hand und fühlt das nahende Ende, doch ein ohrenbetäubendes Grummeln und Knacken, ein dumpfes Geräusch zerstören sein gewolltes Finale. Aufgeschreckte Vögel fliegen orientierungslos in den noch dunklen Nachthimmel. Er greift nach ihrem Arm, bekommt Sarah zu packen. Doch dann gleitet sie aus seinem Griff. Lukas rettet sich mit einem Sprung nach hinten und landet unsanft auf dem Rücken.

»NEIN!!!«

Mit einem gewaltigen Entsetzensschrei muss er mit ansehen, wie der Boden unter Sarah nachgibt. Ihr fast lebloser Körper wird zusammen mit gewaltigen Erdmassen in die Tiefe gezogen.

»Nein, nein, nein!«

Lukas rutscht rückwärts weiter nach hinten, während er fassungslos den Naturgewalten zusehen muss. Er spürt, wie auch unter seinem Körper der Boden nachgibt. Verzweifelt muss er nun um sein eigenes Leben bangen.

Keine Sekunde zu spät kommt er auf die Beine, bringt sich mit einem weiteren rettenden Sprung in Sicherheit, bevor auch der Waldboden vor ihm mit heftigem Tosen den Abhang herunterbricht. Ungläubig steht er da, reißt die Arme nach oben und schreit sich die Wut aus dem Bauch. Schon hört er die ersten Sirenen ertönen. Bald darauf schimmern die ersten Blaulichter durch die Baumwipfel.

Ich muss weg hier!

Der Morgen dämmert bereits als Lukas zurück im Hotel ist. Schlamm, Dreck und Wasser hinterlassen eine verräterische Spur, als er vorbei am Pool zurück in sein Zimmer rennt.

Scheiße, Scheiße. Hoffentlich pennen alle noch. Sehr gut, keine Menschenseele wach.

Etwas beruhigter, nicht gesehen worden zu sein, kommt er in seinem Zimmer an, springt unter die Dusche. Resi ist durch das ferne Heulen der Sirenen wach geworden, sieht Lukas die Treppe hochstürmen, ahnt, was er getan hat. Nur im in die Jahre gekommenen Morgenmantel holt sie den Wischmopp, beseitigt die Spuren, die er hinterlassen hat, so, als wäre es das Normalste auf der Welt.

Kapitel 12

Nicht nur Resi, auch Anna hat Lukas gesehen, als er überstürzt aus der versteckten Tür gerannt kam. Fast zwei Tage hat sie am Pool ausgeharrt und gewartet. Jetzt kommt er vollkommen verdreckt aus dieser Tür, die er nicht einmal abschließt. Doch die Tür fällt ins Schloss, noch bevor Anna hindurchschlüpfen kann. Sie weiß, Sarah hat die Strapazen überstanden und hofft, dass Sarah jetzt im Himmel Ruhe findet und nicht wie sie, für alle Ewigkeiten als lebende Tote umherirren muss. Anna bricht in Tränen aus, kauert sich hin und schluchzt, sie weiß, es ist zu spät.

Du verdammter Scheißkerl! Du Dreckschwein! Du wirst dafür büßen, das schwöre ich dir! Für Sarah, für mich und Herr Gott nochmal, für jede Einzelne, der du jemals weh getan hast!

Hoffnungslos und verzweifelt geht sie in Zimmer Dreiundzwanzig zurück. Sie setzt sich in eine Ecke, legt ihren Kopf auf die Beine. Sie hat keine Kraft mehr. Anna kann diesem Mistkerl jetzt nicht gegenübertreten. Sie fühlt wieder diese Schmerzen. Anna kann nicht mehr.

»Lasst mich gehen. Bitte, ich will gehen. Himmel oder Hölle, vollkommen egal. Aber bitte, holt mich hier heraus.«

Es wird stockdunkel im Zimmer. Anna spürt eine angenehme Wärme, die ihren Körper durchdringt. Die Angst und die Verzweiflung sind weg. Am anderen Ende des Zimmers öffnet sich eine Tür.

»Komm Anna, lass uns gehen. Es ist vorbei.«

Anna steht auf. Sie kennt diese warme Stimme, die ihr so viel Sicherheit und Halt gibt und folgt ihr. Anna lächelt und geht durch die Tür dem Licht und der Stimme entgegen. Ihre Großmutter wartet am anderen Ende der Tür und nimmt sie liebevoll in den Arm. Die Tür schließt sich. Anna kann endlich gehen. Sie hat es überstanden.

Ich habe versagt! Fuck, Fuck, Fuck.

Ein heftiger Schlag gegen die Fliesen lässt nur erahnen, welche Wut in ihm steckt. Die nächste perfekte Nacht sollte es werden. Jetzt steht er unter der Dusche, wäscht sich den Dreck von seinem Körper und in Gedanken sieht er, wie Sarah mit den Schlammmassen ins Tal gezogen wird. Das Herz wollte er ihr herausreißen, den letzten Herzschlag in seinen Händen spüren. Ein weiterer Schlag folgt und hinterlässt einen Riss in der Fliese. Er fühlt keinen Schmerz, schlägt weiter und weiter. Drei Jahre hat er auf diesen Moment gewartet.

Drei beschissen lange Jahre. Und im entscheidenden Moment alles vorbei.

Bevor er das ganze Hotel aus dem Schlaf reißt, beißt er sich auf die Hand, um nicht laut loszuschreien. Seine verdreckten Sachen stopft Lukas bedenkenlos in den Abfalleimer. Resi und Karl werden keine Fragen stellen.

Nur gut, dass diese kleine Schlampe für alle Ewigkeiten verschwunden ist! Du hast es nicht anders verdient!

Inzwischen ist es hell geworden. Die ersten Sonnenstrahlen blinzeln hinter sich gefährlich auftürmenden Wolken hervor. Das nächste Unwetter scheint im Anmarsch zu sein. An Schlaf ist nicht zu denken. Schreiben kann er jetzt auch nicht, es gibt nichts zu schreiben! Er muss hier raus. Braucht Luft. Eilig will er das Hotel verlassen.

»Lukas, soll ich...?«

Resi sieht ihn fragend an.

»Was?!«

Lukas dreht sich zu ihr um und unterbricht sie forsch. Erschrocken bleibt Resi wie angewurzelt stehen. Entsetzt über seine Reaktion beendet sie den Satz nicht mehr und geht schleunigst zurück in Richtung Küche. Sie und Karl haben sich für diesen Vertrag entschieden, damals, als sie verzweifelt vor dem Nichts standen. Lukas hat ihnen diese Chance gegeben. Auch wenn weder Resi noch Karl wussten, was sie erwarten würde, wenn sie unterschreiben, waren sie einverstanden. Jetzt kramt sie diesen Vertrag wieder heraus und liest.

Mit eurer Unterschrift erklärt ihr euch einverstanden. Ihr werdet tun, was ich erwarte, ohne Fragen zu stellen. Ihr werdet vielleicht Dinge sehen, die ihr ohne Fragen hinnehmen müsst. Ich werde euch um Gefallen bitten und ihr werdet bereitwillig alles erledigen. Im Gegenzug verspreche ich euch ein wohlhabendes Leben ohne Zukunftsängste. An nichts wird es euch fehlen. Eure Wünsche werde ich erfüllen. Mit eurer Unterschrift werdet ihr mir treu ergeben sein. Ich schenke euch dafür ein Leben ohne Sorgen. Wendet sich aber nur einer von euch ab, widerspricht, stellt die falschen Fragen oder redet mit Außenstehenden, werde ich euch das Leben zur Hölle machen, ihr werdet alles verlieren und es wird kein Morgen mehr für euch geben.

Resi hält das Stück Papier mit zittrigen Händen und beginnt zu weinen. Karl kommt zu ihr, nimmt sie fest in den Arm.

»Resi, wir haben das Richtige getan. Glaub mir. Denk an diese scheußliche Zeit, bevor uns Lukas begegnete, zurück. Denk an diesen Wohnwagen, der unser neues zu Hause geworden wäre. Und denk an die Schachteln voller Tabletten, die wir uns bereits zurechtgelegt hatten.«

Resi räumt den Vertrag wieder weg, wischt sich die Tränen ab und stimmt Karl nickend zu.

Eilig verlässt Lukas das Hotel. Ziellos irrt er umher, dann steht er wieder an dieser Stelle. Dort, wo er sich stolz von Anna verabschiedete und einen letzten Blick auf ihren zugedeckten Körper geworfen hatte. Wütend denkt er an die letzte Nacht und er schreit sich den ganzen Hass aus dem Leib.

Vögel flattern erschrocken aus den Baumwipfeln. Dann dreht er sich um und rennt. Er rennt immer weiter, bis zur vollkommenen Erschöpfung. Atemlos und komplett verschwitzt lehnt er sich an einen Baum, legt die Hände auf die Knie und ringt um Luft. Schweißperlen laufen von der Stirn in seine Augen, die sofort zu brennen beginnen. Hastig kneift er die Augen zu und versucht durch Reiben den brennenden Schmerz loszuwerden. Langsam lässt das Brennen nach.

Was soll das jetzt!

Entsetzt stellt er fest, dass er dort steht, wo gestern die Jagd begonnen hat. Noch einmal reibt er sich die Augen, um wieder klar sehen zu können. Doch er hat sich nicht geirrt. Es ist die Tür zu seinem geheimen Keller, die Tür, die Sarah gestern Freiheit vorgegaukelt und ihm die schönsten Jagdgedanken gebracht hat. Wütend hämmert er gegen diese Tür, die sich quietschend öffnet. An seiner Faust geht das nicht spurlos vorbei.

Scheiße, ich habe doch nicht abgesperrt.

Er weiß nicht weshalb, aber die Schlüssel sind in seiner Hosentasche. Bevor er absperrt geht er in seinen Tempel der Lust, den er letzte Nacht voller Jagddrang verlassen hat. Er geht den Gang entlang, sieht in Gedanken, wie Sarah sich vorsichtig an der Wand aufrichtet und Hoffnung schöpft. Dann sieht er diese losen Fesseln. Langsam geht er um seinen Lusttisch herum, berührt jede einzelne Stelle, schließt die Augen und saugt den Duft der Angst ein. Für einen kurzen Moment ist er wieder er selbst. Dann hört er wieder dieses dumpfe Brodeln und sieht, wie sie kurz vor seinem Finale den Hang hinuntergezogen wird und unter den Schlammmassen verschwindet.

Ich muss es zu Ende bringen. So schnell wie möglich.

Hastig dreht er sich um, sperrt die Tür von außen ab und will zurück zu dieser Stelle. Innerlich aufgewühlt, unbefriedigt und die Geschehnisse der letzten Nacht noch nicht verarbeitet, will er dorthin, wo es letzte Nacht abrupt endete. In Gedanken jagt er sie wieder, sieht ihre Hoffnung, um dann ihren entsetzten Blick und ihre Angst zu fühlen, zu riechen, zu spüren. Jetzt steht er da. Fassungslos betrachtet er diese Schneise, die die zerstörerische Kraft der Naturgewalten hinterlassen hat.

Du dämliche Schlampe, du kannst das nicht überlebt haben. Dabei hätte ich dir zu gern das schlagende Herz aus deinem Leib gerissen.

Wütend auf sich und vor allem auf Sarah kann er sich kaum bremsen.

Kapitel 13

»Es ist unglaublich, was letzte Nacht geschehen ist. Wir Menschen haben sicher eine Mitschuld an diesen Katastrophen.«

Lukas dreht sich erschrocken um. Vor ihm steht so eine kleine Bio-Fuzzi-Maus der Marke Greenpeace, die mit ihren Biobaumwollklamotten mehr als abtörnend wirkt.

»Äh, ja, kann sein. Schönen Tag noch.«

Lukas will schnell weg. Auf ein Gespräch ausgerechnet hier und mit dieser Krampfhenne hat er jetzt wirklich keine Lust. Etwas verdutzt bleibt die kleine Ökotusse mit ihrem geflochtenen Pferdeschwanz allein zurück. Lukas ergreift förmlich die Flucht. Im nächsten Moment hält er inne. Seine Gedanken fahren Achterbahn.

Was wäre, wenn… Nein, das kann ich nicht tun, oder doch? Vielleicht ist es ein erneuter Wink meines Schicksals, vielleicht sollte ich diese Chance nutzen.

Er greift sich an die Hosentasche, worin sich noch der Schlüssel zur Hintertür seines geheimen Ortes befindet. Er starrt die immer noch verdutzte Ökomaus an, die sich wieder dem Abgrund und der wahrscheinlich durch Menschenhand verursachten Naturkatastrophe zugewendet hat. Ihr langer, geflochtener Pferdeschwanz lässt seine Fantasie schon wieder zur Höchstform auflaufen. Der dunkle Glanz ist zurück. Langsam geht er zu ihr. Die letzte Nacht spielt keine Rolle mehr. Sarah, das Miststück, ist vergessen und unter den Schlammmassen für die Ewigkeit konserviert. Ökomaus heißt sein neues Kapitel. Ökomaus wird es zu Ende bringen.

Sollte ich gleich hier? Nein, sie kommt in den Keller!

»He, Bioschlampe!«

Fassungslos dreht sie sich schnell um, der Zopf fliegt dabei einmal um sie herum.

»Wie bitte? Entschuldigung, was wollen Sie von mir. Bitte lassen sie mich!«

Der Klang seiner Stimme verunsichert sie und macht ihr Angst. Suchend nach einem Ausweg, blickt sie sich um. Der einzige Weg ist der, der an ihm vorbei führt Angst zeichnet sich in ihrem Gesicht ab. Lukas gefällt das. Breitbeinig stellt er sich mitten auf den Weg. Er weiß, sie kann nicht anders, muss ihm direkt in die Arme laufen. Sein Grinsen wird breiter. Sie kommt näher, muss an ihm vorbei.

»Lassen Sie mich in Ruhe!«

Mit zitternder Stimme tritt sie ihm entgegen. Mit breitem Grinsen und wortlos geht Lukas einen Schritt zur Seite. Zuversichtlich nimmt sie die Beine in die Hand und rennt so schnell es der unebene Weg zulässt zurück. Er lässt ihr einen Vorsprung. Gejagt vor der eigentlichen Jagd hat er noch nie. Ein neues Gefühl und gar nicht so übel. Jetzt folgt er ihr. Sieht, wie sie sich immer wieder ängstlich umdreht. Es gefällt ihm. Je näher er kommt, umso schneller versucht sie einen Ausweg zu finden. Doch sie läuft genau dahin, wo er sie haben will.

Das Schicksal meint es gut mit mir. Lauf Ökomiststück, lauf weiter.
Du gehörst mir, so oder so!

Sie rennt um ihr Leben. Chancenlos kommt er immer näher, packt ihren Zopf und reißt sie unsanft zu Boden. Schreiend versucht sie sich zu wehren, doch gegen Lukas hat sie keine Chance.

Er schlingt ihr den Zopf um den Hals und zerrt sie über den unebenen Waldboden. Sie verliert einen Schuh. Mit beiden Händen versucht sie, den Zopf um ihren Hals etwas zu lockern, röchelt, kämpft um jeden Atemzug. Gnadenlos zerrt Lukas sie weiter, bis er bei dieser Tür angekommen ist.

Mit zitternden Fingern kramt er den Schlüssel aus seiner Hosentasche. Durch ihr wildes Gezappel fällt er auf den Boden. Kurz muss er sie loslassen und sie beginnt zu schreien. Vögel schrecken auf. Doch ein Schlag und sie schweigt. Vor Wut tritt er ihr kräftig in den Bauch.

»Du dämliches Drecksstück. Dir werd ichs zeigen!«

Er hebt den Schlüssel auf und öffnet die Tür zu seinem Reich. Lukas wirft sich die Unbekannte über die Schulter und geht eilig zu seinem Altar. Die Fesseln sind bereit für sein neues Opfer. Unsanft lässt er sie von seiner Schulter auf den Tisch fallen, schnallt sie fest und betrachtet sie das erste Mal ausgiebig. Dann holt er sein Messer. Die Kleine liegt bewusstlos da. Er schneidet ihr langsam die unscheinbare karierte Bluse auf, darunter ein altbackener BH. Lukas muss laut loslachen und ahnt bereits, welches „Schmuckstück" sich unter der Hose befindet.

Kurz löst er die Fesseln an ihren Fußgelenken. Kraftvoll reißt er die Hose nach unten. Wider Erwarten sieht er ein Spitzenhöschen, durch das ihr Wildwuchs hervorblitzt. Das Höschen lässt er ihr, doch die Beine bindet er stramm auseinander und zieht die Fesseln fest. Diesen abartig langweiligen BH schneidet er ihr vom Leib. Mit der Messerspitze fährt er langsam ihren Körper ab, dringt in ihr Höschen ein, doch verletzt sie nicht. Dann leckt er die Messerspitze ab, legt das Messer zwischen ihre Beine und geht.

»Du bist so anders. Bis dann.«

Der Frust der letzten Nacht ist vergessen. Noch einmal betrachtet Lukas sie von allen Seiten. Angetan von dem, was er da vor sich liegen sieht, verlässt er sie, sperrt die Tür ab und geht eilig zurück zum Hotel. Er muss schreiben, jetzt! In seinem Kopf spielen die Gedanken verrückt, eine unendlich große Buchstabenflut will sofort niedergeschrieben werden. Circa zwanzig Minuten dauert der Weg zum Hotel. Resi steht hinter der Rezeption. Als Lukas mit funkelndem Blick zur Tür hereinkommt, ahnt Resi nichts Gutes.

»Resi, bring mir bitte eine kleine Stärkung und eine Kanne extra starken Kaffee nach oben.«

Keine Entschuldigung für sein Verhalten, keine Erklärung und schon verschwindet er flink nach oben. Resi versteht zwar nicht, wieso sich seine Laune um 180 Grad gedreht hat, doch ihr ist es recht. Schnell bereitet sie Lukas ein paar Sandwiches zu und kocht frischen Kaffee. Vorsichtig klopft sie an seine Tür.

»Komm rein Resi. Stell es einfach ab.«

Wortlos betritt Resi das Zimmer und verlässt es flink wieder. Resi kennt zwar nicht den Grund für seine gute Laune, doch ist sie froh darüber. Obwohl sein kurzer Blick Bände spricht. Sie sieht das Böse in seinen Augen und will gar nicht weiter darüber nachdenken.

Lukas schreibt, zwischendurch braucht er Kaffee, geschlafen hat er nicht, doch das, was da unten auf ihn wartet, lässt ihn zur Höchstform auflaufen.

...diese kleine Yogafotze kam mir ganz recht. Die andere Schlampe unter Schlamm für die Ewigkeit konserviert und ein neues Ziel vor Augen. Schreiend liegt sie angekettet auf dem Tisch in vollkommender Dunkelheit. Verzweifelt versucht sie sich, aus den Fesseln zu befreien und mit jedem Ruck dringen die Fesseln tiefer in ihr Fleisch ein...

Kurz muss er sich den Sabber vom Mund wischen, bevor er weiterschreibt. Stunde um Stunde vergeht. Lukas kann es kaum erwarten, nach ihr zu sehen. Ein paar Stunden Schlaf und dann ist es an der Zeit.

Draußen ist es stockfinster, mitten in der Nacht. Lukas ist ausgeschlafen und aufgeregt wie ein kleines Kind, das seine Weihnachtsgeschenke endlich aufreißen will. Schnell zieht er sich ein Kapuzenshirt an. Falls noch ein Nachtschwärmer unterwegs ist, möchte er auf gar keinen Fall erkannt werden. Voller Vorfreude will er endlich sein verschnürtes

Überraschungspaket öffnen und sich intensiv mit seiner kleinen Yogafotze beschäftigen. Erst jagen, dann fesseln ist neu für ihn.

Bin gespannt, wie sich die Kleine da unten aufführt.

Wie ein Geist huscht er ungesehen durchs Hotel. Selbst am Pool herrscht Totenstille. Eilig kramt er den passenden Schlüssel heraus und verschwindet rasch hinter der verborgenen Tür. Leise schleicht er durch seine geheimen Gänge. Die Tür zu dem Raum, wo gestern noch Sarah hockte, steht einen Spalt offen. Lukas geht kurz hinein, atmet tief durch. Er saugt ihren verführerischen Duft, der noch in der Luft liegt, ein, gleichzeitig kommt wieder Wut über die verlorene Jagd in ihm auf. Laut knallend schlägt er die Tür hinter sich zu und geht weiter.

»Hilfe, Hilfe, hört mich denn niemand. Ich bin hier.«

Ah, die kleine Yogafotze schreit schon nach mir. Warte, nur ein paar Sekunden und ich helfe dir.

Lukas grinst breit und das Funkeln in seinen Augen ist voller Vorfreude. Dieses leise Wimmern gefällt ihm. Geräuschlos schleicht er zu ihr. Er riecht ihre Angst. Ihre bebende Stimme wimmert verzweifelt. Finsternis umgibt sie. Lukas will sie sehen, zündet wortlos eine Kerze nach der anderen an. Tränen laufen ihr übers Gesicht.

»Bitte, lassen Sie mich gehen, ich werde Sie nicht verraten, nur lassen Sie mich gehen.«

Verzweifelt dreht sie ihren Kopf nach links und rechts, beobachtet diesen Mann, wie er, ohne sie zu beachten, die Kerzen anzündet. Noch hofft sie, dass Lukas einfach die Fesseln löst und in der Dunkelheit verschwinden wird. Sein ohrenbetäubendes Lachen gibt ihr die Antwort, die sie nicht hören wollte. Bedrohliches und widerliches Gelächter, das ihr jegliche Hoffnung nimmt.

»Du kleine, dämliche Schlampe. Meinst du, du kommst tatsächlich hier lebend heraus. Vergiss es! Du bist doch selbst schuld, du verfickte Ökotusse! Du warst genau im richtigen Moment am richtigen Ort.«

Das arme Ding zuckt erschrocken zusammen. Dann schreit sie, bis ihre Halsschlagadern heftig pulsierend hervortreten. Die Fesseln dringen tief in ihre Haut ein.

Genauso habe ich es mir vorgestellt.

Lukas genießt diesen Anblick, die Schreie sind wie Musik in seinen Ohren. Er baut sich vor ihr auf. Ihre Brüste springen auf und ab und das Messer zwischen ihren Beinen funkelt im Schein der Kerzen. Ihr Leib bäumt sich unter den Schreien auf und durch das Spitzenunterhöschen tritt der Wildwuchs mächtig hervor. Lukas greif nach dem Messer und blickt in ihre hilflosen, verzweifelten Augen. Sie erstarrt, denkt, jetzt sticht er zu. Dabei ahnt sie nicht, dass ihr das Schlimmste noch bevorsteht. Sie spürt die Messerspitze zwischen ihren Beinen. Er fährt mit dem Messer unter ihr Spitzenhöschen, die Klinge spürt sie auf der Haut. Dann, ein kurzer Ruck, sie zuckt zusammen, schreit kurz auf. Lukas hat ihr den Slip aufgeschnitten, aber sie dabei leicht verletzt. Winzige Blutstropfen tröpfeln durch ihren Wildwuchs auf den Tisch.

Lukas lässt augenblicklich das Messer zu Boden fallen und vergräbt sich zwischen ihren Oberschenkeln, leckt genussvoll jeden einzelnen Topfen auf und saugt an der kleinen Wunde. Ihre Schreie begleiten ihn. Dann wirft er sich auf sie. Wickelt ihren Zopf um ihren Hals und nimmt ihr die Luft zum Atmen. Erbarmungslos dringt er immer wieder in sie ein. Ihre Schreie ähneln eher einem Glucksen, ihre Lippen werden blau, dann weiß. Mit einem lauten Schrei erreicht er seinen ersten Höhepunkt. Schnell löst er die Zopfschlinge um ihren Hals. Röchelnd und hustend ringt sie nach Luft. Langsam bekommen ihre Lippen wieder etwas Farbe.

Doch das interessiert Lukas nicht. Er bückt sich, greift nach dem Messer. Dann geht er zu ihrem Kopf, zerrt den Zopf weit nach hinten, ihre weit aufgerissenen Augen starren ihn an. Doch noch bevor er ihr die Kehle durchschneidet, sie ausbluten lässt, kann er sich bremsen.

Nein, so schnell werde ich es nicht beenden. Du kleines, dämliches Ding hast mich auf ganz neue Ideen gebracht.

Er lässt den Zopf los. Das Messer legt er wieder auf den Boden. Wie ein wildes Tier schleicht er um sie wortlos herum. Mit dem Finger greift er ihr zwischen die Beine, um die neuerlichen Blutstropfen fast schon vorsichtig abzuwischen. Genüsslich leckt er seinen Finger ab. Dann greift er mit der ganzen Hand zu. Ein gewaltiger Schrei durchdringt den Raum. Er lacht gehässig und genießt es. Dann dreht er sich um, bläst die Kerzen aus und geht. Es ist noch immer mitten in der Nacht. Im Hotel herrscht nach wie vor Totenstille. Eigentlich wollte er das Miststück heute Nacht jagen, sie an ihrem Zopf zu Boden reißen und mitten im Wald seiner Beute den Gnadenstoß verschaffen. Doch er hat es sich anders überlegt. Jetzt geht er ins Bett. Lukas muss schlafen, morgen will er ausgeschlafen ihren letzten Tag genießen.

Am späten Vormittag wird Lukas wach. So gut und ausgeschlafen hat er sich lange nicht mehr gefühlt. Er öffnet die Balkontür und atmet die frische Luft tief ein.

Heute bist du fällig, du kleine Bioschlampe.

Sein Blick fällt auf den Laptop.

Nein, ich schreibe erst danach. Diesmal ist alles anders.

Schnell macht er sich zurecht und geht, um ausgiebig zu frühstücken. Resi beäugt ihn ungläubig von der Seite, doch sie ist froh, dass Lukas gut gelaunt ist, dann kümmert sie sich wieder um die Gäste. Lukas lässt sich Zeit, plaudert noch ein wenig hier und da. Natürlich sind das Unwetter und der Murenabgang Gesprächsthema Nummer Eins. Doch seine Gedanken sind mit jeder Sekunde mehr in seinem verborgenen Reich und dem, was, oder besser wer ihn so sehnsüchtig erwartet. Die Erinnerung an Sarah und die verlorene Jagd muss er schnell hinter sich lassen.

Ich muss zu ihr – JETZT!

Trotz des reichlichen Frühstücks verspürt er diesen Hunger, der nur an einem Ort gestillt werden kann. Lukas bittet Resi, ihm wieder ein wenig Proviant zurechtzumachen. Ohne nachzufragen, erledigt Resi dies prompt. Den Rucksack gut gefüllt, macht sich Lukas auf den Weg. Natürlich kann er nicht durchs Hotel gehen, um diese Uhrzeit tummeln sich zu viele Badewütige am Pool. Doch den Umweg nimmt er gern in Kauf.

Kapitel 14

Es ist früher Nachmittag, als er endlich sein Ziel erreicht. Er öffnet die alte, sperrige Tür und geht hinein. Nur ein leises Wimmern und Schluchzen ist zu hören. Leise schließt er die Tür hinter sich ab und schleicht unbemerkt durch den dunklen Gang zu ihr. Der Duft von Angst liegt in der Luft und Lukas kann es kaum erwarten, diese Angst zu fühlen und zu schmecken. Zuvor stellt er seinen prall gefüllten Rucksack mit dem Proviant in dem kleinen Nebenraum ab.

Resi, du bist die Beste.

Lachend greift Lukas nach der Flasche Whisky, die ihm Resi, wohl wissend seiner Vorlieben und Bedürfnisse, in den Rucksack verstaute und nimmt einen kräftigen Schluck und gleich einen zweiten hinterher.

So, jetzt komme ich zu dir.

Sie wimmert in der Dunkelheit, gefesselt, zittert vor Angst und Kälte. Wortlos zündet Lukas die Kerzen erneut an. Mit jeder einzelnen erhellt sich der Raum ein wenig mehr.

»Bitte, bitte, lassen Sie mich gehen. Bitte, ich flehe Sie an.«

Ihre Stimme ist schwach. Mitleidslos und desinteressiert ist von Lukas nur das Klicken des Feuerzeugs zu hören, mit dem er die Kerzen anzündet. Dann sieht er zu ihr. Sie starrt ihn mit weit aufgerissenen Augen an. Wieder schleicht er um sie herum, betrachtet jeden Zentimeter ihres Körpers.

»Du dämliche Yogafotze, was soll das! Hast du dir etwa eingepisst? Du Drecksstück!«

Lukas ist wütend, geht in den Nebenraum. An dem uralten Wasserhahn mit dem gusseisernen Waschbecken hat er einen Schlauch angeschlossen, um danach alles reinigen zu können. Jetzt spritzt er die arme Kleine damit ab. Erbarmungslos lässt er den eiskalten Wasserstrahl über sie laufen, spritzt den Tisch ab und gibt ihr zwischendurch eine schallende Ohrfeige, eine zweite folgt und sie verdreht die Augen, ist kurz davor, das Bewusstsein zu verlieren.

»Vergiss es!«

Lukas lässt nicht zu, dass sie den Schmerzen entflieht und spritzt ihr den harten Strahl genau ins Gesicht. Sie verschluckt sich, röchelt, ringt nach Luft und hustet. Minutenlang lässt er diesen eiskalten Strahl über sie und den Tisch laufen, bevor er das Wasser abstellt. Lukas kocht vor Wut, nimmt wieder einen kräftigen Schluck aus der Flasche. Nur wenige Kerzen haben die Säuberungsaktion überstanden, flackern und zischen. Für Lukas spielt das keine Rolle, dieses Licht reicht ihm, um ihre Angst zu sehen.

Er geht zu ihr, wirft sich auf ihren durchnässten, eiskalten, zitternden Körper. Tränen laufen über ihre Wangen. Mit bloßen Händen möchte er ihr das Herz herausreißen, doch zu schnell wäre es dann vorbei. Je mehr sie leidet, umso mehr Erfüllung für ihn. Er leckt ihr Gesicht ab, genießt den salzigen Geschmack ihrer Tränen. Angeekelt dreht sie ihren Kopf zur Seite. Die heftig pulsierende Halsschlagader ist einladend. Das Pochen wird stärker, er saugt und spürt das immer stärker werdende Pulsieren an seiner Zunge. Sein Ellenbogen fixiert währenddessen ihren Kopf, so kann er genießen, ohne auf Gegenwehr zu stoßen. Sicher wäre ein kurzer Biss jetzt ausreichend, um durch die Haut zu dringen.

»Bald mein kleines Biomiststück, bald werde ich es tun.«

Gierig starrt er auf seine zitternde Beute, schleicht wieder um sie herum. Ihr Anblick erregt ihn. Bevor er sie tötet, muss er sie noch nehmen.

Der Wildwuchs ist einladend. Ihre weit auseinander gespreizten Beine sind zu verführerisch. Die strammen Brüste wollen ausgesaugt werden. Ihr ganzer Körper ist eine Einladung. Immer und immer wieder dringt er heftig in sie ein, ihr Körper verkrampft sich, ihre Schreie sind erbärmlich. Doch Lukas ist gnadenlos. Er greift nach dem Messer, löst die Fesseln an ihren Beinen. Wild strampelnd versucht sich die Kleine zu wehren. Gnadenlos greift Lukas zu, dreht sie auf den Bauch und fesselt erneut ihre Beine. Die Arme überkreuzt, die Beine weit auseinander.

»Hattest du schon einen Arschfick? Jetzt bekommst du einen vom Allerfeinsten. Du kleine Drecksau, pisst mir alles voll. Du willst es dreckig, du bekommst es!«

Sie blutet, Lukas interessiert es nicht. Er greift nach ihrem Zopf, schlingt ihn wieder um ihren Hals und vergeht sich minutenlang an ihr.

Lukas braucht eine Pause. Er verkriecht sich in dem kargen Nebenraum. Ins Hotel will er nicht zurück, noch ist er nicht fertig. Er leckt das Messer ab, an dem ihr Blut klebt.

Du kleine Schlampe, dieses klägliche Gejammer, das dämliche Röcheln! Wie soll ich es in vollen Zügen auskosten, wenn du jetzt schon schlapp machst. Dämliches Miststück!

Lukas musste von ihr ablassen, ihr Puls wurde schwächer, ihr Blick starr, die Lippen blutleer. Bevor sie sich selbst in den Tod rettete, drehte er sie wieder auf den Rücken. Blut tropfte auf den Tisch. Lukas nahm das Messer, fuhr um ihren Hals und zwischen ihren Brüsten entlang, dabei schnitt er ihr tief in die Brustwarzen. Keinen Millimeter bewegte sie sich. Halbtot, schwach atmend lag sie da. Das Messer fuhr langsam und immer tiefer um ihren Bauchnabel herum. Mit dem Finger fuhr er in die Wunde und leckte sich den Finger ab. Wie von Sinnen saugte er ihre Wunden aus, kein Tropfen sollte verloren gehen, falls die Kleine tatsächlich stirbt.

»Dass du mir ja nicht verreckst! Ich bestimme Zeitpunkt und Ort!«

Jetzt leckt er noch den letzten Blutstropfen vom Messer und trinkt einen kräftigen Schluck aus der Flasche. Er würde sie zu gern durch den Wald hetzen, ihren hoffnungsvollen Blick sehen, um dann über sie herzufallen. Während seine Gedanken noch bei ihr sind, schläft er erschöpft auf dem Stuhl ein, sein Kopf auf der Tischplatte, das Messer in der einen und die Whisky-Flasche in der anderen Hand.

Stunden vergehen. Ein lautes Klirren reißt ihn erschrocken aus dem Schlaf. Er fühlt sich ertappt und enttarnt. Verwirrt blickt er sich um. Doch es ist nur das Messer, das ihm aus der Hand auf den steinigen Boden gefallen ist. Sofort ist er hellwach. Jetzt wird er die Sache beenden. Ein kräftiger Schluck aus der Flasche, die er noch immer fest umkrallt, dann steht er auf, nimmt das Messer und geht zu ihr. Winselnd und zitternd vor Angst und Schmerzen liegt sie da. Ihr Anblick bettelt nach Erlösung. Doch zuvor muss er seinen Trieb ausleben. Lukas kann nicht anders.

Sarah hat ihm verwehrt, wonach er sich die letzten drei Jahre so gesehnt hat. Seine ganze Wut auf das misslungene Finale mit Sarah lässt er an der kleinen Namenlosen aus. Ihre Schreie werden leiser, ihre Gegenwehr ist kaum noch zu spüren.

Doch Lukas lässt nicht von ihr ab. Barbarisch und ohne jegliches Mitgefühl. Er war nicht mehr in der Lage, ihre Fesseln zu lösen, um ihr diesen letzten Hoffnungsschimmer zu geben.

Wie von Sinnen sticht er auf sie ein. Tief steckt das Messer in ihrem Körper. Mit beiden Händen umfasst er den Griff des Messers und zieht es langsam und tief, Zentimeter um Zentimeter nach unten. Das Blut quillt aus ihrem Körper. Er zieht das Messer aus ihrem Bauch, wirft es zu Boden und sich selbst auf ihren Körper. Im Blutrausch wälzt er sich auf seinem Opfer. Seine Hand tastet dabei die tiefe Wunde ab.

Dann greift er schlagartig zu, seine Hand dringt tief in ihren Brustkorb ein. Plötzlich Stille, Totenstille. Sein Gesicht ist blutverschmiert, in den blutgetränkten Händen hält er ihr noch warmes Herz wie einen Schatz. Das Schlachtfeld lässt Lukas hinter sich zurück und trägt vorsichtig das Herz in das Kämmerchen, legt es auf eine Folientüte, dann geht er zu dem rustikalen Waschbecken und sieht in den Spiegel.

Es wurde Zeit. Endlich.

Die Anspannung der letzten Monate ist verschwunden, Sarahs missglückte Jagd scheint vergessen. Jetzt fühlt sich Lukas wieder frei. Und er kann es kaum erwarten, alles aufzuschreiben. Er muss das Erlebte für die Ewigkeit festhalten. Zuvor muss er den Abfall unbedingt loswerden. Sie darf nicht gefunden werden. Es ist mitten in der Nacht. Es sollte nicht schwer sein, den Abfall tief im Wald zu verstreuen.

Die wilden Viecher da draußen werden für mich den Rest erledigen.

Eiskalt geht er zurück zu dem leblosen Körper, zerstückelt ihn. Nach und nach nimmt er den Torso, die Extremitäten, Hände und Füße. Wie einzelne Puzzleteile verteilt er sie im Dickicht. Nur das schwache Licht der Taschenlampe zeigt ihm den Weg.

Na du kleine Bioschlampe, du hast mir richtig gutgetan.

Breit grinsend steht er vor ihrem Kopf, der maskenartig und mit weit aufgerissenen Augen vor ihm liegt. Er greift nach ihrem Zopf, ihr Kopf baumelt noch blutend daran. Noch bevor er den Kopf loswird, schneidet er ihr noch den Zopf ab und steckt ihn sich in die Hosentasche.

Noch ein kleines Souvenir gönne ich mir. Und jetzt flieg, du Biomiststück. Du warst wirklich nicht schlecht!

Lukas holt kräftig aus und schleudert den Kopf am restlichen Haar weit in eine tiefe Felsenschlucht.

Inzwischen wird es hell, er geht schnell zurück, herabhängende Zweige schlägt er mit den Armen zur Seite. Notdürftig reinigt er das Schlachtfeld und noch bevor das Leben im Hotel beginnt, ist Lukas vollkommen zufrieden und ausgeglichen zurück. Ein paar Tage später reist er mit dem fast vollendeten Manuskript ab, kann es kaum erwarten, das neueste Werk von Samuel Senkrad für jeden zugänglich zu machen.

Kapitel 15

Nur das unregelmäßige Piepen und Surren von Maschinen, die an ihrem Körper angeschlossen sind, deuten darauf hin, dass Sarah noch lebt. Lebt? Nein, Sarah vegetiert vor sich hin, nur diese Maschinen sorgen dafür, dass Sarah nicht bereits irgendwo unter der Erde verwest. Unvorstellbare Qualen hat sie durchlebt und auch jetzt lässt man Sarah noch nicht gehen. Ihr Körper ist gezeichnet für die Ewigkeit.

Sarah liegt im Koma. Einmal war es fast soweit. Plötzlich stand sie neben ihrem Krankenbett und blickte auf sich selbst. Ein schrilles Dauerpiepen alarmierte die Krankenschwestern und Ärzte. Auf dem Monitor war nur noch eine gerade Linie zu erkennen. Sarah stand erschrocken, aber doch voller Zuversicht da, endlich könnte sie gehen, frei sein, die Schmerzen und Qualen vergessen.

»Nein Sarah, auch wenn du gehen möchtest, tu es nicht. Kämpfe! Du wirst es schaffen. Es ist noch nicht soweit, nicht für dich.«

Eine Hand packte kräftig die ihrige und verhinderte, dass Sarah viel zu früh die andere Seite betritt. Sie wollte nicht mehr kämpfen, sie wollte gehen, einfach nur schlafen. Doch der Defibrillator ließ ihren Körper mehrfach zusammenzucken, dann begann ihr Herz wieder zu schlagen, unregelmäßig und zögerlich, aber nach und nach wurde es immer kräftiger. Jetzt liegt sie regungslos im Tiefschlaf in dem Bett, begleitet von dem

Piepsen ihres eigenen Herzschlags. Und niemand ahnt, welchen Kampf Sarah jeden Tag, jede Stunde, jede Minute durchstehen muss. Sie kämpft gegen dieses Monster, das sie hierhergebracht hat.

Keiner ahnt, dass Sarah im Koma ununterbrochen ihren Leidensweg durchlebt, ausweglos und hilflos, gefangen in einem Körper, der nicht fähig ist, sich der Welt mitzuteilen. Sie hört die Stimmen, die sich an ihrem Krankenbett unterhalten. Sarah schreit um Hilfe, erzählt ihr Leid. Niemand kann sie hören. Sie bettelt, dass man doch endlich den Stecker ziehen soll. Jedem, der an ihrem Bett steht, brüllt sie den Namen ihres Peinigers entgegen. Keiner hört es.

Manchmal streichelt jemand ihre Wangen oder ihre Hand. Dann kann sie für einen kurzen Moment dieses Monster vergessen und versucht, wenigstens einen Finger zu einem kleinen Zucken zu bringen.

Wochen vergehen. Sarah kämpft ihren einsamen Kampf, den niemand bemerkt. Wieder durchlebt sie diese Nacht, diese Flucht und den Sturz in die Tiefe.

Unvermittelt durchbricht ein lauter Schrei die Stille des Krankenzimmers. Höchste Aufregung um sie herum. Ein Arzt, zwei Schwestern und die wild flackernden und piepsenden Monitore. Sarah kneift die Augen zusammen.

»Können Sie mich hören? Öffnen Sie bitte die Augen.«

Eine Krankenschwester hält Sarahs Hand. Sarah öffnet vorsichtig die Augen, verschwommen erkennt sie ein erleichtertes Lächeln in den Gesichtern des Arztes und der Schwestern.

»Sehr gut. Sie sind wieder bei uns.«

Sarah ist wach.

Wo bin ich? Was mache ich hier?

Der Arzt leuchtet Sarah in die Augen, kontrolliert ihre Vitalwerte, spricht in ruhigem Ton mit ihr.

»Können Sie mir ihren Namen verraten? Sie haben uns viel Kummer bereitet. Wir dachten, Sie wollen gar nicht mehr wach werden.«

Ich heiße... Wie heiße ich? Wer bin ich?

Sarah liegt mit weit aufgerissenen Augen da. Die Angst und Verzweiflung sind in ihrem Gesicht nicht zu übersehen.

»Ganz ruhig, das wird schon. Jetzt wird alles wieder gut. Ruhen Sie sich jetzt aus. Schlafen Sie. Aber nicht wieder so tief.«

Mit einem Zwinkern und so warmen Lächeln streichelt der Arzt über Sarahs Hand, die sie kurz wegzieht, sie dreht sich zur Seite, Tränen laufen über ihr Gesicht, doch sie schläft wieder ein.

Jeden Tag wird Sarah jetzt ein wenig kräftiger. Den Untersuchungsmarathon übersteht sie ohne Rückschläge. Die Schwestern und Ärzte kümmern sich rührend um Sarah. Die Knochenbrüche sind verheilt. Sie kann bereits ein paar Schritte mit Hilfe gehen, doch wer sie ist, weiß sie nicht. Ihr ganzes Leben ist ein einziges schwarzes Loch. Da ist nichts, woran sie sich erinnert. Nachts schreit sie, am Tag ist es ihr nicht möglich, auch nur ein Wort zu sprechen.

Der Arzt erzählt ihr etwas von Amnesie zum Selbstschutz und dass eine Unterbringung in einer speziellen psychiatrischen Klinik helfen würde. Das Personal gibt ihr den Namen Clara. Auch nach Rücksprache mit der Polizei und Abklärung der Vermisstendaten war es bisher nicht möglich, irgendwelche Informationen über Sarah herauszufinden. Selbst eine europaweite Suche erbrachte kein Ergebnis.

Jetzt ist sie Clara, die Unbekannte, die nur durch Zufall gefunden wurde. Nachdem diese Schlammlawine den halben Ort überschwemmt hatte, fanden die Rettungskräfte Sarah in den Schlammmassen schwer verletzt und unterkühlt, ihre Chancen waren mehr als gering. Doch sie hat es geschafft. Sie lebt. Inzwischen ist es Februar geworden. Sarah hat Weihnachten und Silvester in der Klinik verbracht. Jetzt ist sie so stabil, dass sie in die Psychiatrie verlegt werden kann. Körperlich ist sie, abgesehen von den Narben, fast wieder fit. Doch das große, schwarze Loch in ihrem Kopf und die Wortlosigkeit sind nach wie vor vorhanden.

»So, Clara, heute ist der große Tag. Wir werden Sie verlegen. Ich habe mit der Klinik bereits gesprochen. Dort kann Ihnen sicher geholfen werden.«

Mit einem letzten Lächeln drückt der Arzt Sarah noch einmal die Hand und schon wird Sarah mit dem Krankentransport verlegt.

Kapitel 16

»Du hast wieder den Müll nicht runtergebracht! Und deine stinkenden Socken liegen auch überall herum! Räum das gefälligst weg!«

Die Hände in der Hüfte steht diese eher kleine, zierliche Frau vor dem übergewichtigen, großen Mann namens Maik, der erschrocken den Kopf senkt und schuldbewusst nach einer Entschuldigung ringt. Doch noch bevor er ein Wort sagen kann, wird er von ihrer Wortgewalt unterbrochen. Maik trabt los, um weiteren Ärger aus dem Weg zu gehen. Sie hat die Hosen an, schwingt bei Bedarf das Nudelholz und lässt keinen Widerspruch zu. Niemals! Maik hat sich damit abgefunden. Dreizehn Jahre ist er mit ihr verheiratet. Jeden Tag versucht er, seiner Frau alles recht zu machen.

Doch dann sieht er wieder ihren vorwurfsvollen Blick, egal was er tut. Es ist einfach alles falsch. Inzwischen hat Maik aufgegeben, funktioniert nur noch und hofft noch nicht mal mehr auf ein klein wenig Liebe von seiner Frau. Sie hat ihn zerstört, gefühllos und klein gemacht.

Seine 1,90 Meter sind bedeutungslos geworden. Wenn er an ihrer Seite ist, passt er in jede Hosentasche. Herausgeholt wird Maik nur, um als Boxsack zu agieren. Immer drauf. Freunde hat er nicht mehr, das war ihr nicht recht. Gemeinsamkeiten gibt es keine. Nur ihre Interessen sind von Bedeutung. Maik bemüht sich wirklich, gibt ihr, was sie will, nur um Ruhe vor ihr zu haben. Leider ist dies meist nur von kurzer Dauer. Aber jetzt sind es noch drei Stunden, in denen er sie ertragen muss, dann kann er endlich zur Arbeit gehen. Dort hat er das Sagen. Maik ist Pfleger in der Psychiatrie. Er hat sich für den Nachtdienst entschieden. Meist ein ruhiger Job und die Psychopathen hat er gut unter Kontrolle und wenn nicht, weiß er sich zu helfen.

Hier kann er seine 1,90 Meter und die 120 Kilogramm voll ausnutzen. In letzter Zeit hat er besonders viel Spaß daran, seine Patienten zu fixieren. Dieses Gezappel macht ihn an. Aber erst, nachdem er bei einem Patienten ein Buch gefunden hat. Eigentlich liest er ja nicht, doch nachdem er bei einem Psychopathen beobachtet hat, wie er sich beim Lesen befriedigte, ist Maik neugierig geworden.

Er nahm ihm das schon völlig zerfledderte Buch weg und begann zu lesen. Angewidert warf er es in den Müll. Doch noch bevor seine Schicht zu Ende war, holte er es wieder heraus und verstaute es in seinem Spint. Nach Hause konnte er es nicht mitnehmen. Seine Frau hätte ihm die Hölle heiß gemacht. Nacht für Nacht las er. Ertappte sich dabei, wie seine Hand beim Lesen in seine Hose rutschte. Zu gern stellte er sich dabei seine Angetraute als Hauptdarstellerin vor. Bei diesem Gedanken grinst Maik jedes Mal. Manchmal kam er vom Nachtdienst nach Hause, setzte sich zu seiner schlafenden Frau ans Bett und stellte sich vor, wie er sie fesseln würde. Einmal wurde sie wach, als er auf dem Bett saß, seiner Fantasie freien Lauf ließ und dabei an seinem erregten Glied spielte.

»Wills du jetzt aufs Bett wichsen? Vergiss es!«

Maik wollte schuldbewusst das Schlafzimmer verlassen, doch seine Frau hielt ihn auf, zog ihren Pyjama aus und legte sich breitbeinig vor ihn hin.

»Wenn du schon mal einen hochbekommst, dann nutze es vernünftig!«

Maik wird rot. Sie hat ja auch recht. In letzter Zeit hat es nicht mehr so richtig funktioniert. Sex gibt es, wenn sie will. Zu oft hat ihn aber sein bestes Stück in letzter Zeit im Stich gelassen. Ausgelacht hat sie ihn und sich dann ihren Vibrator genommen und sich selbst befriedigt.

Maik schickte sie währenddessen aus dem Schlafzimmer. Ihr lautes Gestöhne bis zum Höhepunkt war nicht zu überhören. Maik fühlte sich nicht mehr als Mann. Jetzt liegt sie wie eine Einladung offen vor ihm. Jetzt muss er ihr zeigen, dass er noch ein Mann ist! Jetzt kann er ihr zeigen, was für ein Mann er ist! Er stellt sich vor, wie sie gefesselt vor ihm liegt. Maik schließt die Augen, hat die Bilder des Buches im Kopf und sein Glied steht wie eine Eins.

Er knetet ihre Brüste, leckt sie bis zur Besinnungslosigkeit und dringt heftig in sie ein, wie er es lang nicht mehr getan hat. Sie schreit sich zum Höhepunkt und Maik kommt ebenso. Sie dreht sich wortlos und befriedigt zur Seite.

Doch Maik will noch mehr. Er fragt nicht, dreht sie einfach auf den Bauch, zieht ihre Beine bis zur Bettkante und drückt die Oberschenkel weit auseinander. Heftig rammt er seinen

Schwanz in sie hinein. Fassungslos über seine neu erworbene Männlichkeit ist sie mehr als willig. Ihren Vibrator, der drohend auf ihrem Nachttischchen steht, wird sie wohl heute nicht brauchen. Maik ist jetzt das wilde Tier aus dem Buch. Er sieht seine Frau als Beute, unfähig, sich seiner Macht und Gewalt zu widersetzen.

»Komm her du kleines Miststück, jetzt zeig ich dir, wer der Herr im Haus ist.«

Er dreht sie wieder, zerrt sie zum Kopfkissen. Dann geht er zu ihrem Schrank. Holt ein paar schmale Schals. Er bindet ihr die Augen zu, mit zwei weiteren die Handgelenke an den Bettpfosten fest. Sie beißt sich auf die Lippen, leckt sich lustvoll darüber und reckt ihm ihre Hüfte entgegen.

Du geile Fotze, wenn du wüsstest, was ich jetzt am liebsten mit dir anstellen würde.

Seine wehrlose Frau, die Fesseln an ihren Handgelenken und die Gedanken an das Gelesene lassen ihn zur Höchstform aufleben. Er verkriecht sich zwischen ihren Oberschenkeln, seine Zunge dringt tief wie nie zuvor in sie ein. Sie schreit vor Lust laut auf. Dann bettelt sie ihn an, schreit wieder vor Lust. Für Maik sind es Schreie der Angst. Und wieder bekommt sie einen Höhepunkt.

»Du bist…, mir fehlen die Worte. Jetzt binde mich los. Ich brauch Schlaf.«

Nichts da, du dämliche Schlampe, eine Runde will ich noch!

Maik ignoriert das erste Mal die Worte seiner Frau. Er fährt mit seiner Hand langsam von ihrem Handgelenk, über ihre Wangen, den Hals entlang, berührt ihre noch immer knallharten Brustwarzen, spielt an ihnen herum, saugt sich fest, während er mit der Hand ihre Vagina kräftig bearbeitet.

»Maik, bitte, ich muss mich jetzt ausruhen.«

VERGISS ES, MEIN SCHATZ! Jetzt ist mein Moment gekommen! Jetzt nehme ich dich!

Er spürt ihre feuchte Muschi, ihre Worte sind unbedeutend. Er saugt an der Brust und beißt hinein. Ein Aufschrei. Dann spielen seine Zunge und seine Hand gemeinsam an der feuchten, geröteten Muschi. Er liegt jetzt auf ihr. Sein Glied in ihrem Gesicht, sein Kopf zwischen ihren Beinen. Mit den Armen drückt er ihre Schenkel weit auseinander. Und er steht wieder wie eine Eins. Er schwingt seine Männlichkeit über ihre Lippen. Sie züngelt lustvoll um sein Glied, öffnet den Mund und er hebt und senkt genussvoll seine Hüften. Sein Glied ist gewaltig, nimmt ihr fast die Luft zum Atmen. Er würde gern in ihrem Mund kommen und sie daran ersticken lassen. Sein Opfer, seine Bedingungen, seine Fantasie. Noch einmal steckt er seine Zunge tief in sie, spielt, saugt und schiebt gleichzeitig seinen Schwanz bis zum Gaumenzäpfchen.

So zu sterben, muss doch geil sein.

Maik grinst und noch bevor er kommt, zieht er Schwanz und Zunge zurück, streckt ihre Beine in die Höhe, fast bis zu ihrem Kopf. Dann nimmt er sie dort, wo sie so eng ist. Sie schreit auf.

Bisher war es tabu. Jetzt ist es ihm egal. Die Finger in ihrer Lusthöhle, den Schwanz im Hintern. Er rammelt, bis sich kleine Risse bilden und winzige Blutstropfen auf das Bettlaken fallen. Maik steht auf, will duschen gehen. Er ist erschöpft vom Dienst und schweißgebadet, ausgelaugt vom Sex. Erschrocken von dem, was er gerade getan hat und wieviel Befriedigung es ihm brachte, kann er seiner Frau jetzt nicht in die Augen sehen.

»Was war das jetzt? Du hast wohl Viagra geschluckt oder heimlich Pornos gesehen! Fast hast du dich wie ein richtiger Mann angefühlt. Und vergiss nicht, die Betten frisch zu beziehen, wenn du ausgeschlafen hast.«

Vorwurfsvoll und irritiert schreit ihm seine Frau diese Worte hinterher, während Maik mit gesenktem Kopf das Schlafzimmer verlässt.

Du dämliche Schlampe, das nächste Mal zeig ich dir, was für ein Mann ich bin!

Maik geht duschen und wünscht sich, er wäre der Held aus seinem Buch, hätte es getan, sie gejagt, sie gequält bis zum bitteren und so befriedigenden Ende. Frisch geduscht legt sich Maik ins Bett. Der Vibrator seiner Frau steht drohend auf dem Nachttischchen.

Den ramm ich dir das nächste Mal bis zum Anschlag in den Arsch und gleichzeitig fick ich dich. Ich bin ein Mann, ein richtiger Mann. Du wirst es erleben!

Immer wieder hat er das Buch über Lucinda gelesen, kennt bereits fast jedes Detail auswendig. Im Internet fand Maik heraus, dass es noch zwei weitere Bücher von diesem Autor gibt. Ohne dass es seine herrschsüchtige, kontrollwütige Ehefrau herausfindet, war Maik in der Buchhandlung. Im Sortiment waren diese Bücher nicht zu finden, doch konnte er sie bestellen. Sicher versteckt vor seiner Frau, bewahrt Maik sie in seinem Spint auf. Nachts liest er. Caroline ist der neue Star seiner Fantasien. Mit jedem neuen Kapitel wächst der Drang in ihm, seine eigenen Fantasien auszuleben.

Bin ich etwa pervers?

Manchmal erschrickt Maik vor sich selbst. Im Netz recherchiert er, findet die offizielle Website seines Lieblingsautors. Die Gästebucheinträge sind interessant. Maik bekommt Lust, weiter zu recherchieren. Versteckt in den Kommentaren findet Maik Hinweise auf ein sehr spezielles Forum im Darknet.

Neugierig macht er sich auf die virtuelle Suche und wird fündig. Etwas verunsichert und nervös klickt Maik diese Seite an.

Nach langem Überlegen meldet er sich unter dem Usernamen „Psychodoc" an und stellt schnell fest, dass er mit seinen Träumen und Wünschen nicht allein ist. Was er dort zu lesen bekommt, geht weit über seine Fantasien hinaus. Maik ist sicher, er ist nicht pervers.

Als „Psychodoc" spricht Maik offen über seine Fantasien, darüber, was er mit seiner Frau getan hat, welche Gedanken er hatte und was er zu gern mit ihr tun würde. Virtuellen Applaus erntet er dafür und fühlt sich stolz und männlich. Nachts, während der Arbeit, fühlt er sich als Mann, fühlt sich lebendig. Doch da ist einer seiner Schützlinge, der sein Nachtleben stört.

Genervt von dem Geschreie verabreicht ihm Maik Beruhigungsmittel, die doppelte Dosis. Jetzt kann er in Ruhe lesen. Dabei kommt ihm eine Idee. Die Nervensäge hat Ruhe gegeben. Maik legt das Buch zur Seite und geht zu ihm, betrachtet den Psychopaten.

Die Nacht ist noch lang. Er fixiert ihn, genießt den Anblick und fühlt, wie seine Hose enger wird. Maik ist erregt, lässt die Hose herunter und onaniert auf den Wehrlosen. Doch dabei bleibt es nicht. Maik misshandelt den armen Kerl immer wieder. Er fixiert ihn nun fast jede Nacht, schlägt ihn.

Einmal ritzt er mit einem Messer tief in den Bauchnabel. Sein Opfer bäumt sich trotz Beruhigungsmittel auf und stöhnt laut. Maik sehnt sich nach der Vollendung, lässt seinen Frust an seinem wehrlosen Opfer aus, kann sich kaum bremsen. Kurz vor Ende seines Nachdienstes wird ihm bewusst, dass er in Erklärungszwang geraten wird.

Der Körper seines fixierten Patienten ist übersät mit Kratz- und Rissspuren. Er löst die Fesseln, verteilt Blut unter den Fingernägeln des Patienten. Es soll so aussehen, als hätte sich der Wehrlose diese Verletzungen selbst zugezogen.

Da Maik bisher als zuverlässiger Mitarbeiter bekannt ist, glaubt man ihm, aber um eine Ermahnung kommt er nicht drumherum.

»Bei solchen Patienten sollten Sie lieber etwas öfter nachschauen! Ich denke Sie verstehen und solche unschönen, morgendlichen Überraschungen kommen nicht wieder vor.«

Maik nickt und senkt den Kopf. Sein Opfer wird in die geschlossene Abteilung verlegt. Maik ist stocksauer, jetzt braucht er ein neues Opfer.

Trotzdem ist er erleichtert, dass es bei einer Ermahnung geblieben ist, gleichzeitig ist er ziemlich enttäuscht, dass seine Nächte jetzt nur noch aus dem Buch und seinen eigenen Fantasien ohne jeglichen Funken Realität bestehen werden. So schnell wird er nicht wieder den passenden Patienten bekommen.

Er fährt nach Hause. Leise schleicht er zur Haustür hinein. Maik will unter keinen Umständen seine Frau aufwecken. Auf ihre Vorwürfe und Kommentare kann er nach dieser Nacht gut und gerne verzichten. Wobei, in dieser einen Nacht hat er mehr Befriedigung wie je zuvor erlangt.

Maik grinst und schleicht zur Schlafzimmertür. Noch bevor er sie öffnen kann, hört er seine Frau stöhnen, das regelmäßige Surren seines Konkurrenten erklärt alles.

Du Miststück fickst dich wieder selbst! Ich werde dir zeigen, was für ein Mann ich bin!

Obwohl das Surren für Maik bedeutet „Zutritt verboten", öffnet er geräuschlos die Tür. Er bleibt im Türrahmen stehen. Wut kommt in ihm auf als er sieht, wie sehr seine Frau diesen vibrierenden Kunststoffpimmel genießt. Plötzlich sieht sie

Maik. Doch sie schickt ihn nicht weg, schreit ihn auch nicht an. Sie macht einfach weiter. Ihr Stöhnen wird lauter, lustvoller, bis ein lauter Schrei Maik klar macht, sie hat ihren Höhepunkt erreicht.

Wortlos zieht er sich aus, um ins Bett zu gehen. Genussvoll schließt sie die Augen und fährt mit ihrem vibrierenden Freund über ihre Brüste, umspielt sie. Maik kann nicht glauben, dass sie selbst jetzt schamlos ihr Plastikspiel weitertreibt. Er starrt sie an. Langsam führt sie den Vibrator an ihrem Bauch entlang, am Bauchnabel macht sie halt, dann öffnet sie weit ihre Schenkel, schiebt sich Maiks Kopfkissen unter das Gesäß und führt den Vibrator langsam ein. Dabei schaut sie Maik an, leckt sich über die Lippen, stöhnt und kommt ein zweites Mal vor seinen Augen.

»Na, genug gesehen? Jetzt verschwinde, ich bin noch nicht fertig. Wenn du noch ein Mann wärst, müsste ich das hier nicht tun.«

Sie lacht ihn aus.

»Jetzt raus hier! Du Schlappschwanz!«

»Ich werd dir zeigen, wie ich kann!«

Wütend lässt Maik die Hose fallen, greift nach den Schals in ihrer Schublade, bindet sie fest.

»He, was soll der Scheiß! Drehst du jetzt komplett durch?«

Fassungslos wehrt sich seine Frau, schreit ihn an. Maik lässt ihr keine Chance. Seine 120 Kilogramm drücken sie auf das Bett.

»Du Schlampe! Ich bin hier der Mann!«

Dann bindet er ihre strampelnden Füße fest. Ihre Schreie und Schimpfwörter ignoriert er.

»Und, wer ist hier jetzt ein Schlappschwanz!«

Heftig dringt er in sie ein. Er sieht Angst in ihren Augen, das erregt ihn mehr und mehr. Unkontrolliert lässt er seinem Trieb freien Lauf. Maik greift nach ihrem noch immer vibrierenden Freund und rammt ihn ihr in ihr Hinterteil. Schmerzerfüllt schreit sie auf.

»Halt die Fresse! Du wolltest einen Mann, jetzt bekommst du einen!«

Er wirft sich auf sie, kommt in ihr begleitet von ihren Schreien.

»Du willst noch mehr Mann! Du bekommst noch mehr Mann!« Wie ein wildes Tier treibt er es mit ihr. Ohne Verstand und jegliches Mitgefühl lässt er seine gesamte angestaute Wut an ihr aus. Plötzlich Stille. Kein Laut mehr. Maik starrt ihn ihre weit aufgerissenen Augen, seine Hände liegen fest um ihren Hals. Blutflecken zeichnen sich auf dem Betttuch ab.

»War das jetzt genug Mann für dich? Das hast du nun davon!«

Anstatt entsetzt zu sein, lacht Maik laut auf, bestaunt sein Werk.

»Du hast es nicht anders verdient. Endlich bin ich frei.«

Maik löst ihre Fesseln und legt sich in das zerwühlte und blutgetränkte Bett neben seine Frau, genießt den Anblick und fährt mit den Fingern ihren ganzen Körper noch einmal ab.

»He du Schlappschwanz! Wie lange willst du hier noch herumstehen. Ich habe gesagt, dass du verschwinden sollst. Ich bin noch nicht fertig. Geh! Und wasch dir endlich den Sabber aus dem Gesicht!«

Nichts war real. Das herrschsüchtige Weib liegt quicklebendig da und vergnügt sich wieder mit dem Vibrator. Mit gesenktem, hochrotem Kopf, fassungslos, dass es nur Fantasie und nicht real war, trabt Maik davon. Er duscht sich kalt ab und legt sich auf die Couch, um seine noch immer stöhnende Frau nicht zu stören. Maik wünscht sich, er hätte es getan, würde jetzt im Bett neben seiner leblosen Frau liegen und schläft ein. Im Traum wird seine Fantasie wieder Realität und Maik lächelt im Schlaf.

Kapitel 17

»Alles okay bei Ihnen Clara? Wir sind bald da.«

Der nette Fahrer des Krankentransports versucht Sarah ein wenig aufzumuntern. Sie sieht ängstlich aus. Nur langsam hatte sich Sarah an diese wildfremden Menschen im Krankenhaus gewöhnt, die immer freundlich und rücksichtsvoll zu ihr waren. Dort fühlte sie sich sicher, manchmal konnte sie sogar das schwarze Loch ihres Seins vergessen und lächelte, auch wenn sie nie gesprochen hat.

Und jetzt wird sie wieder irgendwo hingefahren, wo alles neu ist. Fremde Menschen, andere Umgebung und Psychiatrie dazu. Sarah versucht ein wenig zu lächeln und sieht zum Fenster hinaus. Die Gegend ist wunderschön, viel Natur, Berge und Schnee. Ein faszinierender Anblick, doch Sarah überkommt ein eigenartiges, ungutes Gefühl. Sie starrt wie gebannt auf diese wunderschöne Gegend. Tränen laufen über ihr Gesicht.

Schon biegt der Krankenwagen ab und fährt durch den verschneiten Wald eine holprige Straße entlang. Ein Tor öffnet sich und der Wagen hält. Die Klinik ähnelt einer übergroßen Villa, umgeben von einem verschneiten Park mit hohen Zäunen, die eine Flucht wahrscheinlich unmöglich machen.

Ängstlich steigt Sarah aus. Zitternd wird sie von einem Pfleger abgeholt. Papiere werden ausgetauscht und Sarah wird in die Klinik gebracht. Etwas unheimlich ist es schon hier.

»So Clara, das ist jetzt Ihr neues Zimmer. Wir werden Sie schon wieder hinbekommen. Bald wird es Ihnen besser gehen, da bin ich mir sicher. Jetzt ruhen Sie sich erst einmal aus.«

Mit einem mitleidserregenden Blick verabschiedet sich der Pfleger. Sarah sieht sich um. Die karge Einrichtung ist nicht gerade einladend. Weiße Wände lassen das Zimmer kalt erscheinen. Sarah geht zum Fenster, sieht hinaus. Wieder erstarrt ihr Blick, ein eiskalter Schauer läuft ihr den Rücken herunter. Sie hat das Gefühl, diese Gegend zu kennen, Todesangst kommt in ihr auf. Schnell legt sie sich aufs Bett und verkriecht sich unter der Bettdecke.

Sie zittert, weint, Panik macht sich breit. Sarah springt aus dem Bett, rennt zur nicht verschlossenen Tür hinaus und sucht verzweifelt den Ausgang. Sie muss hier weg. Nur raus hier.

»Moment, nicht so schnell junge Frau. Wo solls denn hingehen?«

Starke Arme halten sie auf. Verzweifelt versucht sie, dem kräftigen Griff zu entkommen. Schreien kann sie nicht, nur an ihrem verzerrten Gesichtsausdruck erkennt man ihre Angst.

»Clara, sie kommen jetzt erst einmal schön mit mir mit.«

Der Pfleger ruft eine Krankenschwester zur Hilfe und gemeinsam bringen sie Sarah in ihr Zimmer. Dann verschwindet der Pfleger kurz und kommt mit einem Arzt im Schlepptau zurück, der bereits eine Spritze in der Hand hält. Noch bevor Sarah einen weiteren Fluchtversuch unternehmen

179

kann, spürt sie, wie es um sie herum finster wird. Sie fällt in einen tiefen Schlaf.

»Wir werden sie zu ihrer eigenen Sicherheit genauestens im Auge behalten müssen. In den Akten war keine Rede davon, dass Fluchtgefahr besteht. Es wird ein langer Weg für sie. Hoffentlich wird sie nicht zum Dauergast bei uns werden.«

Der Arzt weist sein Personal an, besonders achtsam zu sein und verlässt das Zimmer. Sarah schläft bis zum nächsten Morgen. Als sie aufwacht, ist sie ruhiger.

»Guten Morgen Clara. Ich hoffe, Ihnen geht es heute etwas besser. Sie sollen doch bei uns wieder gesund werden.«

Eine nett lächelnde Schwester steht neben Sarahs Bett und bittet sie, sich zurecht zu machen. »

»Kommen Sie, es gibt Frühstück und danach beginnt Ihre Therapie.«

Nur zögerlich steht Sarah auf. Doch sie möchte diese Therapie. Sarah muss endlich wissen, wer sie ist, was mit ihr geschehen ist und warum sie niemand vermisst. Sarah will um ihr Leben kämpfen.

Nachts wird Sarah ruhiggestellt. Sie bekommt ein starkes Beruhigungsmittel, nachdem sie in der zweiten Nacht pausenlos geschrien und sich schweißgebadet im Bett hin und her gewälzt hat.

Maik hatte ein paar Tage frei. Jetzt ist er froh, wieder arbeiten zu können. Er möchte endlich wieder die Nächte mit seinen Büchern, den Fantasien und dem Erfahrungsaustausch verbringen. Vor dem Dienst war er noch in der Buchhandlung, um sich „Gefährliche Jagd" abzuholen.

Wie einen Schatz verstaut Maik das Buch in seinem Spint und beginnt seine Schicht.

»Wir haben einen Neuzugang. Clara, komplette Amnesie. Niemand weiß, wer sie ist. Sie wurde nicht als vermisst gemeldet und sie spricht kein Wort. Nachts muss sie ruhiggestellt werden. Sieh dir die Patientenakte an. Aber sonst gibt es keine Besonderheiten, das übliche Irrenhaus eben.«

Mit einem überheblichen Lachen beendet Maiks Kollege seinen Dienst und geht.

Na super! Wieder so ein Schreihals. Der werde ich genug Pillen verabreichen, damit sie mir keinen Ärger macht.

Maik ist sowieso schlecht gelaunt. Die freien Tage mit seiner Frau sind immer mehr als nur anstrengend. Er sollte seine Männlichkeit unter Beweis stellen. Natürlich hat er versagt. Ausgelacht hat sie Maik, ihn als Schlappschwanz, Schlaffi und Versager bezeichnet. Maik hätte ihr so gern gezeigt, wozu er in der Lage ist, doch er konnte nicht.

Jetzt ist er froh, in seine neue Welt abtauchen zu können. Schneller als sonst macht er seine Abendrunde durch die Station, verteilt Medikamente und zieht sich zurück, greift nach dem Buch und beginnt zu lesen. Nach nur ein paar Seiten ist er wieder in seiner Welt. Fesselnd verschlingt er die Buchstaben, genießt jedes Wort, jeden Satz und überhört die Schreie, die von der Neuen kommen. Plötzlich ein vorsichtiges Klopfen.

»Maik? Könntest du mal bitte bei der Neuen nachschauen. Die schreit so laut, ich kann nicht schlafen.«

Erschrocken legt Maik das Buch zur Seite.

»Oh, ja. Ich kümmere mich sofort darum. Gehen Sie schnell wieder in Ihr Zimmer, Klaus.«

Maik springt auf, eilt zu Sarah, die wirklich ziemlich laut schreit und bereits einige Patienten geweckt hat. Er öffnet das Zimmer und sieht, wie sie wild um sich schlägt. Schnell holt er ein weiteres Beruhigungsmittel und stopft es ihr in den Mund.

»So, jetzt halt dein Maul. Du weckst mir die ganze Station auf.«

Dann betrachtet er sie. Gezeichnet von Narben liegt sie da. Obwohl sie im wachen Zustand nicht fähig ist, auch nur ein Wort zu sprechen, murmelt sie im Schlaf. Maik ist es egal. Zu viele verwirrte Menschen hat er hier bereits gepflegt. Er wartet kurz, dann beruhigt sich Sarah.

Bleib ja ruhig. Sonst muss ich dich fixieren.

Maik grinst und ist kurz wieder in seiner Fantasiewelt. Zurück im Stationszimmer vertieft er sich sofort wieder in sein Buch. In den nächsten Nächten dringt Maik immer weiter in diese Fantasiewelt ab. Nur Sarah lässt ihm keine Ruhe, weder beim Lesen noch beim Erfahrungsaustausch im Internet. Er verpasst ihr jetzt fast täglich eine Dosis Beruhigungsmittel.

Wenn du kleine Irre wüsstest, wie gern ich dich...

Maik kann sich kaum bremsen. Zu gern würde er der tagsüber wortlosen und nachts schreienden Clara zeigen, wer hier das Sagen hat.

Mit jedem Tag wird sein Verlangen nach Kontrolle größer. Oft hat er versucht, seinen neuen Lieblingsautor persönlich zu kontaktieren, hat ihn auf seiner offiziellen Website angeschrieben. Natürlich auch unter dem Namen „Psychodoc". Maik gefällt sein neuer Username. Doch mehr als oberflächliche Dankesschreiben sind nie zurückgekommen. Seine Frau redet ihn nur noch mit „Schlaffi" oder „Schlappschwanz" an.

Lange erträgt er diesen Zustand nicht mehr, sieht sich schon fast selbst als Patient in dieser Klinik liegen. Jetzt schreit sie wieder. Dabei ist Maik beim Lesen gerade an dieser entscheidenden Stelle, wo sein Held nach tagelanger erfüllender Qual seinem Opfer diese Chance gibt, die Tür offenstehen lässt und sie dabei beobachtet, wie sie Hoffnung schöpft und rennt. Gleich hat er sie, jetzt fällt er über sie her will ihr das Herz aus der Brust reißen.

Nein, nein, nein – nicht jetzt! Du blöde Kuh, du weckst doch alle auf! Jetzt reichts!

Wütend greift er gleich nach zwei Pillen und geht zu Sarah, die sich wieder schreiend im Bett quält und ihren Albtraum durchlebt. Er steckt ihr die Tabletten in den Mund, hält ihn zu. Doch Sarah schafft es, die Pillen auszuspucken.

»Du dämliche Schlampe, so nicht!«

Maik geht und holt die Gurte zum Fixieren und ein Zäpfchen. Schnell fixiert er die Schreiende und verabreicht ihr rektal das Medikament.

»Jetzt halt endlich dein dämliches Maul, sonst mach ich noch ganz andere Dinge mit dir.«

Langsam beruhigt sich Sarah, das Zäpfchen wirkt schnell. Maik genießt den Anblick der noch leicht zappelnden, angeschnallten Clara, dann verlässt er ihr Zimmer. Er muss weiterlesen, will wissen, wie es mit ihr endet.

Ne oder!? Was soll das jetzt. Eine Schlammlawine? Wieso?

Maik ist enttäuscht. Er kann nicht verstehen, warum der Autor an dieser Stelle abbricht. Jetzt wäre der richtige Moment gewesen, um diese Jagd erfolgreich zu beenden. Maik hatte sich schon auf die Faszination des blutigen Endes gefreut. Selbst in seiner Hose herrschte höchste Aufregung. Und jetzt? Fassungslos verstaut er das Buch in seinem Spint und sieht nach seinen Patienten. Selbst diese Clara liegt ruhig im Bett. Maik muss ihr noch ihre Fesseln lösen. Vorher berührt er ihre Narben, das braucht er jetzt.

Sie war sicher einmal eine sehr attraktive Frau.

Kurz stöhnt Sarah auf und Maik nimmt erschrocken seine Hand weg. Doch Sarah bewegt sich nicht, schläft tief und fest. Maik kann nicht anders, seine Hände legen sich fast wie von selbst um ihren Hals und drücken vorsichtig zu, er spürt ihren kräftigen Puls in seinen Händen.

Dann schiebt er ihr das Nachthemd nach oben. Er berührt sie wieder. Seine Finger umspielen ihre mit Narben verzierten Brüste. Er zieht an ihren Brustwarzen. Sarah schläft, stöhnt nur leise. Maik fährt mit dem Finger in ihren Slip, mit der anderen Hand in seinen. Mit dem Finger dringt er in sie ein.

Oh mein Gott, das tut so gut. Es gefällt dir doch. Ich bin ein Mann, ich bin ein richtiger Mann!

Maik kommt. Er zieht den Finger aus ihr, leckt ihn ab und löst ihre Fesseln und verlässt das Zimmer. Befriedigt geht er an diesem Tag nach Hause. Die nächsten Nächte verlaufen ruhig. Selbst Clara schläft verhältnismäßig gut. Maik geht oft nachts zu ihr und beobachtet sie. Tagelang hat er das Buch nicht mehr in die Hand genommen. Und den Erfahrungsaustausch im Internet vermied er ebenso. Die Enttäuschung über diese missglückte Jagd ist unvorstellbar groß. Dass dieses Buch noch Spannung aufbauen und seine Fantasien anregen kann, scheint unvorstellbar für ihn.

Diese Nacht beginnt ebenso unspektakulär, wie die Nächte zuvor. Maik schleicht gelangweilt über seine Station. Da seine Schützlinge sich mehr oder weniger ruhig verhalten, beschließt Maik, doch dieses Buch wieder herauszuholen.

Warum hast du nur diese kleine Schlampe nicht vor der Schlammlawine gerettet und die Sache beendet?

Maik beginnt, wieder von vorn zu lesen. Das unwichtige Vorgeplänkel überspringt er zügig, zu gern ist er da unten und sieht sie auf dem Altar liegen. Plötzlich Unruhe.

»Nicht jetzt! Oder soll ich dich wieder fixieren?!«

Wütend springt Maik schnell auf, Clara schreit ihm sonst noch die ganze Station wach, das kann er jetzt überhaupt nicht haben. Die Gurte zum Festschnallen hat er schon in der einen und Tabletten in der anderen Hand, ein Notfallzäpfchen steckt bereits in seiner Hosentasche, falls alle Stricke reißen. Maik öffnet Claras Tür, die wild um sich schlagend im Bett liegt und schreit.

»Halt dein Maul! Was soll das hier!«

Schon versucht Maik, ihr wieder eine Pille in den Mund zu stecken. Clara spuckt sie aus.

»Nein, bitte, nein… Lass mich gehen.«

Erschrocken springt Maik zurück. Gesprochen hat Clara noch nie. Doch schnell besinnt er sich, schnallt sie fest und drückt ihr erneut eine Pille in den Mund, hält ihr den Mund zu, bis sie sie herunterschlucken muss. Fast vergisst Maik, seine Hand von ihrem Mund wieder zu entfernen. Große, weit aufgerissene, angsterfüllte Augen starren ihn an. Sofort nimmt er die Hand weg und Clara japst und holt tief Luft. Endlich dämmert sie langsam weg, murmelt nur leise vor sich hin. Maik geht auf den Stationsflur, hofft, dass kein anderer Patient von ihrem Geschrei wach geworden ist.

Alles ruhig, sehr gut.

Zurück in Claras Zimmer schließt er leise die Tür hinter sich. Er muss sie wieder berühren. Noch zerrt sie kraftlos an den Fesseln, doch ihre Schreie sind verstummt.

»Dunkel, kalt, wo bin ich. Was willst du von mir?«

Maik versteht kaum diese Wortfetzen, hofft, dass sie bald tief schläft. Er beginnt sie zu berühren, schiebt ihr wieder das

Nachthemd nach oben, betrachtet gierig ihren Körper und die Narben, dann leckt er sie ab. Das Medikament wirkt. Schlafend und bewegungslos liegt sie vor ihm.

Siehst du, meine Hände beruhigen dich. Du hast mich wohl die letzten Nächte vermisst.

Ein abartig gieriges Grinsen überzieht sein sonst unscheinbares Gesicht, dass er hinter dem Vollbart versteckt. Mit beiden Händen tastet er ihren Körper ab. Er kauert sich über sie, seine Hände berühren ihre gefesselten Handgelenke, fahren an ihren Armen entlang, er vergräbt seinen Kopf zwischen ihren Brüsten, drückt mit beiden Händen fest die Brüste zusammen. Jetzt will er dieses wild gewordene Tier sein, nachdem er sich sehnt. Er öffnet seine Hose, schiebt ihren Slip beiseite, dringt in sie ein und kommt augenblicklich.

Sie zuckt zusammen und Maik stellt sich vor, es wäre ihr letztes Zucken gewesen und er wäre gekommen, während er ihr das Herz dabei herausgerissen hätte, nicht so wie dieser Idiot, der seine Beute in den Schlammmassen verloren hat. Maik steht auf, will ihr die Fesseln lösen, doch sie wird langsam munter, jammert leise vor sich hin. Schnell greift er nach dem Zäpfchen und verabreicht es ihr. Maik will Clara noch eine Weile betrachten und seinen Fantasien freien Lauf lassen.

Dich hätte ich nicht verloren, dich hätte ich nackt durch den Wald getrieben, bis du atemlos zusammenbrichst, dann hätte ich dir meine Hände um den Hals gelegt und in deine entsetzten Augen gesehen. Deine leiser werdenden Schreie hätte ich genossen, dir dann wieder

Luft zum Atmen gegeben. Ich hätte jeden einzelnen Zentimeter deines Körpers abgeschleckt und hätte dir Stück für Stück kleine Hautfetzen herausgebissen. Deine Beine hätte ich weit auseinandergerissen und hätte es dir gezeigt. Ich wäre der Mann. Auf den Bauch hätte ich dich gedreht und während ich deine Arschbacken auseinander gedrückt hätte, wäre ich tief in dich eingedrungen, um dir dann mit meinen kräftigen Händen die Brüste zu massieren. Dann hätte ich dir zugesehen, wie du vor mir davonkriechen willst und dir dann den Gnadenstoß verpasst. Ausgenommen wie eine Weihnachtsgans hätte ich dich. In deinem warmen Blut hätte ich mich gewälzt.

Fast bis zum Schichtende bleibt er an ihrem Bett sitzen. Maik fantasiert und er fühlt sich einzigartig dabei. Ein leichter Seufzer von Clara lässt ihn aus seiner Fantasiewelt aufwachen. Bald hat er Feierabend. Schnell löst er die Fesseln.

»Frei, ich muss hier raus. Die Fesseln sind ab. Ich muss rennen. Ich bin so müde, nur eine kleine Pause. Nein! Warum? Lass mich. Ah, ah... es tut so weh, lass mich. Schlamm, es wird finster. Tod. Ich sterbe.«

Maik wird stutzig. Clara murmelt weiter vor sich hin. Scheinbar zusammenhanglose Worte.

Habe ich meine Fantasien laut ausgesprochen?

Maik kommen die wirren Worte von Clara so bekannt vor. Es sind nur Brocken, doch Maik versteht alles, weiß, was Clara erzählt. Es ist die Geschichte aus dem Buch. Schnell nimmt er die Fixierungsgurte, rennt schon fast übereilt aus dem Zimmer und greift nach seinem Buch.

Ich wusste es! Sollte sie tatsächlich…? Nein, das kann doch nicht sein. Er ist doch nur ein Schriftsteller mit einer wahnsinnig geilen Fantasie. Es kann doch nicht real sein. Oder doch? Ich muss unbedingt mit ihm reden.

Maik beendet seinen Dienst. Sagt nichts von der wortgewaltigen Clara und fährt schnell nach Hause. Dort erwartet ihn seine wieder stöhnende Frau und das leise Summen des Vibrators begleitet sie.

Dann fick dich doch, solange du es noch kannst! Irgendwann stopf ich dir mit dem Teil dein Maul!

Wütend geht Maik ins Wohnzimmer und versucht zu schlafen. Nach nur ein paar Stunden wacht er auf. Sein Trampel hat das Haus verlassen.

Zum Glück, du dämliche Schlampe. Auf dein Gesabbel kann ich gut verzichten.

Maik setzt sich an den PC. Er muss Samuel Senkrad schreiben. Wenn es stimmt, was er denkt, muss er Samuel warnen, ihm sagen, dass sie eventuell noch lebt. Irgendwie muss Maik auf sich aufmerksam machen.

Clara hat einige Details verraten, die nicht im Buch stehen. Vielleicht kann er so das Interesse von Samuel Senkrad wecken. Von jetzt an, schreibt er Lukas jeden Tag. Natürlich schreibt Maik nicht, dass er denkt, dass diese Sarah noch lebt. Maik erzählt von den Details, die nicht in dem Buch stehen, welche Clara nachts ausplaudert.

»Samuel, wie wäre es gewesen, wenn Sarah ihm zuvor in die Arme gefallen wäre oder er sie während eines Blitzeinschlags das erste Mal gesehen hättest? Was wäre mit einem Leinensack über ihrem Kopf?«

Clara spricht viel. Aber nur nachts in ihren Albträumen. Maik hört ihr gebannt zu, diese Details, die nur jemand wissen kann, der dabei gewesen ist. Denn Clara hat sicher dieses Buch nicht gelesen und sich diese Fantasien so passend dazu gedichtet. Doch bisher hat Samuel nicht reagiert. Auf Samuels Website ist Maik inzwischen neugierig geworden. Viele Kommentare weisen darauf hin, dass es sich lohnt, das Buch zu Ende zu lesen. Und mit diesem Verdacht, dass Samuel nicht nur ein guter Autor ist, sondern diese Dinge eher eine Biografie sind, liest er weiter. Mit dem Auftauchen dieser zufälligen Biotusse wird es wieder interessant für Maik. Die Vorstellung, dass Samuel es erlebt hat, fasziniert Maik mehr und mehr. Dieses Gefühl, es selbst erleben zu müssen, wird jeden Tag stärker. Maik kann es kaum erwarten, dass sich Samuel endlich bei ihm meldet.

Kapitel 18

»Ah, endlich.«

Gerade hat Lukas sein letztes Buch signiert und sich mit einem zauberhaften Lächeln von seinem Fan verabschiedet. Die Lesung in Frankfurt lief gut, natürlich haben seine weiblichen Fans gespannt gelauscht, als Lukas seinen neuesten Roman voller Gefühl und Leidenschaft präsentierte. „Tränen des Glücks" so voller Zärtlichkeiten und Liebe, wie es eben nur ein Lukas Bick schreiben kann. Dabei wäre er viel lieber nur noch Samuel Senkrad. Dafür ist es leider im Augenblick noch zu früh. „Verhängnisvolle Jagd" ist erst vor ein paar Wochen erschienen und läuft ganz gut. Seine Fans lieben ihn für sein neues, dunkles Meisterwerk, obwohl sie die Stelle, an der der Schlamm Sarah in die Tiefe reißt, nicht wirklich verstehen können.

Tja, leider war es Realität, meine Lieben, zu gern hätte auch ich auf diesen Teil der Geschichte verzichtet und die Sache auf meine Art beendet.

Nur gelegentlich besucht er seine eigene Homepage, um sich die Kommentare oberflächlich durchzulesen. Hier und da mal ein nettes Wort, mehr nicht. Nach der Lesung fährt Lukas schnell ins Hotel zurück. Er ist müde, die Lesung war anstrengend, diese vielen potenziellen Samuel-Opfer machen es ihm nicht leicht, den charmanten Autor zu geben. Die eine oder andere hätte er zu gern mitgenommen. Doch das ist ein absolutes Tabu. Im Hotel setzt er sich noch an die Bar und bestellt sich noch einen Whisky.

Lukas holt den Laptop aus der Tasche und beschließt, wieder nach Samuel Senkrad zu sehen. Nach so viel Liebesschnulze braucht er jetzt ein bisschen Abwechslung. Schon bestellt er sich einen weiteren Whisky. Belustigt stellt er fest, dass es viele Menschen mit wahnsinnig abartigen Fantasien gibt. Das bestärkt Lukas selbstverständlich in seinem Tun. Wieder diese vielen Kommentare, warum Sarah im Schlamm versunken ist. Genervt will Lukas den Laptop zuklappen.

Doch er reißt sich zusammen. Ein paar nette Worte muss er auch für diese Fans haben. Lukas überfliegt weiter die Kommentare. Hier und da tippt er ein paar belanglose Zeilen. Ein Fan namens „Psychodoc" taucht dabei immer wieder auf. Auch er ist einer, der mit dem Absturz nicht gerechnet hat.

Ich auch nicht und glaub mir, so war es nicht vorgesehen.

Lukas würde genau diese Antwort geben wollen, zum gefühlt tausendsten Mal tippt er nur, dass er eben mal etwas Unerwartetes versuchen wollte und man doch weiterlesen solle. Langsam kommt Lukas zu den aktuelleren Kommentaren und der Name „Psychodoc" taucht immer öfter auf. Lukas ist genervt, will sich mit so einem Kerl nun wirklich nicht auseinandersetzen und ihm erklären, warum, wieso und weshalb. Schließlich ist es seine Biografie!

Es reicht! Hat der nichts Besseres zu tun? Ich schreib ihm, er soll diese Kommentare unterlassen.

Lukas sucht sich den neuesten und will ihm die passende Antwort unter seine Endlosnachricht schreiben. Plötzlich starrt er wie gebannt auf den Text. Schnell liest er die vorherigen und bestellt sich noch einen Whisky, den er in einem Zug hinunterwürgt.

Erschrocken klappt er den Laptop zu und geht in sein Zimmer. Unruhig läuft er auf und ab. Dann hält es Lukas nicht mehr aus, er muss raus hier. Die halbe Nacht irrt er quer durch Frankfurt. Erst gegen drei Uhr morgens ist er zurück. An Schlaf ist nicht zu denken. Er liest erneut.

Nein, das kann nicht sein. Woher weiß er das? Hat dieser Wichser mich irgendwie beobachtet? Nein, ich war so vorsichtig. Resi! Sie muss geplappert haben. Dabei weiß sie doch, dass ich ihnen alles nehme, wenn sie nur ein Wort sagen würde. Obwohl, Resi war nicht dabei, sie kann es nicht wissen.

Lukas ist schockiert, sieht seine dunkle Leidenschaft in Gefahr. Pausenlos fragt er sich, woher dieser „Psychodoc" diese Details kennt. Es kann nicht nur seiner Fantasie entspringen, nicht das. Lukas spürt wieder diesen Drang in sich. Er muss jetzt irgendetwas tun, um wieder klar denken zu können. Er geht zu seinem Koffer, greift nach einer Tüte und holt den Zopf seines letzten Opfers heraus. Vorsichtig streicht er darüber und riecht daran. Er riecht ihre Angst, das Blut und den Tod. Versunken in seiner Welt, fühlt er sich wieder stark und unantastbar, doch die Wut und vielleicht ein wenig Angst, dass ihm so ein Psychodoc-Wichser auf die Spur gekommen ist, lassen ihn keine Ruhe finden. Er setzt sich wieder an den Laptop. Lukas muss unbedingt herausfinden, was dieser Kerl noch alles weiß.

»Hallo Psychodoc, danke für deine vielen Kommentare. Ein paar interessante Ideen, die aber so gar nicht meinem Stil entsprechen. Vielleicht solltest du mir Konkurrenz machen und selbst versuchen, ein Buch zu schreiben. Vielleicht finde ich auch die Zeit, einem Nachwuchstalent etwas unter die Arme zu greifen. Ein kleiner Tipp, verrate deine Ideen nicht zu öffentlich. Schließlich soll dir doch keiner zuvorkommen.«

Lukas sendet die Antwort und kann jetzt nicht mehr tun, wie abwarten. Innerlich fühlt er sich ertappt, nichts ist mehr von seiner erfolgreichen Jagd übrig. Im Moment spürt der diesen Drang, diesem verfickten Psychodoc einfach die Kehle durchzuschneiden und den wilden Tieren zum Fraß vorzuwerfen.

Er wird der Nächste sein! Diesen Dreckskerl schnappe ich mir. Er wird mir mein Leben nicht zerstören.

Nach einer schlaflosen Nacht und mit pochenden Kopfschmerzen geht Lukas am Morgen frühstücken, er bekommt kaum einen Bissen herunter. Der Kaffee, der gar nicht so übel schmeckt, weckt die Lebensgeister in Lukas ein klein wenig. Viel Zeit bleibt ihm nicht zum Nachdenken. Lukas muss weiter. Heute Abend hat er bereits den nächsten Termin, eine Lesung in Dresden.

Darauf hatte er sich eigentlich so gefreut, er will ein paar Tage in Dresden bleiben und die Stadt kennenlernen. Der Aufenthalt ist gebucht, jetzt schwirren ihm so viele Gedanken durch den Kopf. Auf die Schönheit einer für ihn bislang unbekannten Stadt kann er sich jetzt nicht wirklich konzentrieren. Knapp viereinhalb Stunden dauert die Fahrt mit dem ICE nach Dresden.

Das gleichmäßige Rattern über die Gleise wirkt schnell. Lukas holt ein wenig Schlaf nach.

»Ich weiß, dass du es warst. Du bist der Dreckskerl, der diesem armen Wesen so viel Schmerz und Leid zugefügt hat. Anzeigen werde ich dich! Doch vorher wirst du leiden!«

Ein greller Schrei durchbricht das eintönige Rattern des Zugs.

»Nein!«

Die Fahrgäste drehen sich erschrocken zu Lukas, der schweißgebadet und laut schreiend aus seinem Albtraum erwacht. Etwas verwirrt blickt er sich um.

Nur langsam findet er die Orientierung wieder und entschuldigt sich schnell bei den Fahrgästen und geht zur Toilette.

Nein, nein, nein! Dieser Kerl kann es nicht wissen. Woher auch. Niemand hat mich gesehen. Ich muss mehr über diesen Hornochsen herausfinden.

Schon wenig später hält der Zug mit lautem Quietschen in Dresden. Schnell nimmt sich Lukas ein Taxi und nutzt die Zeit bis zu seiner Buchvorstellung im Hotel, um als Samuel Senkrad zu recherchieren. Insgeheim hofft er, dass Psychodoc ihm eine Mail gesendet hat und darauf verzichtet, weiter im Chat zu kommentieren. Doch das Postfach in seinem Blog ist zugemüllt mit allem möglichen Mist von diversen Fans. Schnell antwortet Lukas auf die eine oder andere Fanmail, denn auch ein Samuel Senkrad braucht Leser.

Unruhig und innerlich aufgewühlt bringt Lukas die Lesung hinter sich. Aber immer mit einem Lächeln, so oberflächlich und falsch, doch seine Leserinnen sind trotzdem hin und weg, nehmen sein Lächeln an und schenken Lukas verliebte Blicke, während er Bücher signiert.

Jede von euch könnte die Nächste sein und ihr würdet zu gern mit mir mitgehen. Ich sehe es euch an.

Geschafft, Lukas kann endlich zurück ins Hotel.

Kapitel 19

Maik ist enttäuscht, noch immer kam von Samuel keine Antwort.

Vielleicht ist das mit Clara einfach nur ein dummer Zufall. Aber es passt alles so perfekt.

Fast jede Nacht schreit Clara und gibt Bruchstücke eines verzweifelten Kampfes preis. Maik hat begonnen, sich Notizen zu machen. Nach seinem ersten Verdacht schrieb er Samuel fast täglich. Einmal ertappte ihn seine Frau, als er gerade einen neuen Kommentar schrieb. Sie kam früher nach Hause. Erschrocken starrt Maik seine Frau an, als sie plötzlich vor ihm steht.

»Na Schlaffi, siehst du dir etwa heimlich Pornos an? Meinst du, dass dir das hilft?«

Mit einem gehässigen Lachen drehte sie sich um und ist in die Küche gegangen.

Ich schwöre dir, irgendwann bist du fällig. Irgendwann werde ich dich…

Seither ist Maik vorsichtiger geworden. Seine Schicht ist vorbei. Maik geht nach Hause. Letzte Nacht konnte er nicht anders. Wie immer war er in Claras Zimmer. Ganz ruhig hat sie geschlafen. Der Arzt hat ihr ein neues, stärkeres Medikament verordnet. Inzwischen ist das Geheimnis kein Geheimnis mehr. Maiks Kollege hörte Clara nachts ebenfalls schreien und reden. Doch es waren nur wirre Wortfetzen, nicht definierbar. Der

Arzt hat das stärkere Mittel verschrieben, damit Clara nachts zur Ruhe kommt und am Tag endlich zu reden beginnt. Die Pillen sind gut.

Clara hat die letzten zwei Nächte nicht einmal gezuckt. Selbst am Tag beginnt Clara mehr und mehr Vertrauen zu schöpfen. Lächelt und beginnt mit Hilfe der Logopädin einige Laute von sich zu geben. Maik steht wieder in ihrem Zimmer. Clara liegt ruhig atmend im Bett. Er geht näher, kniet sich vor ihr Bett. Mit dem Zeigefinger stupst er sie an. Doch sie rührt sich keinen Zentimeter. Er streicht ihr übers Haar und riecht daran. Dann vergräbt er sein Gesicht in ihrer Haarpracht.

Clara zuckt zusammen und Maik hat Mühe, seine 120 Kilogramm schnell in Sicherheit zu bringen. Doch Clara hat sich nur herumgedreht. Maik geht zurück zu ihr, streichelt über ihr Gesicht, berührt ihren Hals und fährt mit seinen Händen an ihrem Körper entlang. Die Narben an ihrem Körper und ihren Brüsten kennt er inzwischen in- und auswendig. Dann fährt er ihr mit seiner wulstigen Hand zwischen ihre Beine, schiebt den Slip zur Seite.

Du bist so schön warm.

Seine Finger dringen tief in sie ein. Claras Gesichtszüge verkrampfen sich, fast lautlos stöhnt sie. Maik lässt von ihr ab. Er will nur eins, das, was Samuel mit ihr hatte. Maik will diese Macht erleben, dieses Gefühl, Herr über Leben und Tod zu sein. Inzwischen ist er sich sicher, nicht nur Clara ist Realität, auch diese anderen Bücher sind wahre Begebenheiten und keine erfundenen Geschichten. Den Rest der Nacht verbringt Maik damit das Buch mit seinen Notizen über Claras wirren Worten zu vergleichen. Und es passt wie die Faust aufs Auge.

Ich weiß es, Clara ist der Star in deinem Buch Samuel.

Noch in Gedanken bei Clara und Samuel betritt Maik sein Haus.

Super, heut fickt sich diese Schlampe mal nicht.

Erleichtert schleicht sich Maik ins Schlafzimmer und legt sich neben seine verhasste Ehefrau, die tief und fest schläft. Maik schließt die Augen, denkt an das Buch und an Clara. Diese Jagd bis hin zu dem Absturz läuft vor seinen Augen ab. Er ist erregt und reibt sich selbst, stöhnt. Plötzlich spürt er eine kalte Hand an seinem erregten Glied.

»He Schlaffi, da geht ja was.«

Erschrocken öffnet er die Augen und starrt in die gierigen Augen seiner Frau, die noch immer seinen Schwanz hält und kräftig daran rubbelt. Noch bevor er denken kann, umklammern ihre Lippen fest seinen Schwanz und ihre Zunge umspielt ihn. Maik will das nicht, nicht von ihr. Doch schon hängt ihr Hintern vor seinem Gesicht und die feuchte Muschi wartet darauf, bedient zu werden. Maik packt ihre Pobacken und steckt seinen Kopf tief zwischen ihre Beine. Doch so richtig will er nicht in Schwung kommen. Seine Frau gibt wirklich ihr Bestes, doch Maik will etwas anderes und sein bestes Stück auch, er sackt zusammen. Sie lässt ihn lieblos aus ihrem Mund fallen.

»Leck mich wenigstens zum Höhepunkt Schlaffi, komm mach!«

Maik tut ihr den Gefallen. Schleckt sie, bis sie schreiend kommt, dabei hält er ihre Pobacken fest in der Hand. Halbwegs zufrieden steigt sie von ihm herunter. Sie ist eine gierige, herrschsüchtige, lieblose Frau. Maik hofft, es überstanden zu haben. Sie hat nicht genug und greift nach ihrem Silikonfreund, wirft Maik noch den einen oder anderen verletzenden Spruch an den Kopf, bevor sie genussvoll die Vibrationen in ihrer Muschi spürt. Maik kocht vor Wut.

»Du dämliche Schlampe. Es reicht! Ich bin kein Schlaffi! Ich bin mehr Mann, wie du dir vorstellen kannst! Na los, dann lass es uns tun!«

Maik springt auf, greift nach den Tüchern in der Kommode und bindet seine Frau fest an die Bettpfosten. Verzückt lässt sie es zu. Er zieht ihr den Plastikfreund aus der Muschi und wirft sich auf sie. Dann schlägt er ihr kräftig ins Gesicht. Erschrocken schreit sie auf und ihn an. Unbeeindruckt holt Maik ein weiteres Tuch und bindet ihr den Mund zu.

»Ich bin ein Mann. Du bekommst jetzt einen Mann und wenn es das letzte Mal ist!«

Ihre angsterfüllten Blicke machen ihn an. Er schlägt sie erneut. Es ist wie ein gewaltiger, längst überfälliger Befreiungsschlag für Maik. Kraftvoll dringt er in die Wehrlose ein. Ihr schmerzerfülltes Wimmern spornt ihn zusätzlich an. Seine

Hände umschlingen ihren Hals, seine Zähne zerren ihre Brustwarzen weit nach oben, dann kommt er.

In den Augen seiner Frau ist pures Entsetzen zu sehen, Tränen des Schmerzes laufen an ihren Wangen herunter und ihr rechtes Auge ist knallrot, schwillt von dem kräftigen Schlag an. Langsam lässt er von ihr ab und legt sich neben die noch immer Gefesselte.

»Ich bin ein Mann! Das hast du jetzt davon.«

Er nimmt ihr das Tuch vom Mund.

»Ein perverses Drecksschwein bist du. Pack deine Koffer und verschwinde, sonst zeig ich dich an! Du Mistkerl hast mich gerade vergewaltigt. Ist es das, was dich zum Mann werden lässt? Haben dich deine kranken Idioten auf der Arbeit dazu angestiftet? Du gehörst selbst in die Klappsmühle! Jetzt binde mich los, du Wichser!«

Maik liegt neben seiner wimmernden und keifenden Frau. Am liebsten würde er sich jetzt eine Zigarre anzünden und seinen Triumph feiern.

»Halt die Fresse du dämliche Schlampe!«

Doch seine Frau schimpft fassungslos weiter.

»Es reicht!«

Maik hat genug von den Beschimpfungen, versetzt seiner Frau einen heftigen Schlag und plötzlich ist Ruhe. Bewusstlos liegt sie neben ihm mit einer aufgeschlagenen Lippe. Ein zweiter Schlag folgt.

»ICH BIN EIN MANN!«

Dann löst er die Fesseln an ihren Knöcheln. Doch nicht aus Mitleid und erschrocken über seine Tat. Maik will jetzt mehr. Er bindet ihre Beine zusammen mit den Armen an den oberen Bettpfosten fest.

»Zum Glück bist du Schlampe so sportlich und gelenkig.«

Gehässig genießt Maik diesen absurden Anblick. Und noch bevor seine Frau wieder bei Sinnen ist, rammt er ihr ihren Silikonfreund tief in das Gesäß. Sie schreit auf. Maik genießt und steckt ihn tiefer. Sie schreit erneut und lauter als je zuvor. Maik bindet ihr den Mund wieder zu.

»Du wirst mich nie wieder auslachen! Das schwöre ich dir!«

Dann zieht er den Vibrator mit einem kräftigen Ruck heraus und wirft ihn mit Wucht an die Wand. Maik kniet sich hinter sie, vergeht sich an ihr. Verzweifelt bettelt, weint, schreit sie. Gefesselt und hilflos ist sie seiner Brutalität ausgesetzt. Unvorstellbare Schmerzen durchfahren ihren Körper. Doch Maik hört nicht auf. Er bindet ihr die Beine los, wirft sich auf ihren Körper und würgt sie während er in ihre Brustwarzen beißt. Er hat seine Beute gefunden, jetzt ist er wie der Held in Samuels Buch. Nein, er ist Samuel. Maik ist sich sicher. Samuel hat erlebt, was er beschreibt.

Still und regungslos liegt sie in dem zerwühlten Bett. Keine Schreie, kein Flehen, kein Atemzug. Maik nimmt die Hände von ihrem Hals, an dem er tiefe Abdrücke hinterlassen hat. Ihre Augen sind weit aufgerissen und an ihrem Körper klaffen tiefe Fleischwunden. Maik springt auf. Betrachtet sein Werk.

So fühlt es sich also an.

Nein, entsetzt ist Maik nicht über das, was er gerade getan hat. Zufrieden blickt er minutenlang auf seine leblose Frau.

»Ich bin ein Mann und was für einer. Du bist selbst schuld!«

Maik geht sich das Blut seiner Frau abduschen. Das Wasser verfärbt sich unter der Dusche rosa. Das erste Mal seit sehr langer Zeit fühlt sich Maik so frei. Ein Gefühl, das er bereits vergessen hatte. Diese riesige Last, die er viel zu lang mit sich herumgetragen hat, fällt augenblicklich von ihm ab. Er ist erschöpft. Zufrieden und stolz legt er sich neben den leblosen Körper seiner Frau ins Bett und schläft sofort ein.

Erst gegen Abend wird er wach. Sein erster Blick fällt auf seine Frau. Lächelnd stellt er fest, dass er es diesmal nicht nur geträumt hat. Das Blut ist getrocknet, das Laken dunkelrot verfärbt, ihre Augen weit aufgerissen und ihr Gesicht schmerzverzerrt. Ein breites Grinsen huscht über Maiks Gesicht.

Tja meine Liebe, das wars ja wohl mit uns. Ich muss mir etwas einfallen lassen, du fängst ja jetzt schon an zu stinken. Widerliches Drecksstück!

Maik wirft ihr die Bettdecke über den Kopf und steht auf. Er stolpert über den Vibrator, der nach seinem Wurf an die Wand lieblos am Boden liegt und fällt fast selbst. Wütend greift Maik danach.

Hier du dämliche Kuh, bis das der Tod euch scheidet und noch darüber hinaus.

Er rammt ihn in ihren steifen, kalten Körper und geht. Heute hat Maik keine richtige Lust, arbeiten zu gehen. Schließlich ist er jetzt der Herr im Haus und es gibt keinen Grund mehr, sein Heim zu verlassen. Aber er muss. Außerdem ist er neugierig, ob Clara heute neue Details preisgibt. Doch die Nacht bleibt ruhig. Maik liest das Buch, wenn auch diesmal mit anderen Augen, Augen eines Täters und es gefällt ihm. Er muss Samuel unbedingt davon berichten, gleich, nachdem er geschlafen hat. Die Nacht geht ruhig und schnell vorbei. Zu Hause angekommen, greift er nach einer Flasche Febreze und versprüht sie komplett im Schlafzimmer. Es ist eine widerliche Kombination, ein Duft aus Vanille und Tod. Schnell schließt er die Tür, legt sich auf die Couch und schläft.

Kapitel 20

Dresden ist eine so schöne Stadt, doch Lukas kann sie nicht genießen. Solange er nicht weiß, was dieser Psychodoc von ihm will, wer er ist und wieso er Details kennt, die Lukas nur erlebt und nicht geschrieben hat, wird er nicht zur Ruhe kommen.

Ziellos rennt Lukas durch Dresden, macht ein paar Fotos, versucht sich abzulenken. Goldener Reiter, Frauenkirche, das Blaue Wunder, Semperoper. Sehenswürdigkeiten ohne Ende. Doch in Gedanken ist er nur bei dem Menschen, der in der Lage sein könnte, sein Lebenswerk zu zerstören. Stundenlang geht Lukas gedankenversunken durch Dresden. Es wird Abend und er ist ausgehungert. Doch es ist nicht der Appetit auf eine leckere Mahlzeit in einem der hochgelobten Dresdner Restaurants.

Lukas verspürt diese Gier nach seinem wahren Sein. Diese Gedanken auf den Dreckskerl, der hinter sein Geheimnis gekommen ist, müssen aus seinem Kopf verschwinden. Und dafür gibt es nur eine Möglichkeit. Doch hier, mitten in Dresden?

Scheiß egal, auch wenn es nicht die Jagd wird, die ich mir vorstelle, irgendeine dämliche Schlampe wird sich heute sicherlich finden.

Lukas bestellt sich ein Taxi, lässt sich in sein Hotel bringen. Er greift in seinen Koffer, nach dem Zopf der kleinen Biotusse. Genussvoll riecht er wieder daran. Vorsichtig legt er seine Trophäe wieder zurück und zieht sich um. Ein unscheinbares

Kapuzenshirt und eine alte Jeans kommen zum Vorschein. Die Kapuze tief ins Gesicht gezogen huscht er durch den Lieferanteneingang aus dem Hotel.

Der Taxifahrer hatte Lukas ein nervendes Gespräch aufgedrängt, wie ihm die Stadt gefalle und so weiter. Ganz nebenbei war zu erfahren, dass nicht weit von seinem Hotel Dresden Prohlis liegt, als Dresdner Ghetto hatte es der Taxifahrer bezeichnet. Dort will er hin. Nicht weit und Lukas ist umgeben von riesigen Betonklötzen.

Eine unheimliche Gegend, doch perfekt, um sich hier nach Beute umzusehen. An einem Kiosk stehen grölende, betrunkene Menschen mit Bier und Schnaps in der Hand. Lukas geht zu ihnen und kauft sich eine Flasche billigen Fusel, um gleich einen kräftigen Schluck zu nehmen. Dann geht er durch diese Betonhölle und setzt sich auf eine Bank. Abwarten und Schnaps saufen, heißt seine Devise.

Lang muss er tatsächlich nicht warten. Plötzlich setzt sich eine Frau zu ihm. Ungepflegt, das Alter kann Lukas nicht einschätzen. Sie sieht verbraucht aus und hat sicher auch schon ein oder zwei Promille intus.

»Du trinkst allein? Oder gibst du mir einen Schluck davon?«

Lallend und etwas wackelig auf den Beinen spricht sie Lukas an. Wortlos reicht er die Flasche und sie nimmt einen kräftigen Schluck. Dann beginnt sie zu erzählen.

»Ich bin Cindy, aber nicht die aus Marzahn.«

Sie lacht laut auf und freut sich über ihren eigenen Witz.

»Wie heißt du, mein Süßer? Und was tust du hier? Dich habe ich hier noch nie gesehen. Und ich kenne die Nachtschwärmer alle.«

Cindy zwinkert ihm zu.

Soll ich dieses Wrack nehmen? Wer weiß, welche Krankheiten die hat.

Lukas wischt den Flaschenhals ab und nimmt noch einen kräftigen Schluck.

»Es ist doch scheiß egal wie ich heiße. Du bist Cindy nicht aus Marzahn und ficken wollen wir ja wohl beide. Oder liege ich da etwa falsch.«

Lukas setzt sein teuflisches Grinsen auf. Seine stahlblauen Augen beginnen zu leuchten. Er ist gespannt, wie sie reagiert. Etwas ungläubig blickt sie ihn an, greift ebenfalls noch einmal zu der Flasche. Wortlos öffnet sie ihm den Reißverschluss an seiner Hose und holt seinen Penis wie selbstverständlich heraus. Fast schon erschrocken lässt es Lukas zu. Nie hätte er gedacht, dass seine so provokante Art Erfolg haben könnte. Schon spürt er ihre Zunge, wie sie sanft sein bestes Stück strammstehen lässt. Vergessen ist dieser Psychodoc. Jetzt zählt nur diese Jagd. Er drückt ihren Kopf tief nach unten und sie lässt es zu. Er spürt, wie sein Schwanz ihr Gaumenzäpfchen berührt. Er kann sich kaum bremsen, stöhnt laut auf.

Noch bevor Cindy ihm zum Höhepunkt bringt, lässt sie von ihm ab, etwas verdutzt sieht er sie an. Er will ihren Kopf wieder nach unten drücken. Cindy nicht aus Marzahn ist schneller, sie hat sich den Rock bereits hochgezogen, den Slip beiseitegeschoben und reitet ihn wild. Lukas kommt und sie gleich mit. Für Lukas das perfekte Vorspiel. Die Drecksschlampe ist so heiß. Langsam steigt sie von ihm ab. Lukas will mehr. Wieder drückt er ihren Kopf nach unten, hofft, dass sie sich jetzt wehrt und er sie zwingen muss. Doch sie spielt mit. Und wie. Lukas greift ihr zwischen die Beine während sie sanft zubeißt.

»Zieh den Slip aus!«

Sie lässt von ihm ab. Provokant dreht sie ihm den Rücken zu, hebt den Rock und zieht sich langsam den Slip herunter. Noch bevor sich Cindy wieder aufrichten kann, ist seine Hand zwischen ihren Beinen. Tief dringt er ihn sie ein. Dann zerrt er sie auf seinen Schoß, drückt ihre Pobacken auseinander und nimmt sie von hinten. Sie ist eng und schreit auf.

»Los du geile Sau, reite!«

Dabei presst er ihre hängenden Brüste fest aneinander, während er ein zweites Mal kommt. Sie steht auf, greift nach ihrem Slip, zieht ihn an und nimmt einen großen Schluck.

»Na du namenloser Hengst, ich hoffe, wir sehen uns wieder. Es war eine geile Nummer.«

Sie zwinkert ihn an und geht schwankend in Richtung Plattenbausiedlung.

Wir sehen uns schneller wieder, wie dir lieb sein wird! Jetzt geht der Spaß erst richtig los.

Lukas trinkt noch einen Schluck billigen Fusel, wirft die leere Flasche hinter sich in das Gestrüpp und folgt ihr. Sie schließt die Tür zu einem dieser Betonklötze auf und Lukas steht plötzlich hinter ihr.

»Cindy, lass uns bei dir da weitermachen, wo wir gerade aufgehört haben.«

Dabei greift er ihr wieder kräftig zwischen die Beine. Erschrocken dreht sich Cindy um.

»Du Wichser, nimm deine Dreckspfoten von mir! Vergiss es! Verpiss dich! So nicht!«

Sie öffnet die Tür und will eilig hineingehen. Doch Lukas hält sie auf.

»He du Schlampe, meinst du etwa, du kannst einfach so verschwinden! Erst mich heiß machen und jetzt abhauen? Jetzt beginnt der Spaß erst richtig!«

Lukas hat den Fuß in der Tür. Noch bevor sie zu schreien beginnt, drängt sich Lukas zur Tür hinein und verpasst ihr einen heftigen Schlag. Sie stürzt die Stufen zum Keller nach unten und bleibt regungslos liegen. Unruhig sieht sich Lukas um, lauscht, ob sich irgendwo eine Tür öffnet. Es bleibt ruhig. Schnell rennt er die Treppe herunter und zieht Cindy zu den Kellerabteilen.

Mist, alles verschlossen! Komm schon, irgendeine scheiß Tür muss sich doch öffnen lassen.

Im hintersten Eck lässt er Cindy lieblos zu Boden fallen und greift nach seinem Taschenmesser, das er für alle Fälle mitgenommen hat. Er fummelt solange an einem Schloss herum, bis es sich endlich öffnen lässt. Er findet den

Lichtschalter, ein schwaches Licht erhellt ein wenig den Raum. Kisten und Sperrmüll liegen ungeordnet zwischen den Regalen, auf denen sich vollkommen verstaubte Dosen mit Fertiggerichten und Gläser mit selbst eingelegtem Obst stapeln. Schnell zieht er Cindy in den Keller und zieht die Tür hinter sich zu. Cindy hat sich bei dem Sturz scheinbar ihren Fuß gebrochen, ungewöhnlich schief und dick geschwollen sieht er aus. Lukas interessiert das nicht.

Er reißt ihr die Sachen vom Leib und setzt sich auf sie. Er beginnt, ihr mit dem Messer langsam den Oberkörper aufzuschlitzen.

Viel Zeit hat er nicht, es muss schnell gehen. Plötzlich schlägt sie benommen die Augen auf. Ein kurzer, schmerzerfüllter Schrei. Doch Lukas hält ihr sofort die Hand vor Mund und Nase. Nur ihre weit aufgerissenen Augen schreien vor Angst und Schmerz. Das Blut pulsiert langsam aus ihrem Körper, Lukas schneidet immer tiefer, die Hand so fest er kann auf ihrem Gesicht. Nur ein undeutliches Glucksen ist zu hören. Unter ihrem Rippenbogen bohrt sich das Taschenmesser tief in ihre Haut. Jetzt strömt das Blut heraus. Lukas greift mit seiner Hand in die Wunde.

»Ja, endlich!«

Lukas schreit auf, als er tief in den Bauchraum eindringt, die Wärme spürt, und das heftig schlagende Herz berührt. Er greift gnadenlos zu, presst ihr Herz zusammen, genießt die letzten Schläge und reißt es ihr mit einem heftigen Ruck aus ihrem sich ein letztes Mal aufbäumenden Körper. Das Blut verteilt sich auf den Regalen, den Kartons und auf Lukas. Wie einen Schatz hält er ihr Herz vorsichtig in seinen Händen.

Ihr lebloser Körper liegt blutüberströmt, mit weit aufgerissenen Augen und dieser großen, klaffenden Wunde auf dem verdreckten Kellerboden Zwischen Unrat und Kartons in einer riesigen Blutlache. Lukas ist zufrieden, er fühlt sich wieder befriedigt und frei. Eine kurze und doch so erfüllende, lang ersehnte Jagd. Er steht auf, das Herz noch immer in seinen Händen und geht zu einem der Regale. Vorsichtig legt er das Herz ab, greift nach einem Glas mit eingelegten Pflaumen. Er öffnet es und schüttet den Inhalt auf den Boden. Dann nimmt er ihr Herz und legt es vorsichtig in das Glas. Schnell schiebt er ihren Körper unter die Kartons, greift nach seiner neuen Trophäe und hofft, unerkannt und ungesehen aus dem Haus herauszukommen.

Das Glas steckt er sich unter seinen Pulli und zieht sich die Kapuze tief ins Gesicht. Unbemerkt verlässt er das Haus und nutzt die Finsternis, um schnell diese Betonsiedlung zu verlassen. Es ist halb Vier morgens, selbst eine Stadt wie Dresden scheint fast menschenleer um diese Uhrzeit zu sein. Ein paar Nachtschwärmer begegnen Lukas, die sich aber nicht für ihn interessieren.

Im Hotel angekommen, spült er das Herz ab, legt es zurück in das gereinigte Glas, schraubt es fest zu und verstaut es neben dem Zopf seiner Biotusse. Lukas fällt ins Bett, schläft so gut, wie die letzten Tage nicht mehr, frei und ohne auch nur einen Gedanken an diesen Psychodoc zu verschwenden.

Kapitel 21

Ausgeschlafen und so befreit, setzt Maik sich sofort an seinen Computer. Instinktiv dreht er sich pausenlos nach links und rechts, nicht, dass ihn seine Frau erwischt. Dann lacht er laut auf.

Die Schlampe ist ein für alle Mal Vergangenheit. Ich habe ihr gezeigt, dass ich ein Mann bin und was für einer. Sie wollte es doch.

Maik ist so stolz auf das, was er getan hat, da drüben im Schlafzimmer liegt sein erstes Meisterwerk und es soll nicht sein letztes sein. Denn er hat etwas gespürt, dass er so vorher nicht kannte. Schnell lädt er Samuels Seite hoch. Noch bevor er auf „Private Nachricht" klicken kann, sieht er, dass ihm Samuel auf seine Kommentare geantwortet hat.

Endlich ist dieser Kerl mal auf mich aufmerksam geworden. Oh ja, ich habe nicht nur die eine oder andere Idee, natürlich will ich dich als Mentor haben.

Maik schreibt Samuel nicht viel.

»Danke für Ihr Interesse. Ja, ich habe viele Ideen und hier gleich mal meine aktuellste:…«

Maik versucht so detailliert wie ihm möglich, die letzte Begegnung mit seiner Frau zu schildern, auch wenn ihm oft die richtigen Worte nicht einfallen wollen. Dabei sieht er es noch genau vor sich.

»… und es ist genauso meiner kreativen Fantasie entsprungen, wie das letzte Buch von Ihnen. Sicher hören wir bald voneinander.«

Zum Abschluss schreibt Maik noch ein paar von den Wortfetzen, die Clara nachts von sich gegeben hat, auch wenn es nicht viel war. Wenn es stimmt, was Maik denkt, wird Lukas wissen, was gemeint ist.

Jetzt bin ich auf seine Reaktion gespannt.

Lachend fährt Maik den PC herunter.

»Und du, du stinkst, verpestest mir das gesamte Haus. Dämliche Kuh! Ich muss dich loswerden!«

Der Gestank seiner toten Frau zieht inzwischen durch das ganze Haus und ein Schwarm Fliegen hat sich im Schlafzimmer auch schon breit gemacht. Maik überlegt kurz, ob er sie in kleine Teile zerschneiden sollte und einzeln auf der Mülldeponie entsorgt. Doch so viel Aufwand hat sie nicht verdient. Er wickelt sie in das dunkelrot verfärbte Bettzeug und dieses Bündel wickelt er noch in Plastiksäcke. Er reißt alle Fenster auf und schleppt das Bündel in den Garten. Zum Glück können die Nachbarn nicht sehen, was er treibt. Sie meiden den großen, übergewichtigen Mann, der in der Irrenanstalt arbeitet mit dieser herrschsüchtigen Frau, die ihn den ganzen Tag rumkommandiert und anschreit. Kaum hat er das Bündel abgelegt, kommen scharenweise die Fliegen und versuchen verzweifelt ein winziges Schlupfloch zu finden, um sich die Leckerei schmecken zu lassen.

Maik holt einen Spaten, gräbt ein tiefes Loch und gibt dem Bündel mit dem Fuß einen kräftigen Stoß.

»Und tschüss, du Schlampe! Das wars mit uns. Verrotte!«

Zur Feier des Tages nimmt sich Maik ein Bier, setzt sich gemütlich in die Nachmittagssonne und genießt den Anblick des frischen Erdhügels.

»Ja, sieh genau her. Ich trinke! Mitten am Tag! Und du Drecksstück kannst mir die Flasche nicht mehr aus der Hand reißen.«

Maik bereut seine Tat nicht. In seinem Kopf schwirren die verrücktesten Dinge. Dinge, die er beim nächsten Mal zu gern nachholen würde. Insgeheim hofft Maik, dass Samuel sein Mentor wird und ihn in diese andere Welt mitnimmt und dass er mit ihm zusammen Dinge erleben kann, die fern jedes gesunden Menschenverstandes sind. Jetzt heißt es abwarten und Bier trinken. Schon öffnet Maik mit einem lauten Blubb die zweite Flasche.

Kapitel 22

Zufrieden und ausgeschlafen wird Lukas wach. Nur Kopfschmerzen verderben ihm ein wenig den Morgen nach dieser erfüllenden Nacht. Er greift zu einer Aspirin und verflucht den billigen Fusel, der sicher Schuld an dem Presslufthammer in seinem Kopf hat. Er nimmt das Einweckglas aus seinem Koffer und kann sich an dem Anblick kaum satt sehen.

Du warst richtig gut. Wie war nochmal dein Name. Ach, scheiß egal, es ist unwichtig.

Lachend packt Lukas seinen neuen Schatz wieder weg. Die Kopfschmerzen lassen langsam nach und Lukas geht hungrig frühstücken. Heute reist er ab und will in seinem Hotel ein paar Tage entspannen, die Gedanken an Dresden genießen und nach dem Rechten sehen. Außerdem muss er herausfinden, ob nicht doch Resi oder Karl mit diesem Psychodoc unter einer Decke stecken. Wobei es Lukas für äußerst unwahrscheinlich hält. Wenn es gut läuft, will er wieder schreiben, Samuel Senkrad sein. Schließlich hat er seit letzter Nacht eine neue Hauptfigur, auch wenn sie sicherlich, hoffentlich, nur zur Nebenfigur wird, denn für ein ganzes Buch war diese kurze Jagd viel zu wenig.

Die neue Hauptfigur ist sicher nicht weit, denn, auch wenn er es nicht vorhat, in seinem Hotel wartet der geheime Keller, um wieder zum Leben erweckt zu werden, bis der Tod das Licht ausschaltet. Aber sicherlich nicht bei diesem Besuch, das hat sich Lukas fest vorgenommen. Sein Flug nach München geht am Nachmittag. Ohne Verspätung landet er und macht sich auf den Weg zu seinem Hotel. Irgendwie freut er sich auch auf Resis erstaunte Gesicht, wenn er wieder unangekündigt auftaucht.

Ob sie wieder mein Zimmer vermietet hat?

Lachend erinnert er sich an seinen letzten Besuch, das Chaos bei seinem Auftauchen und diese unerwartete Wendung.

Am Abend trifft er ein, diesmal ohne großes Donnerwetter. Sein Zimmer ist nicht vermietet und Resi strahlt, als sie ihn sieht.

»Schön, dass du wieder da bist Lukas.«

Auch Karl kommt angehetzt und macht einen Diener als er Lukas die Hand reicht.

»Resi, kannst du mir einen Snack aufs Zimmer bringen, ich möchte heute noch ein wenig Ruhe, Dresden war anstrengend.«

Nickend verschwindet Resi in der Küche und Lukas geht nach oben. Noch bevor er ausgepackt hat, klopft Resi und stellt ihm ein Tablett mit allerlei Köstlichkeiten hin.

Lukas bedankt sich und setzt sich auf den Balkon. Er genießt die Hausmannskost. Entspannt greift er nach seinem Laptop. Noch bevor er sein neues Buch beginnt, checkt er, ob sich dieser Psychodoc-Kerl gemeldet hat.

Na endlich du Wichser. Wird ja auch mal langsam Zeit, dass du mir antwortest.

Fassungslos starrt Lukas auf das Geschriebene, liest es immer wieder. „...genauso meiner kreativen Fantasie entsprungen, wie das letzte Buch von Ihnen..."

Dieser Dreckskerl hat seine Frau umgebracht. Aber wie hängt das alles mit Sarah zusammen? Hat er mich tatsächlich beobachtet? War er hier Gast?

Lukas ist zwar angetan von dem, was Psychodoc über seine Frau erzählt, doch das mit Sarah lässt ihn zusammenzucken. Schnell tippt er zurück.

»Was denkst du, woher ich meine Inspiration bekommen habe?«

Es dauert keine Stunde, bis er die Antwort bekommt.

»Anbei habe ich vielleicht die Antwort auf Ihre Frage. Bis bald.«

Maik schickt ein Foto von Clara. Dieses Foto war ursprünglich für seinen Eigenbedarf gedacht. Fixiert und mit hochgezogenem Nachthemd, für die stillen, sehnsüchtigen Momente. Fassungslos starrt Lukas das Bild an.

Nein, das kann doch nicht sein! Sie kann es nicht überlebt haben! Und wenn es tatsächlich Sarah ist, warum hat sie mich nicht angezeigt?

Total verwirrt antwortet Lukas nur kurz.

»Das könnte sein, wir sollten uns zeitnah treffen, vielleicht morgen Abend?«

Lukas schlägt eine kleine Wirtschaft in der Nähe von Garmisch-Partenkirchen vor, auch wenn er nicht weiß, wo dieser Mistkerl wohnt. Wenn er Interesse hat, wird er sicher auftauchen. Lukas bekommt keine Antwort, doch er beschließt, am nächsten Tag zu dem vorgeschlagenen Treffpunkt zu fahren.

Viel zu früh ist Lukas am nächsten Tag am vereinbarten Treffpunkt. Er sitzt in der hintersten Ecke der Wirtschaft, den Eingang und den kleinen Biergarten fest im Blick. Ein paar Wanderer genießen ein kühles Weißbier und dazu eine deftige Brotzeit. Von diesem Psychodoc ist noch nichts zu sehen. Lukas blickt unruhig auf seine Uhr.

Noch eine Stunde, hoffentlich kommt dieser Wichser.

Die Zeit scheint stillzustehen und keiner der neu ankommenden Gäste sieht sich suchend nach einem „Blind Date" um. Lukas bestellt sich ein Weißbier und einen Obstler dazu. Das lässt ihn etwas entspannter werden. Der Obstler brennt und kurz muss sich Lukas schütteln. Er spürt jeden Zentimeter, den der Schnaps vom Mund bis zum Magen herabläuft. Schnell spült Lukas mit einem kräftigen Schluck Bier den Geschmack herunter.

»Der zweite brennt nicht mehr so sehr.«

Lachend und zwinkernd bringt die Bedienung im Dirndl und mit einem sehr üppigen Ausschnitt ein zweites Glas.

»Der geht aufs Haus.«

Wieder zwinkert sie ihm verlockend zu. Mit einem eher schon gezwungenen Lächeln bedankt sich Lukas und schüttet sich das zweite Glas von dem Selbstgebrannten in den Mund.

Dieses Luder hat recht, es brennt tatsächlich nicht mehr so.

Lukas zwinkert zurück und hebt den Daumen. Diesmal schenkt er der Vollbusigen ein verführerisches Lachen und sie läuft doch tatsächlich rot an. Lukas gefällt das, für einen kurzen Moment vergisst er, warum er eigentlich hier ist.

Ich sollte noch einmal wiederkommen, wenn diese Sache ausgestanden ist.

Die Tür öffnet sich wieder. Lukas weiß sofort, das muss er sein. Als sich der Fremde suchend umsieht, winkt Lukas ihm nur kurz mit der Hand zu und der 120-Kilogramm-Mann setzt sich in Bewegung und kommt direkt auf Lukas zu.

»Samuel? Ich bin Psychodoc, beziehungsweise Maik. Hallo.«

Lukas nickt nur kurz und bittet Maik mit einem Handzeichen, Platz zu nehmen. Minutenlanges Schweigen. Keiner findet die richtigen Worte, um endlich Antworten zu bekommen.

»So, meine Herren, kann ich euch noch etwas Gutes tun?«

Lukas und Maik blicken zuerst in ihren üppigen Ausschnitt und sich dann gegenseitig an. Ihre Blicke sagen alles und das Eis ist gebrochen. Schnell bestellen sie noch ein Bier.

»Also, wie ich bereits sagte, ich heiße Maik. Ich arbeite in einer Klinik und Clara, den Namen bekam sie im Krankenhaus nach ihrem, naja, nennen wir es mal „Unfall", ist vor einigen Wochen zu uns gekommen.«

Maik erzählt, wie er das erste Buch von Samuel in die Hände bekam, wie er jede Seite verschlungen hat und wie enttäuscht er über sein letztes Buch war, als der Schlamm alles mit sich riss.

»Ich dachte, du hast den Verstand verloren, ich darf doch du sagen? An der spannendsten, erfüllendsten Stelle so ein Ende. Ich war entsetzt und schockiert. Aber da wusste ich noch nicht, dass es eher eine biografische Erzählung, wie Fantasie gewesen ist.«

Lukas hört schweigend zu, tut etwas desinteressiert, um seine Angst nicht zu zeigen und noch bevor er Fragen beantworten muss, stellt er eine.

»Wieso deine Frau? Was habe ich damit zu tun?«

Maik lacht laut auf.

»Nichts, du hast absolut gar nichts damit zu tun! Es war allein meine Entscheidung und richtig! Doch jetzt sollten wir uns um Clara kümmern! Ich möchte dir helfen, sie beginnt sich zu erinnern und nicht nur nachts. Lass es uns gemeinsam tun. Ohne meine Hilfe wirst du nicht an sie herankommen. Doch ich möchte dabei sein. Ich will dich bei deiner „Arbeit" bewundern.«

Lukas ist erleichtert und schockiert gleichermaßen. Sarah lebt und dieser Psychodoc-Maik will dabei sein. Er kann Maik keine Antwort darauf geben, obwohl er sich sicher ist, dass er diesen Maik braucht, um Sarah auszuschalten. Langsam wird es spät, das Wirtshaus ist leer, nur Lukas und Maik sind noch da. Die Bedienung namens Stephanie genießt ihren fünften Feierabendobstler und blickt immer wieder auf die Uhr.

»So meine Herren, also, ich würde dann doch gerne Feierabend machen wollen, ihr könnt ja noch woanders weiterfeiern.«

Dabei zwinkert sie verführerisch und lässt ihre beiden strammen Brüste aus dem Dirndl hüpfen. Lukas wirft einen kurzen Blick zu Maik, der sabbernd in ihren Ausschnitt stiert.

»Stephanie, kannst du uns noch einen Ort empfehlen, wo wir noch etwas feiern können?«

Stephanie fährt sich mit der Zunge über ihre Lippen.

»Also wenn ihr zwei Hübschen wollt, dann wartet draußen auf mich. Und jetzt würde ich gern abkassieren.«

Lukas zahlt die Rechnung und gibt gleich noch ein saftiges Trinkgeld.

»Na dann, bis gleich.«

Maik ist sprachlos. Er kann nicht glauben, was er gerade erlebt.

»Ähm, Samuel, sollen wir einen neuen Termin vereinbaren? Du willst doch sicher mit ihr…«

Doch noch bevor Maik zu Ende sprechen kann, fällt ihm Lukas ins Wort.

»Nichts da! Die ist so scharf, die will uns beide! Also, du Anfänger, dann soll sie uns beide bekommen! Lass uns draußen auf sie warten. Du wirst sehen.«

Maik wollte sich zwar nie wieder herumkommandieren lassen, doch das gefällt ihm.

Es ist stockfinster, weit nach Mitternacht. An der frischen Luft machen sich die vielen kleinen Obstler auf Kosten des Hauses noch mehr bemerkbar. Da kommt sie um die Ecke.

»Na, da sind ja die Herren.«

Noch bevor sie weiterreden kann, drückt sie Lukas an die Hauswand und greift ihr unters Dirndl zwischen die Beine. Bereitwillig öffnet sie ihre Schenkel und beginnt zu stöhnen als Lukas ihr den Slip zur Seite drückt.

»Und? Wo sollen wir jetzt weiterfeiern.«

Lukas lässt seine Finger spielen und sie zuckt zusammen.

»Ich wohne hier gleich hier um die Ecke. Kommt.«

Sie schiebt Lukas weg, richtet ihr Dirndl und geht zu ihrer Wohnung, zwei Kerle im Schlepptau, wobei Maik sich noch gar nicht sicher ist, ob er hinterhergehen soll. So etwas hat er schließlich noch nie getan. Doch die Neugier hat ihn gepackt und der Alkohol und die Lust lassen Maik nicht mehr klar denken. Stephanie geht voraus, Lukas und Maik folgen ihr mit einem kleinen Abstand. Fünfhundert Meter weiter schließt sie die Tür zu einem kleinen Häuschen auf. Eine mauzende Katze rennt durch die offene Wohnungstür und Stephanie huscht hinein, aber lässt die Tür einen Spalt offen.

»Siehst du Maik, sie lädt uns ein. Und sie hat viel zu bieten.«

Gierig grinsend öffnet Lukas die Tür und schiebt Maik zuerst hindurch, bevor er hinter sich die Tür abschließt.

»Na los, lass uns Spaß haben!«

Stephanie ist in der Küche. Mit einem verführerischen Lächeln fragt sie, was sie den beiden anbieten kann. Lukas antwortet nicht, geht zu ihr und drückt sie auf den Küchentisch, schiebt das Dirndl nach oben und noch bevor sie reagieren kann, ist er schon in sie eingedrungen. Sie schreit vor Lust auf.

»Maik, los, steck ihr deinen Schwanz in den Mund! Komm schon, keine Hemmungen.«

Ein lautes Lachen erschallt in der kleinen Küche und obwohl Maik sich nicht sicher ist, hört er auf den kleinen, strammen Maik in seiner Hose, der auch endlich herausgelassen werden will und tut es. Während Lukas noch kräftig zustößt, kommt Maik mit einem lauten Schrei in ihrem Mund. Ein letzter kräftiger Stoß und auch Lukas ist soweit.

»Die zwei Herren, sind recht gut.«

Lachend rückt sich Stephanie das Dirndl zurecht und wischt sich über den Mund.

»Wollt ihr gehen, ihr wisst ja, wo die Tür ist oder möchtet ihr noch mehr.«

Sie lässt die beiden zurück und geht die Treppe nach oben. Das Dirndl zieht sie sich noch im Flur aus und schon hören die Beiden, wie sie die Dusche aufdreht. Maik und Lukas sehen sich fragend an. Die Antwort steht in ihren Augen. Sie gehen zusammen die Treppe nach oben. Die Tür zum Bad ist offen. Sie beobachten Stephanie, wie sie ihren üppigen Körper einseift. Lukas schaut zu Maik.

»Sie ist kein Opfer, keine Hauptfigur, sie ist Vorspiel und Lust. Also lass uns das Vorspiel genießen. Clara heißt übrigens Sarah und sie wird wieder zur Hauptfigur werden. Und ich bin Lukas, Samuel ist ein Pseudonym. Und ja, das Problem mit Sarah werden wir gemeinsam lösen.«

Lukas geht zur Dusche und zerrt die klitschnasse Stephanie aus der Dusche und ins Schlafzimmer. Etwas verdutzt und erleichtert über Lukas Worte und mehr als erregt steht Maik einfach da und beobachtet das Treiben. Schließlich folgt er den Beiden ins Schlafzimmer.

Eine unvergessliche Nacht für Maik, fast wie die letzte lebende Begegnung mit seiner Frau. Aber eben nur fast. Und die Vollbusige lässt wirklich alles mit sich machen, ist unersättlich und verlangt die volle Manneskraft von Maik und Lukas.

Die Nacht endet bei Morgengrauen.

»Komm, lass uns gehen. Wir sollten noch über unser „Problem" reden. Aber erst, nachdem wir ausgeschlafen haben. Wohnst du in der Nähe Maik? Wenn nicht, kannst du gern mit mir mitfahren, in meinem Hotel ist sicher noch ein Zimmer frei.«

Maik ist drei Stunden mit dem Auto hierher unterwegs gewesen, wollte sich eigentlich in Garmisch ein Zimmer nehmen, nachdem er sich mit Lukas getroffen hat.

»Ja, wir sollten reden, denn ich habe das Gefühl, die Zeit könnte knapp werden. Die Therapie schlägt gut an.«

Lukas freut sich, dass Maik sein Angebot annimmt. Zusammen fahren sie los. Lukas ist mit dem Zug gekommen und froh, dass er mit Maik mitfahren kann.

Das Dorf ist bei Morgengrauen menschenleer, nur der Zeitungsausträger begegnet ihnen und eine Frau, die ihren übergewichtigen Labrador im Morgengrauen Gassi führt.

»Ohne Hund wäre das vielleicht eine Möglichkeit.«

Lukas lacht laut auf. Die letzte Nacht hat ihm Lust auf mehr gemacht. Und mit diesem Maik hat er einen Glückstreffer gelandet. Denn er hat es in seinen Augen gesehen, als er auf Stephanie lag. Kurz musste Maik eingreifen, sonst wäre diese Nacht in einer Katastrophe geendet. Zum Glück hat sie vor Gier nichts davon mitbekommen. Für Sarah braucht er diesen Maik. *Wenn das erledigt ist, werde ich mir etwas einfallen lassen müssen. Dieser Maik muss verschwinden.*

Nach circa einer Stunde Fahrt kommen sie ihm Hotel an. Kurz redet Lukas mit Resi, die gleich einen Schlüssel reicht.

»So mein Freund, jetzt sollten wir erst einmal schlafen. Komm, ich zeig dir dein Zimmer. Wir sehen uns später auf der Terrasse. Dann können wir über unsere Hauptfigur sprechen.«

Am späten Nachmittag geht Maik ausgeschlafen, aber hungrig, nach unten. Lukas ist bereits auf der Terrasse und plaudert mit den Gästen. Als er Maik kommen sieht, verabschiedet er sich von den Gästen und bittet Maik an einen Tisch. Schnell bringt Resi eine Brotzeit.

»Maik, du hast sicher einen Bärenhunger. Mir ging es jedenfalls so.«

Dankend nimmt Maik das Angebot an.

»Ich möchte dir etwas zeigen. Aber jetzt iss erst einmal in Ruhe.«

Eine halbe Stunde später machen sie sich auf den Weg. Maik hat zwar keine Lust auf Spaziergänge, aber die Neugier ist groß.

Schnaufend stiefelt Maik hinter Lukas her und bereut schon jetzt, nicht einfach auf der Terrasse sitzen geblieben zu sein.

»Na komm schon, es wird dir gefallen. Da vorn ist es.«

Jetzt steht Lukas am Abgrund, dem Ort, wo Sarah ihm aus den Händen gerissen wurde.

»Hier war es.«

Fasziniert sieht Maik nach unten, die Arme auf die Oberschenkel gestützt und nach Luft japsend. Den Originalschauplatz zu sehen, ist faszinierend für Maik.

»Genauso habe ich mir es vorgestellt. Du schreibst sehr detailgetreu.«

Maik grinst Lukas zwinkernd an. Lukas dreht sich um und noch bevor Maik wieder normal atmen kann, muss er wieder hinterherjapsen. Der kleine Pfad führt direkt zu dem versteckten Hintertürchen des Kellers.

»Du solltest mehr Sport treiben, Ausdauer ist gefragt.«

Lachend schließt Lukas die Tür auf und zeigt Maik sein Allerheiligstes.

»Sieh dich ruhig um. Ich bin da drüben in dem kleinen Raum.« Von der Tür aus beobachtet Lukas Maik. Der schleicht um den Tisch, findet den „Aufbewahrungsraum" für die Hauptdarsteller und ist sprachlos fasziniert.

Dieser kleine Wichser ist ja schon ganz geil, nur beim Anblick meiner Schatzkammer. Er wird mir helfen, diese vermaledeite Sache mit Sarah zu Ende zu bringen.

Maik hat seinen Rundgang beendet. Sabbernd stellt er tausend Fragen und Lukas beantwortet jede, mal mehr und mal weniger ehrlich. Er muss das Vertrauen von Maik gewinnen, sonst könnte der Plan, Sarah das ihr vorbestimmte Ende zu verschaffen, schief gehen.

Maik riecht wie ein stinkender Iltis als die beiden im Hotel zurück sind. Total verschwitzt von der ungewohnten Anstrengung und dem gerade Gesehenen verabschiedet er sich kurz, um sich frisch zu machen. Später wollen sie die genauen Details besprechen.

Am nächsten Morgen reist Maik ab. Er muss wieder arbeiten. Der Plan steht, die halbe Nacht haben sie diskutiert. Einfach wird es nicht. Doch es muss gelingen.

Kapitel 23

»Wie geht es Ihnen heute Clara? Ich hoffe, Sie haben gut geschlafen.«

Der nette Therapeut strahlt Wärme und Sicherheit aus. Ohne auf eine Antwort zu hoffen, hilft er Sarah in den Rollstuhl und fährt mit ihr durch den großzügigen Park der Klinik. Sarah lächelt verhalten, was ein großer Fortschritt ist. Ihren starren Blick hat sie abgelegt, ihre Augen strahlen, wenn der Therapeut mit ihr in den Park fährt, um mit ihr dann ein wenig spazieren zu gehen. Sie streift mit ihren Händen über das frische Gras und riecht an den duftenden Wildblumen. Sarah genießt seine Anwesenheit und ist ihm dankbar, dass er nicht pausenlos versucht, ihr Gedächtnis zurückzuholen.

»So, Clara. Jetzt wird's Zeit. Sie müssen zur nächsten Therapie. Ich bringe Sie jetzt zurück.«

Sarah blickt traurig, als er sie durch die Tür schiebt, um sie zu dieser unnützen Maltherapie zu bringen. Viel lieber möchte Sarah draußen bleiben, die Luft ist so angenehm warm.

»Bitte nicht.«

Erschrocken hält er den Rollstuhl an.

»Clara, wie war das?«

Ungläubig hockt er sich vor sie und sieht Sarah mit seinen wunderschönen Augen an.

»Nicht rein.«

Schnell greift er zum Telefon, nach einem kurzen Gespräch legt er auf.

»Clara, wir bleiben draußen.«

Sein warmes Lächeln ist Balsam auf ihrer geschundenen Seele. Seither beginnt Clara aufzublühen. Sie redet jeden Tag mehr und auch wenn es kein Arzt für möglich gehalten hat, kann sie sich langsam an einzelne Dinge aus ihrer Kindheit erinnern.

Mist, das Drecksweib wird die Sache noch auffliegen lassen. Ich muss unbedingt Lukas kontaktieren. Wir müssen es so schnell wie möglich tun.

Maik versucht seit Tagen Lukas zu erreichen, doch der ist sicherlich irgendwo im Ausland, hat sich seit zwei Wochen nicht mehr gemeldet. Wieder spricht er ihm auf die Mailbox, schickt ihm Emails. Doch kein Lebenszeichen von Lukas.

Man, man, man. Du Idiot. Wir müssen es jetzt tun, sonst fliegst du auf und ich wahrscheinlich gleich mit. Sollte ich es allein versuchen? Das würde niemals funktionieren. Man, meld dich doch endlich!

Wieder vergehen drei Tage, dann endlich der erlösende Anruf.

»Bin zurück, musste ein paar Tage in die Pampa zum Durchatmen, Abschalten, Kraft tanken. Sorry, aber da bin ich nicht erreichbar, für nichts und niemanden.«

Maik erklärt ihm kurz, dass sich die Ereignisse überschlagen und die Zeit knapp wird.

»Okay Maik, morgen Nacht, wie besprochen.«

Dann legt Lukas auf. Maik ist nervös. Selbst seinen Kollegen fällt dies auf. Doch Maik redet sich schnell heraus, erzählt, dass ihn seine Frau verlassen habe und er ein bisschen durch den Wind ist und ein paar Tage frei braucht, um Einiges zu regeln. Mitleidsvoll wird der Dienstplan umgestellt. Das Angebot, doch gleich wieder nach Hause zu gehen, nimmt Maik natürlich nicht an. Ein paar aufmunternde Sprüche und schon ist Maik der Herr über seine Station.

Es darf nichts schiefgehen, sonst fliegen wir alle auf!

Beunruhigt geht Maik den Plan im Kopf noch einmal durch. Er darf nichts vergessen oder übersehen. Leise schleicht er durch die Station. Es ist drei Uhr morgens. Alles ruhig. Die Spritze hält er fest in der Hand. Geräuschlos öffnet er Sarahs Zimmer. Sie schläft ruhig. Zügig sticht er zu und noch bevor sie aufschreien kann, wirkt die Betäubung. Schnell holt er einen Rollstuhl und setzt Sarah hinein. Unbemerkt bringt er die Schlafende zu seinem Auto und wirft sie lieblos in seinen Kofferraum. Dann betrachtet er sie und beginnt sie zu streicheln.

Ich freu mich auf dich.

Doch er muss zurück. Die Spritze wirkt nur ein paar Stunden. Bis dahin ist er längst in Sicherheit.

Endlich Dienstschluss. Der Frühdienst bekommt nicht mit, dass Sarah nicht in ihrem Zimmer ist. Wo sollte sie auch sonst sein. Bis acht Uhr morgens wird ihre Abwesenheit unbemerkt bleiben.

Maik macht sich auf den Weg. Seine kostbare Beute im Kofferraum. Auf einen abgelegenen Rastplatz macht Maik halt.

Er öffnet den Kofferraum, fühlt Sarahs Puls. Ihr Atem ist ruhig und gleichmäßig. Bald wird die Wirkung nachlassen.

Ich sollte es darauf ankommen lassen. Wie geil wäre es, deine verzweifelten Schreie im Kofferraum zu hören, während dein Körper bei jedem Bremsen und Gas geben hin und her geschleudert wird.

Maik grinst pervers während er eine fertig aufgezogene Spritze aus seiner Tasche holt und zusticht.

Das Risiko wäre zu hoch und Lukas würde mich killen dafür. Schlaf kleine Sarah, er wartet schon auf uns, bald haben wir es geschafft.

Die Fahrt dauert eine gefühlte Ewigkeit. Doch endlich kommt Maik bei dem abgelegenen Hotel an.

Wird Zeit, dass der Wichser endlich auftaucht!

Lukas hatte es sich auf seinem Balkon gemütlich gemacht und ungeduldig die Zufahrt beobachtet. Kurz winkt er Maik zu. Das Zimmer gleich neben Lukas ist für Maik hergerichtet. Es ist Abend geworden. Es wird Zeit, den perfiden Plan umzusetzen. Unbeobachtet treffen sich Lukas und Maik am Auto. Maik öffnet stolz den Kofferraum.

»Hier, bitteschön.«

Du kleines Miststück, endlich kann ich beenden was du mir verwehrt hast. Wieso lebst du überhaupt noch? Aber ich schwöre dir, nicht mehr lange!

Lukas ist voller Wut und diese wird Sarah spüren.

»Maik, los geht's. Wir bringen sie hier weg.«

Maik packt das schlafende Bündel, wirft es sich über die Schultern und trabt hinter Lukas her. Maik keucht und schnauft, der Schweiß läuft an seinem Körper herunter. Lukas macht keine Anstalten, ihm zu helfen. Eine halbe Stunde Fußmarsch und knarrend öffnet sich die Tür zum Keller. Maik will Sarah gleich auf den Tisch werfen.

»Nein, noch nicht! Bring sie in die Zelle!«

Etwas enttäuscht erledigt Maik auch das. Ohne sich weiter um Sarah zu kümmern, gehen beide zurück. Maik ist müde, nach seiner Schicht hat er noch keine Sekunde geschlafen. Schnell verabschiedet er sich von Lukas. Todmüde fällt er ins Bett und schläft sofort ein.

Ich muss zu ihr.

Mitten in der Nacht, nach dem einen oder anderen Glas Whisky hält es Lukas nicht mehr aus. Er holt den Schlüssel und schleicht sich durchs Hotel, vorbei an dem menschenleeren Schwimmbad, zur Tür, die in sein Paradies führt. Mit zittrigen Händen dreht er den Schlüssel im Schloss um. Leise schleicht er zu Sarah, die ruhig atmend schläft. Ihr Körper zittert vor Kälte. Gierig betrachtet Lukas Sarah, schleicht um sie herum.

Du kleines Miststück. Du hast mir viel Ärger bereitet. Morgen werde ich dir das Herz bei lebendigem Leib herausreißen. Nur vorher muss ich diesen dämlichen Kerl noch loswerden. Er hat seinen Teil der Geschichte erfüllt. Und jetzt komm, du sollst gut vorbereitet sein.

Lukas trägt die Schlafende nach unten. Er wiederholt die Geschichte. Unsanft wirft er sie auf den Altar, entkleidet Sarah und zieht die Fesseln fester als je zuvor. Ihr langes Haar hängt am Tisch herunter. Lukas bindet es zusammen und schneidet es ihr ab. Genussvoll schließt er die Augen während er den Duft ihres Haars tief einatmet. Wieder betrachtet er Sarah. Zu gern würde er es jetzt tun, doch vorher muss er sich etwas einfallen lassen, um Maik ein für alle Mal aus diesem Teil der Geschichte zu entfernen. Den Zopf steckt er in seine Hosentasche.

Bevor er geht, spritzt er Sarah noch eine Dosis des Schlafmittels, das Maik ihm gab.

Bald komme ich zurück.

Lukas fährt langsam mit seiner Hand jeden Zentimeter von Sarahs Körper ab, berührt ihre Brüste und saugt an ihren Brustwarzen. Der salzige Geschmack ihrer Haut lässt ihn fast besinnungslos werden. Doch er geht, lässt sie in der eiskalten Dunkelheit, gefesselt liegen. Maik wird nicht mehr dabei sein, wenn Lukas zurückkommt. Sarah gehört allein Lukas, so war es und so wird es bleiben bis zum bitteren Ende.

Du dummer Kerl. Denkst du wirklich, ich teile mit dir diese Leidenschaft? Niemals!

Für diesen Fall der Fälle liegen in seinem Zimmer K.O.-Tropfen bereit. Beim gemeinsamen Frühstück wird er Maik diese in den geben. Ein Unfall auf der kurvigen Strecke wird die Sache beenden. Lukas ist sich sicher, dass dieser Plan nicht scheitern kann. Und dann wird er morgen Abend Sarah für sich ganz allein haben. Kurz greift er sich an die Hosentasche, fühlt Sarahs Haar und kann es kaum erwarten, am nächsten Abend zurückzukommen. Jetzt muss er gehen, bald werden die ersten Gäste das Hotel zum Leben erwecken.

Er huscht durch die verborgene Tür, sperrt sie ab und geht eilig am Pool vorbei. Plötzlich ein heftiger Schlag, ein Schrei und Lukas stürzt in den Pool. Das Wasser um ihn herum färbt sich rot.

»Ich wusste, dass ich dir nicht trauen kann, du perverser Dreckskerl. Du wolltest sie für dich allein, aber nicht mit mir!« Maik steht am Wasser mit einem Stuhl in der Hand. Er starrt in den Pool. Heimlich ist er Lukas gefolgt.

Maik konnte nicht lange schlafen, hat geahnt, dass Lukas ein falsches Spiel treibt. Bewegungslos treibt Lukas kopfunter im Pool. Maik geht zu der Tür. Er wird sich jetzt nehmen, was er verdient hat. Doch sie ist verschlossen. Er rüttelt an der Tür, tritt dagegen. Sie bewegt sich keinen Zentimeter. Wütend geht er zurück und springt in den Pool. Lukas treibt noch immer bewegungslos im Wasser. Maik beginnt, seine Taschen zu durchsuchen.

Nein! Du hast es noch nicht getan! Du erbärmlicher Hurensohn.

Fassungslos hält Maik Sarahs völlig durchnässten Zopf in der Hand. Er dreht Lukas um und schlägt ihm brutal ins Gesicht, bevor er weiter nach dem Schlüssel sucht. Es darf nicht vorbei sein.

Ja, endlich.

Maik hat ihn gefunden. Völlig durchnässt schafft er es nur mühevoll, aus dem Pool herauszusteigen. Kurz dreht er sich noch einmal um und spuckt auf Lukas. Seine rechte Gesichtshälfte ist unförmig angeschwollen, aus der großen, klaffenden Wunde über Lukas rechtem Auge rinnt Blut. Schnell öffnet Maik die Tür, hofft, dass es noch nicht zu spät ist.

Unsicher und vorsichtig geht er den fast unbeleuchteten Gang entlang. Plötzlich steht er vor Sarahs Verlies, es ist leer.

Dieser Penner jagt mich kilometerweit und sagt mir nicht, dass es keine fünf Minuten dauert, um hierher zu kommen! Und jetzt hat er sie schon geholt. Hoffentlich bist du in dem Pool verreckt.

Mit voller Wucht tritt Maik gegen die Tür. Schnell geht er weiter. Er muss es mit eigenen Augen sehen. Er muss Sarahs Leiche sehen. Doch dann entdeckt er Sarah, die noch immer nicht ahnt, in welcher Gefahr sie sich befindet. Gefesselt und nackt liegt sie wie eine Einladung vor Maik.

Er will nicht ihren Tod, er will ihren Körper. Kurz hatte er ihn schon, doch jetzt kann er bedenkenlos alles mit Sarah anstellen. Bereit für ihn liegt sie da und wartet nur darauf, genommen zu werden. Er lässt seine Hose herunter und…

»AAAHHH…«

Maik schreit auf. Ein stechender Schmerz durchbohrt seinen Körper, lässt ihn auf den harten Boden stürzen. Blutend und durchnässt steht Lukas hinter ihm. Das rechte Auge so zugeschwollen, dass es ihm kaum möglich ist, mehr als Umrisse zu erkennen.

»Oh ja, ich bin nicht tot! Du primitiver Fotzenlecker hast gedacht, dass du mich besiegt hättest? Vergiss es! Du wirst sterben, zusammen mit ihr!«

Ein zweiter Schrei und Maik spürt, wie sich ein Messer tief in seinen Körper bohrt. Er greift sich an den Bauch. Maik wälzt sich auf dem Boden hin und her, versucht, das Messer zu entfernen. Mit letzter Kraft zieht er es heraus. Stark pulsierend rinnt das Blut aus der Wunde.

»Verrecke, du Wichser!«

Lukas verpasst Maik einen kräftigen Tritt, das Messer schleudert aus seiner Hand und Maik rührt sich nicht mehr.

»Endlich sind wir wieder allein, du kleines Miststück! Warum hast du überhaupt überlebt? Du hast Schuld an diesem ganzen Mist hier.«

Sein Blick fällt auf Maik, der sich nicht mehr rührt, nur die Blutpfütze um ihn herum wird immer größer.

»Ich werde dir deinen Körper aufschlitzen, Zentimeter für Zentimeter, dir das Herz herausreißen und dich zum Ausbluten aufhängen.«

Lukas löst die Fesseln und bindet ihr die Hände zusammen. Er zerrt sie von dem Tisch, schleift sie über den Boden und verknotet ihre gefesselten Hände mit dem Seil, das durch den Haken an der Decke gezogen ist.

»Diesmal wird dich der Abgrund nicht retten. Noch einmal entkommst du mir nicht!«

Kräftig zieht er am Seil, bis Sarah nackt und ohne Bodenkontakt vor ihm hängt. Das Seil bindet er fest und genießt diesen Anblick. Plötzlich taumelt er, schreit auf und bricht zusammen. Maik wirft sich auf ihn und sticht zu. Immer wieder. Auf dem Boden ist er zu Lukas gerobbt, das Messer in der Hand. Adrenalin hat ihm noch einmal Kraft gegeben, ihn die Schmerzen vergessen lassen.

Lukas versucht sich zu wehren. Das Messer durchbohrt seine Hand, dringt tief in seine Brust ein. Maik zieht es heraus, holt erneut aus. Lukas ist schneller, greift nach Maiks Hand. In Windeseile dreht er die Hand herum und mit voller Wucht bohrt sich das Messer in Maiks Herz. Sein schwerer Körper fällt bewegungslos auf Lukas. Plötzlich Stille – Totenstille.

Wie jeden Morgen will Resi den Poolbereich durchwischen, bevor die ersten Gäste zum Schwimmen kommen. Sie sieht den Stuhl vor dem Pool liegen und sie beschleicht ein ungutes Gefühl. Blut ist unübersehbar über dem gesamten Stuhl verteilt. Ohne zu zögern rennt sie los, um Karl zu holen.

»Komm, schnell, beeil dich! Es ist etwas passiert.«

Karl trabt eilig hinter Resi her, die schnurstracks am Pool vorbei zu der versteckten Tür geht. Ungläubig sieht sie die offene Tür und ruft leise nach Lukas. Keine Antwort. Sie weiß, nur wenn Lukas es ausdrücklich sagt, darf sie diesen Teil des Hotels betreten.

Trotzdem geht sie mit Karl vorsichtig weiter. Immer wieder ruft sie nach Lukas. Plötzlich ein leises Stöhnen, doch es ist eine Frauenstimme. Kurz halten beide inne, überlegen, ob sie nicht doch umkehren sollten.

»Lass uns weitergehen. Irgendetwas stimmt hier nicht.«

»Lukas, nein!«

Resi versucht verzweifelt, diesen Kollos von ihrem Wohltäter herunterzurollen.

»Karl, hol Hilfe. Schnell!«

Karl rennt so schnell es seine in die Jahre gekommenen Gelenke zulassen zurück. Mit all ihrer Kraft schafft es Resi, den kräftigen Mann von Lukas leblosen Körper zu hieven. Das Messer steckt noch in seiner Brust, seine Hand fest darum verschlungen.

»Lukas, bitte, du darfst nicht tot sein.«

Für den Toten, den Lukas mit ins Hotel brachte, interessiert sich Resi keine Sekunde. Sie fühlt Lukas Puls. Ganz schwach spürt sie ihn noch. Dann sieht sie zu Sarah, die nackt und stöhnend an der Decke gefesselt hängt. Sie greift angeekelt nach dem Messer in der Brust des Toten, zieht es mit einem Ruck heraus und schneidet Sarah los. Resi zieht ihre Strickjacke aus und bedeckt die Nackte damit.

»Lukas, gleich kommt Hilfe. Bitte halte durch.«

Sirenen durchbrechen die Stille des Morgens. Dann geht alles sehr schnell. Sanitäter und ein Notarzt kümmern sich um Sarah und Lukas. Der Tote wird zugedeckt.

Resi hört nur diese erschreckenden Worte.

»Seine Chancen sind nicht höher als zehn Prozent.«

Infusionen werden gelegt, Kompressen decken die Stichwunden ab und färben sich sofort rot. Auf einer nahegelegenen Wiese wartet bereits der Rettungshubschrauber, um Lukas in die nächste Klinik zu fliegen. Noch immer schockiert bleiben Resi und Karl zurück.

Kapitel 24

»Es ist ein so wunderschöner Sommertag. Können wir noch ein wenig im Park bleiben?«

Lächelnd sagt Johann „Ja" und geht mit Clara im Arm weiter durch die warme Sommerluft. Clara könnte eigentlich bald entlassen werden, doch wohin sollte sie gehen. Ihre Vergangenheit ist ausgelöscht. Sie weiß nicht, woher sie kam, was mit ihr geschehen ist. Ihre gesamte Vergangenheit ist ausgelöscht. Bisher konnte ihr, trotz intensiver Ermittlungen, niemand Antworten auf ihre Herkunft geben. Ihr einziger Halt ist diese Klinik, ihr Vertrauter ist ihr Therapeut Johann, der inzwischen schon viel mehr wie nur ein Freund geworden ist. Selbst seine Freizeit verbringt er immer öfter mit Clara.

Die Entführung hinterließ keine erneuten seelischen Spuren. Sarah erwachte im Krankenwagen, der mit Blaulicht und Sirene die kurvige Straße entlang raste. Der Notarzt hielt ihre Hand, fühlte den Puls und redete beruhigend auf sie ein. Wieder war sie das unbekannte Opfer, doch diesmal konnte sie schnell identifiziert werden, obwohl sie nichts zu ihrer Identität sagte. Im Krankenhaus wurde Sarah eingehend untersucht. Die Verletzungen waren glücklicherweise nur oberflächlich und Sarah fehlten jegliche Erinnerungen für dieses erneute Verbrechen. Die Polizei sicherte den Tatort, die Leiche wurde schnell identifiziert. Resi war sehr behilflich.

»Er ist Gast bei uns, Zimmer Vierundzwanzig.«

Natürlich erzählte sie nicht, dass Maik ein Bekannter von Lukas ist. Die hiesige Polizei informierte sofort die Kollegen in Maiks Heimatort. Sie sollten das Umfeld prüfen und natürlich seine Familie über den tragischen Tod informieren. Schnell wurde klar, dass eventuell ein Zusammenhang zwischen dem Verschwinden einer Patientin und dem Toten besteht. Ein Foto von Sarah brachte Gewissheit.

Obwohl Sarah davon abgeraten wurde, wieder in diese Klinik zurückzugehen, aus welcher sie entführt wurde, entschied sie sich dafür.

»Ich habe keine Vergangenheit, diese Klinik ist meine Gegenwart und soll mir den richtigen Weg für die Zukunft zeigen. Trotz allem fühle ich mich dort geborgen und auch irgendwie sicher.«

Mit einem mulmigen Gefühl entließen die Ärzte sie aus dem Krankenhaus. Sarah kam zurück, vielleicht auch zu diesem Menschen, der nicht Vergangenheit, aber Zukunft sein kann. Mit seiner Hilfe hat sie nach und nach die Worte wiedergefunden und ihre Albträume verloren. Sarah wird nicht mehr zurückkommen, doch Clara will wieder leben, lachen und ist auf dem besten Weg, wieder lieben zu können.

Fassungslos reagieren die Klinikleitung und auch Maiks Kollegen, als sie hören, dass er tot ist und für das Verschwinden von Clara verantwortlich sein soll. Zwar kannte keiner Maik wirklich. Viele hielten ihn für einen komischen Kautz, doch so etwas hätte ihm niemand zugetraut.

Tagelang hat die hiesige Polizei versucht, Maiks Frau zu informieren. Sie klingelten und versuchten, sie anzurufen. Doch nichts.

Nachdem jegliche Versuche scheitern, Maiks Frau zu erreichen, soll heute die Wohnung eröffnet werden. Von Maiks Frau fehlt jede Spur und die Beamten befürchten das Schlimmste. Auch die Nachbarn haben seit Wochen weder etwas gehört noch gesehen. Der Rasen wurde wohl nicht gemäht und selbst die täglichen Streitigkeiten sind ausgeblieben. Die Beamten geben dem Mann vom Schlüsseldienst ihr Okay. Innerhalb weniger Sekunden öffnet er die Tür. Ein widerlicher Geruch kommt den Beamten entgegen. Maik hat Tag und Nacht gelüftet und eine Flasche Febreze nach der anderen versprüht. Doch seine Frau lag ihm weiterhin in der Nase.

Der Todesgestank, gemixt mit einem Hauch von Vanille, konnte sich nach Maiks unfreiwilligem Abgang ungehindert im Haus ausbreiten und an Perversität zunehmen. Alle Fenster sind geschlossen. Die blutgetränkte Matratze, die Maik nur herumgedreht hat, verstreut diesen Gestank. Die Beamten ahnen nichts Gutes, doch in der Wohnung ist, außer diesem abartigen Geruch, nichts Verdächtiges.

»Wir sollten die Hunde suchen lassen.«

Eine Stunde später kommt der Hundeführer mit seinem Labrador namens Alex, ausgebildet, um Leichen aufzuspüren. Unruhig rennt er in der Wohnung hin und her. Jaulend und bellend setzt er sich vor dem Bett hin und wartet, bis er endlich für seine Arbeit belohnt wird.

»Hier muss vor kurzem eine Leiche gelegen haben. Brav, da, dein Leckerli. Und jetzt komm, such weiter Alex.«

Alex will in den Garten, die Nase tief auf dem Boden und im Gras vergraben. Er zerrt an der Leine und nach ein paar Metern wieder Jaulen und Bellen.

»Brav Alex. Falls ihr uns noch braucht, ruft einfach an.«

Ein paar Streicheleinheiten und schon hat Alex seine Arbeit beendet. Vorsichtig beginnen die Beamten an dieser Stelle zu graben.

»Hier ist etwas! Kommt her!«

Vorsichtig wird die Erde beiseite geräumt, Fotos dokumentieren den Fundort und das Bündel wird aus dem kalten Grab gehoben. Dieser Anblick lässt den einen oder anderen Beamten die Hand vor den Mund halten und angeekelt wegsehen. Ein junger Kollege rennt nach hinten, muss sich übergeben und tief durchatmen. Schockiert betrachten die Beamten, wie Maik seine Frau zugerichtet hat.

»Dieses Schwein, zum Glück ist er tot. Wer zu so etwas im Stande ist, kann kein Mensch sein. Das wahre Ausmaß der Gewalt wird erst die Autopsie zu Tage bringen. «

Und wenn es auch kaum einer offen zu sagen wagt, jeder einzelne Anwesende denkt dasselbe – er hat es nicht anders verdient. Nach Abschluss der Ermittlungen wird die Akte geschlossen, die Fakten sprechen für sich.

Kapitel 25

Nur die Narben auf ihrem Körper und die immer seltener werdenden Albträume erinnern Clara daran, dass ihre ausgelöschte Vergangenheit alles andere als glücklich gewesen sein muss. Doch das ist jetzt vergessen. Sie vertraut, sie lebt und sie liebt wieder. Etwas ängstlich hat Clara den Schritt in ihr neues Leben gewagt und es bis jetzt noch keine Sekunde an seiner Seite bereut.

Nach ein paar Monaten in der Klinik ist Clara zu Johann gezogen. Ein wunderbarer Neuanfang, so voller Liebe und Zuversicht. Einen neuen Job hat sie ebenso gefunden. In der Klinik betreut sie traumatisierte Menschen, hilft ihnen mit Kreativität das Erlebte hinter sich zu lassen. Clara fühlt sich so glücklich. Die Vergangenheit ist ihr inzwischen vollkommen egal. Sie genießt jede Sekunde ihres Lebens und bald werden sie und Johann heiraten. Fest hält er seine Clara im Arm, das Gefühl der Beiden zueinander, ist grenzenlos und so besonders. Mit einem ersten Urlaub, fernab des Massentourismus, will Johann seine Clara überraschen.

Es ist ein kleines, feines Hotel, das er per Zufall entdeckte. Nur ein paar Tage sollen es werden und Johann überrascht seine Clara mit der Idee. Schnell packen sie ein paar Sachen und hoffen, dass für sie ein Zimmer frei ist. Lang dauert die Fahrt nicht, drei Stunden und schon parken sie vor dem süßen Hotel mit den geranienverzierten Balkons mitten im Wald. Während

Clara sich ein wenig umsieht, geht Johann in das Hotel, um nach einem freien Zimmer zu fragen. Freudestrahlend kommt er wenige Augenblicke zurück.

»Clara, wir können bleiben. Sie haben noch eins für uns.«

Clara ist froh. Hier gefällt es ihr. Die Berge, der Wald und die Stille. Schnell greift sie nach der Reisetasche und folgt Johann ins Hotel. Beim Betreten der Empfangshalle läuft ihr ein eiskalter Schauer über den Rücken und Clara bekommt ein ungutes Gefühl. Doch dann sieht sie ihn, wie er lächelnd mit dem Schlüssel für das Zimmer auf sie wartet. Die Formalitäten hat er bereits erledigt. Die ältere Dame hinter der Rezeption dreht sich um, möchte Clara begrüßen. Ihr Blick erstarrt, sie wird leichenblass. Mit zitternder Stimme begrüßt sie Clara schon fast zu abweisend und verschwindet eilig in der Küche.

»Komm Clara, lass uns nach oben gehen.«

Schnell nimmt er ihre Hand. Clara sieht noch etwas verdutzt der älteren Dame hinterher. Doch das ungute Gefühl bleibt, wird beim Gang nach oben sogar stärker. Im Zimmer angekommen, nimmt er seine Clara in den Arm, küsst sie innig.

»Schatz, alles okay mit dir? Gefällt es dir hier nicht?«

Sie lächelt ihn verliebt an.

»Solange wir zusammen sind, ist es überall wunderbar.«

Clara ignoriert dieses ungute Gefühl und genießt seine Gegenwart. Sie weiß, er ist der Mann, mit dem sie bis ans Ende ihrer Tage zusammenbleiben will. Am Abend genießen beide den Ausblick vom geranienverzierten Balkon. Über den Bergen türmen sich dunkle Wolken auf. Blitze zucken, in der Ferne ist ein ohrenbetäubendes Donnern zu hören.

Clara kuschelt sich näher an Johann und er hält sie fest in seinen Armen. Das Unwetter nähert sich schnell, die ersten Tropfen fallen und der Wind frischt auf. Gäste kommen eilig von ihren Ausflügen zurück und stürmen ins Hotel. Ein Gast scheint es nicht eilig zu haben, er trägt ein dunkles Kapuzenshirt und einen Rucksack, die Kapuze hat er sich tief über den Kopf gezogen.

»Lass uns hineingehen. Ich habe etwas von Wellness gelesen, wir können ja das Hotel noch ein wenig erkunden.«

Lächelnd stimmt Clara ihm zu, steht auf und wirft einen letzten Blick vom Balkon. Wie gebannt starrt sie nach unten, als hätte sie einen Geist gesehen, dann bricht sie zusammen.

Kapitel 26

Vorsichtig streichelt er über den Zopf in seiner Hand. Er schließt die Augen lächelt und sehnt sich zurück, träumt und genießt den Whisky. Das leise, armselige Winseln klingt wie Musik in seinen Ohren.

Oh ja, schrei nur, flehe und bettle. Ich rette dich bald. Du süßes, kleines Miststück.

Sein Blick wird ernst.

Nur zehn Prozent und trotzdem bin ich noch da.

Dabei fährt er mit der Hand über die Narben seines nackten Oberkörpers.

Du dämlicher Wichser hättest mir fast das Leben genommen. Verrotte in deinem Drecksloch von Grab!

Tagelang hat er um sein Leben gekämpft. Niemand glaubte, dass er es überleben könnte, doch Lukas ist ein Kämpfer und hat diesen schier aussichtslosen Kampf gewonnen. Er lebt. Die Polizei hatte ihren Verdächtigen, Lukas wurde als Retter angesehen und für seinen lebensgefährlichen Einsatz gelobt. Keiner hat den bekannten Schriftsteller Lukas Bick mit diesem Verbrechen in Verbindung gebracht. Dieser Fall wurde gelöst und abgeschlossen. Selbst für das bis dahin ungeklärte Verbrechen an Anna wurde Maik als Schuldiger angesehen und auch dieser Fall als geklärt abgeheftet. Lukas schenkt sich ein weiteres Glas ein.

Prost du Wichser, rate, was da drin auf mich wartet. Kannst du dich an diese Stephanie erinnern? Ja, du perverser Dreckskerl! Ich habe sie bei mir, bis das der Tod uns scheidet. Sie gehört mir allein!

Samuel Senkrad ist zurück und er kann es kaum erwarten, sein nächstes Buch fertigzuschreiben.

Ein paar Monate sind vergangen, seit er selbst mehr tot als lebendig gewesen ist. Doch jetzt ist er zurück und lebendiger als je zuvor. Er ist wieder zu dieser kleinen Wirtschaft gefahren. Dorthin, wo die erste Begegnung mit Maik stattfand.

Aus sicherer Entfernung und ungesehen, beobachtet er Stephanie, sie springt zwischen den Tischen mit Getränken aller Art herum und gönnt sich zwischendurch ein Schnäpschen mit den Gästen.

Kurz nach Mitternacht sind auch die letzten Gäste gegangen. Lukas kann es kaum erwarten, ihr überraschtes Gesicht zu sehen. Er wartet an der Hintertür auf sie.

»Na du.«

Mit einem gierigen Grinsen kommt er aus der Dunkelheit einen Schritt auf sie zu. Wie erstarrt bleibt Stephanie stehen, greift in ihre Tasche und noch bevor Lukas etwas sagen kann, spürt er einen brennenden Schmerz in seinen Augen und einen kräftigen Tritt zwischen seinen Beinen. Mit einem Schrei bricht er zusammen, krümmt sich auf dem Boden.

»Oh mein Gott, du? Sorry, äh… ich, ich wusste nicht, dass du es bist. Warum um Himmels Willen hast du dich hier im Dunkeln versteckt. Es tut mir so leid.«

Schuldbewusst versucht sie, Lukas aufzuhelfen, der sie im ersten Moment wegstößt.

Diese dämliche Fotze, was sollte das jetzt!

Lukas hätte niemals mit so einer Reaktion gerechnet. Verzweifelt versucht sie, Lukas aufzuhelfen.

»Komm, ich bring dich zu mir.«

Lukas willigt ein. Sie stützt ihn bis zu ihrer Haustür. Mit zittrigen Händen öffnet sie die Tür, bringt ihn in die Küche. Lukas Augen sind knallrot, tränen und brennen höllisch, die Schmerzen in seinem Genitalbereich lassen langsam nach. Stephanie holt schnell ein mit Wasser getränktes Tuch.

»Es tut mir so unendlich leid. Was machst du überhaupt hier? Und wo hast du deinen Freund gelassen?«

Du dämliche Fotze weißt genau, was ich hier mache, machen will! Jetzt halt deine Fresse und gib mir, was ich will. Den Rest erledigen wir dann woanders.

Lukas hatte alles so perfekt geplant. Die kleine Hütte, zwei Stunden von hier entfernt, etwas abseits gelegen, wartet nur darauf, dass Lukas mit ihr zurückkommt. Das nasse Tuch tut gut.

»Ich war in der Gegend und da dachte ich, wir können da weiter machen, wo wir letztens aufgehört haben.«

Mit zusammengekniffenen Augen sieht er sie fordernd an, erkennt verschwommen ein lustvolles Lachen in ihrem Gesicht. Stephanie kommt näher, streichelt ihm über seine Wange, tupft vorsichtig die roten Augen mit dem feuchten Tuch ab. Dann öffnet sie seine Hose und lässt ihre Hand vorsichtig hineingleiten. Es dauert nicht lange und er ist bereit, sie setzt sich auf seinen Schoß. Das feuchte Tuch fällt auf den Boden und Lukas greift kraftvoll zu. Lustvoll schreit sie immer wieder laut auf, ist unersättlich und Lukas ist so ausgehungert, will mehr. Kurz verschwindet Stephanie. Lukas nutzt diesen Moment, um für den nächsten Akt vorbereitet zu sein. Er greift in seine Hosentasche, öffnet ein kleines Fläschchen und tränkt sein Taschentuch damit. Stephanie kommt zurück.

»Los, leg dich über den Tisch!«

Und sie tut es. Lukas stößt kraftvoll zu, sie hält sich mit den Händen an der Tischplatte fest, wirft dabei die liebevolle Deko herunter. Und noch während Lukas zustößt, greift er nach dem Tuch und hält es ihr vor Nase und Mund. Kurze Zeit später ist sie bewusstlos, gleitet unsanft auf den Boden.

Jetzt wirst du bekommen, was du verdient hast, du versaute Schlampe.

Lukas sitzt vor der Hütte und hört ihr Jammern und Betteln. So sehr hat er diese Musik vermisst. Genüsslich nippt er wieder am Whiskyglas. Dann greift er nach dem Messer, dass er sich bereitgelegt hat und geht zu ihr. Eine Stunde später kriecht Stephanie nackt, auf allen Vieren und blutüberströmt aus der Hütte, ihr Gesicht ist zugeschwollen, die Lippen aufgeplatzt. Doch sie kämpft, kriecht weiter. Zum Aufstehen fehlt ihr die Kraft, diese unerträglichen Schmerzen schnüren ihre Kehle zu, kein Laut dringt aus ihrem Mund.

Plötzlich spürt sie eine Hand an ihrem Fußgelenk. Verzweifelt versucht Stephanie, sich loszureißen. Doch es ist zu spät. Am Fuß zerrt Lukas sie über den Waldboden. Dornen bohren sich tief in ihren Körper, ihr Kopf schlägt unsanft auf einen Stein auf. Hinter der Hütte bindet er Stephanie an einen Baum. Lukas steht vor ihr, kraftlos hängt ihr Kopf auf der Brust.

»Sieh mich an, du Schlampe! Du sollst mich anschauen!«

Lukas verpasst ihr einen kräftigen Schlag in den Bauch. Sie bäumt sich auf und bricht endgültig zusammen. Die Seile schnüren sich tief in den gefesselten Körper. Er reißt ihr mit seinen Zähnen fetzenweise wie ein wildes, ausgehungertes Tier Fleisch aus ihrem Körper, bevor er ihr mit einem letzten tiefen Schnitt die Kehle durchschneidet. Er schleckt und saugt das herunterlaufende Blut von Hals, Brust und Oberschenkeln ab. Dann schreit Lukas befriedigt auf.

»Endlich!«

Ihren Körper hat er verscharrt, die Sachen verbrannt. Jetzt sitzt er in Zimmer Dreiundzwanzig und schreibt. Samuel Senkrad hat eine neue Hauptfigur und er genießt jeden einzelnen Buchstaben, jedes Wort.

Niemand wird mich jemals aufhalten können. Niemals!

Resi ist überglücklich, dass Lukas damals nicht gestorben ist. Jetzt liest sie ihm jeden Wunsch von den Augen ab. Sie und Karl haben so gehofft, dass er es überlebt, haben für ihn gebetet, obwohl das fast schon an Gotteslästerung erinnert. Lukas gibt ihnen Sicherheit, auch wenn der Preis dafür hoch ist. Resi und

Karl sind froh, dass Lukas damals mit keinem Verbrechen in Verbindung gebracht wurde, insgeheim hoffen sie, dass er „geheilt" ist. Noch so eine Chance wird er nicht bekommen, da sind sie sich sicher. Ein leises Klopfen lässt Lukas aufschrecken.

»Lukas, ich bring dir nur etwas zur Stärkung. Du warst nicht frühstücken.«

Lachend bittet Lukas Resi herein.

»Danke Resi, ich werde gleich etwas essen.«

Resi lächelt zurück und verschwindet flink wieder nach unten. Gegen drei Uhr morgens ist Lukas wach geworden und hat zu schreiben begonnen. Dabei hat er komplett die Zeit vergessen. Mit jedem Wort war er näher an seiner Hauptfigur. Hastig beißt er zwei Mal von dem Käsebrötchen ab, trinkt hastig den frischen Kaffee und verschüttet aus Unachtsamkeit die halbe Tasse auf seinem Schreibtisch. Schnell kramt er in seinem Schreibtisch und holt eine Packung Tempos heraus und wischt die Kaffeepfütze weg. Dann blickt er gebannt in das offene Schubfach. Dort liegen die Schlüssel zu seinem Paradies, das ihm fast zum Verhängnis geworden ist. Schwungvoll schiebt er das Schubfach zu. Seither war er nicht mehr da unten gewesen. Lukas schreibt weiter.

Doch die Erinnerungen an diese verhängnisvolle Nacht lassen ihn keinen vernünftigen Satz mehr zustande bringen. Er springt auf, zieht sich Jogginghose und Sweatshirt an und verlässt eilig das Hotel. Er rennt wie gehetzt, muss den Kopf freibekommen. Dabei stolpert er auf dem unebenen Weg und kann sich gerade noch abfangen, bevor er unsanft auf dem Boden aufkommt. Doch er rennt weiter, als wäre er der Gejagte. Schlagartig bleibt er stehen. Verschwitzt und atemlos sieht er sich um. Er steht am Abgrund, an der Stelle, wo ihn die Naturgewalten Sarah aus der Hand gerissen haben. Wütend und hasserfüllt schreit er laut auf, wirft einen dicken Ast den Abhang hinunter, als ob er dadurch alles ungeschehen machen könnte.

Lukas besinnt sich, stützt seine Hände auf die Oberschenkel und atmet tief durch, dann dreht er sich um und geht.

Seine Gedanken sind wirrer als zuvor und er bemerkt nicht, dass er den falschen Weg nimmt. Und dann ist er dort, wo er nie wieder hingehen wollte. Er steht erschrocken vor dieser Tür, die Fluch und Segen zugleich für ihn waren. Lukas schlägt sich selbst ins Gesicht, kann nicht fassen, dass er hierher gegangen ist.

Ich muss hier weg.

Er läuft los, doch irgendetwas zieht ihn zurück. Seine Augen bekommen wieder diesen dunklen Glanz, als er sich langsam dieser Tür nähert. Mit zitternden Händen greift er nach der Türklinke, drückt sie vorsichtig nach unten. Doch die Tür ist verschlossen. Dann beginnt er daran mit beiden Händen zu rütteln. Er muss noch einmal dorthin. Mit voller Kraft wirft er sich gegen die Tür und greift sich danach sofort an die Schulter. Ein heftiger Schmerz durchzuckt seinen Körper. Doch die Tür ist unnachgiebig.

Wahrscheinlich ist es besser so.

Lukas hockt sich vor die Tür und hält sich seine Schulter, die noch immer schmerzt. Als er wieder aufsteht, fällt ihm etwas aus der Hosentasche. Er greift danach und starrt darauf. Der Schlüssel! Wieso er in seiner Hose ist, kann er sich nicht erklären. Ohne lange nachzudenken, öffnet er augenblicklich die Tür. Und dann steht er da, wo alles ein jähes Ende nahm. Lukas schließt die Augen und atmet den Duft vom Tod tief ein. Sein Gesicht bekommt dabei einen widerlichen Ausdruck.

Irgendwann werde ich es genau hier wieder tun.

Langsam schleicht er um den Opfertisch und vermisst seine Beute. Auf dem Boden sieht man noch deutlich Blutlachen, seine und auch die von Maik. An der Decke hängen noch Reste der Stricke, an denen Sarah festgebunden war. Kompressen und leere Spritzen liegen überall verstreut. Mit dem Fuß stößt Lukas alles in die Ecke und geht weiter langsam um den Tisch, saugt den Duft ein, streicht über den Tisch, die Ösen, an denen er sie hier angebunden hatte. Mit jeder Sekunde will er es mehr. Wünscht sich sogar, dass wieder irgendeine Bioschlampe plötzlich vor der Tür steht und er nur zugreifen muss. Ein lauter Knall reißt ihn aus seinen Gedanken. Erschrocken blickt er sich um. Aber es war nur ein aufziehender Sturm, der die Tür zugeschlagen hat. Schnell macht er sich auf den Weg zurück ins Hotel. Es ist schon spät. Lukas war nicht bewusst, dass er stundenlang unterwegs war. Er zieht sich die Kapuze seines Pullovers tief ins Gesicht und geht eilig, aber nicht gehetzt zurück zum Hotel. Die ersten Tropfen fallen, Blitze zucken auf und der Wind nimmt immer mehr zu. Am Hotel erinnert er sich an die erste Begegnung mit Sarah. Kurz bleibt er stehen und sieht hoch zu seinem Balkon. Dann fällt sein Blick auf den Nachbarbalkon und er erstarrt.

»Sarah!«

Schockiert wendet Lukas seinen Blick ab, zieht die Kapuze tiefer ins Gesicht und rennt ins Hotel.

»Lukas, ich muss dir etwas sag…«

Resi steht hinter der Rezeption und will Lukas warnen.

»Spar es dir Resi, ich habe sie gesehen!«

Ohne weiter darauf einzugehen, geht Lukas überstürzt in sein Zimmer, lässt Resi hilflos zurück.

Nein, nein, nein, das kann nicht wahr sein. Wieso?

Lukas fährt sich durch die Haare, läuft unruhig im Zimmer auf und ab und wirft mit einem Schlag die Blumenvase zu Boden. Klirrend zerbricht sie in tausend Scherben.

Bleib ruhig, denk nach. Komm schon, lass dir was einfallen! Diese dämliche Schlampe, warum ist sie zurückgekommen. Hat sie etwa noch nicht genug? Ich bring sie um, ich muss sie umbringen! Dieses Miststück! Nein, nein, nein. Denk nach Lukas. Denk nach!

Eine Lösung für dieses Problem scheint nicht in Sicht. Lukas beginnt zu packen, will einfach nur weg hier. Doch dann besinnt er sich. Flucht ist keine Lösung. Er kocht innerlich vor Wut und unendlicher Verzweiflung, selten war Lukas in einer so scheinbar ausweglosen Situation. Doch er bleibt ruhig.

Vielleicht ist es Schicksal, dass sie mir ein drittes Mal geschenkt wurde.

Sein widerliches Grinsen und dieses abartig böse Leuchten in seinen Augen sind zurück. Er sieht es als neue, letzte Chance, das Kapitel „Sarah" ein für alle Mal zu beenden.

»Clara, um Himmels Willen, was ist los? Wach auf Liebling.«

Johann hat Claras dumpfen Aufprall gehört und ist sofort zu ihr gerannt. Vorsichtig streichelt er über ihre Wangen und ihr Haar. Dann trägt er sie sanft auf das Bett und greift nach dem Handy, um einen Arzt zu rufen.

»Johann?«

Leise ruft Clara seinen Namen. Er greift sofort nach ihrer Hand.

»Ganz ruhig, ich bin bei dir mein Schatz. Was ist passiert? Du warst ohnmächtig. Ich hatte so wahnsinnige Angst um dich. Soll ich einen Arzt rufen?«

Er küsst sie auf die Wange und nimmt sie liebevoll in den Arm.

»Nein, es ist alles okay. Es war nur das Unwetter, ich habe mich nur erschrocken. Mir geht's gut, ich muss mich nur etwas ausruhen.«

Clara lächelt ihn an und schläft wenige Momente später erschöpft ein. Johann ist beruhigt, deckt Clara liebevoll zu. Schnell geht er nach unten, er möchte sie mit einem romantischen Essen im Zimmer überraschen, wenn sie aufwacht. Resi begrüßt gerade neue Gäste als Johann nach unten kommt. Sie zuckt zusammen, als sie ihn sieht, doch dann schenkt sie ihm ein gequältes Lächeln und bittet ihn, kurz zu warten. Karl huscht mit den Koffern der neuen Gäste nach oben.

»Was kann ich für Sie tun?«

Johann erklärt Resi sein Vorhaben, während Lukas langsam die Treppe nach unten kommt. Er will sich bei Resi für sein Verhalten entschuldigen. Resi bemerkt Lukas und deutet fast unbemerkt mit einem Blick und einem kurzen Kopfnicken zu Johann. Lukas versteht und setzt sich in die Lobby, beobachtet den unbekannten Kerl, der Sarah hierhergeschleppt haben muss. Er mustert ihn von oben bis unten, überlegt, ob er wie Maik sein könnte. Doch dieser nette Kerl hat sicher keine dunkle Seite. Fünf Minuten später verschwindet Johann mit einem zufriedenen Lächeln die Treppe nach oben. Lukas springt auf und folgt Resi, die in die Küche eilt.

»Lukas und jetzt? Er kam allein herein, um nach einem Zimmer zu fragen. Hätte ich gewusst, dass ausgerechnet sie seine Begleitung ist, dann…«

»Resi, schon gut. Ich weiß, du hättest es nicht zugelassen. Es ist okay, ich werde mich selbst darum kümmern.«

Sein Grinsen jagt Resi einen eiskalten Schauer über den Rücken, Lukas dreht sich um und geht. Resi will nicht weiter darüber nachdenken, ihre Entscheidung nicht in Frage stellen, als sie und Karl diesen Vertrag unterschrieben haben. Lukas ist ein wunderbarer Mensch, diese zweite Chance hat den beiden das Leben gerettet und ihnen eine Zukunft geschenkt. Solange es sein muss, wird sie Lukas abscheuliche Taten akzeptieren. Sie beginnt, das Essen für Johann vorzubereiten. Karl trägt es nach oben. Johann öffnet leise die Tür, nimmt Karl das Tablett ab und bedankt sich. Clara liegt noch schlafend im Bett, während Johann den Tisch romantisch herrichtet. Das Unwetter ist vorbeigezogen.

Dieser laue Spätsommerabend ist perfekt, um auf dem kleinen, süßen Balkon zu essen. Er streichelt Clara sanft über die Wange und weckt sie mit einem zärtlichen Kuss. Mit einem Lächeln und ohne Angst genießt Clara mit Johann den Abend, bevor sie eine leidenschaftliche Nacht verbringen und engumschlungen einschlafen.

In Zimmer Dreiundzwanzig sitzt Lukas leise auf seinem Balkon. Er lauscht. Mit jedem Wort wird die Wut in ihm größer. Mit hochrotem Kopf hört er die liebevollen Worte zwischen Johann und Sarah, spürt die Liebe zwischen den Beiden.

Das übervolle Glas mit dem Whisky trinkt er in einem Zug aus. Lukas ballt die Fäuste, steht auf und möchte die Trennwand zwischen den Balkonen mit einem kräftigen Schlag zertrümmern. Er besinnt sich.

Genießt eure letzten Stunden zu zweit. Es ist bald vorbei.

Lautlos schenkt er sich ein neues Glas Whisky ein und hört den Beiden zu. Ein langer Kuss beendet das Essen und die Balkontür von Zimmer Vierundzwanzig wird geschlossen.

Ja, vögelt euch noch einmal die Seele aus dem Leib. Es wird eure letzte gemeinsame Nacht sein. Dafür werde ich sorgen!

Lukas nimmt sein Glas, trinkt es aus und wirft es mit Wucht von seinem Balkon. Das Glas zerspringt in tausend Stücke, als es auf der Einfahrt zum Hotel landet.

Du Drecksack. Weißt du überhaupt wer sie ist, wofür sie bestimmt ist!? Und sie heißt Sarah!

Lukas geht ins Bett. Unruhig wälzt er sich hin und her. An Schlaf ist nicht zu denken.

»Sieh her! Sie gehört mir und nicht dir. Das wird sie nie.«

Besinnungslos prügelt er auf ihn ein, während Clara fassungslos, winselnd und festgezurrt auf dem Tisch mit weit aufgerissenen Augen liegt.

»Halts Maul! Zu dir komm ich gleich. Und er darf zusehen, wie ich dir endlich das Herz aus dem lebendigen Leib reiße, es in meinen Händen halte und das Blut aus deinem Körper sauge. Danach werde ich ihm den Bauch aufschlitzen und ihn langsam ausbluten lassen, während er zusieht, wie ich dich langsam zerstückele.«

Samuel ist wieder da und er genießt diese Macht über Leben und Tod. Sein fratzenhaftes Gesicht ist das eines gefühllosen Monsters, das quälen und töten will. Johann hängt gefesselt und bewegungsunfähig unter der Decke des Kellers. Sein Gesicht ist schmerzverzerrt und geschwollen. Lukas greift nach dem Messer und wendet sich zu Clara. Langsam hebt er den Arm. Jetzt wird er vollenden, was längst überfällig ist.

»Lukas. Ist alles okay bei dir?«

Ein leises Klopfen reißt ihn aus dem Traum.

»Es ist schon Nachmittag und wir haben dich heute noch nicht gesehen.«

Resi steht ängstlich vor seiner Tür und hofft, dass es Lukas gut geht. Aus seinem Traum gerissen, weiß er im ersten Moment nicht, wo er ist. Doch schnell wird ihm klar, dass er nur geträumt hat.

»Äh, ja Resi, alles in Ordnung. Mach mir bitte Kaffee.«

Resi ist beruhigt und geht schnell zurück in die Küche. Verärgert, dass es nur ein Traum war und er die beiden noch nicht in seinem Keller hat, steht Lukas auf.

Schon steht Resi mit dem Kaffee vor der Tür, ein paar belegte Brote hat sie dazugelegt. Etwas erschrocken über Lukas zerzausten Anblick und die tiefen Augenringe, gibt sie ihm schnell das Tablett und lässt ihn in Ruhe.

Lukas bekommt keinen Bissen herunter, wünscht sich für einen kurzen Moment Maik zurück, der liebend gern die Drecksarbeit für ihn erledigen würde, bevor er zum Zug kommt.

Viel Zeit bleibt Lukas nicht. Diese dritte Chance ist auch seine letzte. Sarah darf kein weiteres Mal sein Hotel lebend verlassen. Ihr Herz soll neben seinen anderen Trophäen einen Ehrenplatz erhalten.

Dieses zähe Miststück, sie wird mir nicht noch einmal entkommen, das lass ich nicht zu. Kleine Sarah, genieß deine letzten Stunden. Bald ist es soweit. Und dein Wichser darf dabei sein, wenn ich dir das Herz aus dem Leib reiße.

Lukas steht unter der eiskalten Dusche. Er muss fit sein. Diese Nacht wird er seine Lust befriedigen und endlich das Kapitel Sarah beenden können. Am Abend geht er nach unten. Das Hotel ist ausgebucht. Viele der Gäste genießen gerade das üppige Büfett. Lukas schleicht um die Tische und begrüßt den einen oder anderen Gast und übt sich in unbedeutender Konversation. Dann sieht er diesen Kerl, wie er seinen Arm um Sarah legt und sie ihren Kopf an seine Schulter lehnt.

Da seid ihr ja. Na, dann werde ich mal eure Idylle stören.

Seine Augen beginnen zu leuchten. Er weiß zwar nicht, was gleich passieren wird, doch er hofft darauf, dass Sarah sich zwar an ihn erinnert, doch ihn nicht wirklich erkennt.

»Guten Abend, mein Name ist Lukas Bick. Mir gehört dieses Hotel. Ich hoffe, Sie haben einen angenehmen Aufenthalt.«

Kurz stockt Clara der Atem und sie hält fest Johanns Hand. Irgendetwas ist gefährlich an diesem Lukas, sie fühlt es so deutlich. Johann steht auf und reicht ihm bereitwillig die Hand, stellt sich ebenfalls vor. Nur widerwillig streckt auch Clara ihm ihre Hand entgegen, um sie sofort wieder zurückzuziehen. Diese Berührung hat ihr einen riesigen Schrecken eingejagt, sie fühlt sich mehr als unwohl. Ihre Hände werden feucht, sie beginnt zu schwitzen und möchte am liebsten schnell diese Begegnung beenden. Lukas genießt diese angsterfüllten Blicke.

Wenn du kleine Schlampe wüsstest, wie oft du mir diese Blicke schon geschenkt hast und dir dabei deine Seele aus dem Leib geschrien hast.

Oh ja, und bald wirst du wieder dort sein, wo du hingehörst. Und dein Trottel darf es miterleben.

Lukas sieht die Beiden erwartungsvoll an.

»Darf ich Sie zu einem Glas Wein einladen? Ich würde mich freuen.«

Bei diesem Angebot funkeln Lukas Augen im Schein der Kerzen gefährlich. Noch bevor Johann und Clara ablehnen können, geht Lukas, um drei Gläser Wein zu holen.

»Johann, ich möchte das eigentlich nicht, dieser Herr Bick ist mir unheimlich. Irgendetwas stimmt an ihm nicht.«

Johann lacht.

»Clara, kennst du ihn etwa nicht? Weißt du tatsächlich nicht, wer er ist? Dabei habe ich mit dir gemeinsam schon seine Bücher gelesen. Ich wusste allerdings nicht, dass er ein Hotel besitzt. Ich sollte ihn fragen, ob er nicht ein Buch für uns signieren würde. Du weißt schon, unser Lieblingsbuch „Nie wieder ohne dich". Clara, das ist von ihm. Ach Schatz, wer so etwas schreibt, ist ja wohl der romantischste und liebevollste Mensch, natürlich außer uns Beiden, den es auf dieser Welt gibt.«

Lachend küsst er seine Clara innig und bemerkt dabei nicht, dass Lukas bereits hinter ihnen steht. Lukas kann diesen Anblick kaum ertragen, möchte Johann am liebsten mit einem der Gläser die Kehle aufschneiden. Aber das kommt später. Jetzt muss er sich zusammenreißen. Er stellt die Gläser ab und setzt sich zu Lukas und Clara.

»Herr Bick, dürfte ich Sie um etwas bitten?«

Johann möchte zu gern, dass Lukas dieses Buch signiert.

»Oh, Sie dürfen mich natürlich Lukas nennen. Und natürlich dürfen Sie mich um etwas bitten.«

Ein weiteres Mal stoßen sie an und Johann wird seine Bitte sofort los.

»Es ist schön, dass Ihnen meine Bücher gefallen, natürlich signiere ich Ihnen gern eins.«

Johann springt auf und huscht eilig ins Zimmer, dabei bemerkt er nicht einmal, wie ängstlich Clara ist, weil sie mit Lukas allein bleiben muss. Plötzlich berührt Lukas ihre Hand, sieht ihr tief in die Augen.

»Sarah, du weißt, du gehörst mir und nichts wird sich jemals daran ändern. Du bist Sarah und ich werde dir helfen, dich wieder zu erinnern. Wir kennen uns, du weißt es sehr wohl!«

Sofort zieht Clara ihre Hand weg, will aufspringen, doch da ist Johann bereits bewaffnet mit Buch und Stift wieder da. Aufgeregt wie ein Teenager bei der ersten Autogrammstunde seines Idols bemerkt er nicht, dass Sarah leichenblass und erstarrt neben ihr sitzt.

Lukas schreibt schnell etwas in das Buch und winkt Resi heran, die gleich zur Stelle ist und die drei Gläser nachfüllt. Clara hält ihre Hand über das Glas. Sanft, fast zärtlich schiebt Lukas diese beiseite und Resi füllt nach. Mit jeder Minute, die vergeht, spüren Johann und Clara, wie ihnen der Wein zu Kopf steigt. Clara hat kein Wort mehr gesagt.

Clara oder Sarah, ich gehör ihm? Soll ich es Johann sagen? Nein, der hält mich für komplett paranoid.

Zwanzig Minuten später verabschieden sie sich von Lukas. Er ist zufrieden und trinkt in Ruhe sein Glas aus.

Es ist doch so einfach. Ein paar Tropfen und alles geht so schnell. Ich bin dann gleich bei euch.

Lukas lehnt sich grinsend zurück und betrachtet den Sternenhimmel. Es ist kurz nach Mitternacht als sich Lukas die Kapuze seines Shirts tief ins Gesicht zieht, um unerkannt durchs Hotel schleichen zu können. Es ist totenstill. Er öffnet die Tür von Zimmer Vierundzwanzig und sieht Johann und Sarah engumschlungen, fest schlafend im Bett liegen. Zuerst ist es Sarah, die er dorthin bringt, wo sie hingehört. Er trägt sie vorsichtig auf seinen Armen nach unten. Sobald er die verborgene Tür hinter sich geschlossen hat, schleift er Sarah lieblos hinter sich her. Dann schnürt er sie fest auf den Altar.

Du Drecksschlampe, noch einmal wirst du hier nicht lebend rauskommen!

Er schlägt ihr ins Gesicht. Sarah stöhnt kurz auf. Lukas schlägt ein weiteres Mal zu und geht, um Johann zu holen. Johann ist schwer, der Schweiß läuft Lukas in Strömen am Körper herunter, als er ihn nach unten trägt. Doch er schafft es. Ihm bindet er die Handgelenke mit einem Strick zusammen. Den Strick fädelt er durch die Öse an der Kellerdecke und zerrt Johann nach oben, bis nur noch seine Zehenspitzen den Boden berühren. Betäubt und bewegungslos sind Johann und Sarah ihm ausgeliefert, wissen noch nicht, in welcher ausweglosen Gefahr sie sich befinden. Diese Nacht, nach der es keinen Morgen mehr für die Beiden geben wird.

Kapitel 27

Resi sitzt in der Kirche und betet. Seit vielen Jahren hat sie es nicht mehr getan, hat sich von Gott und der Welt verlassen gefühlt und sich dem Teufel zugewandt. Er stand im richtigen Moment da und hat ihr und Karl ein neues Leben geschenkt. Ein zufriedenes Leben ohne Sorgen und Zukunftsängste. Doch ihr Gewissen lässt sie nicht mehr ruhig schlafen. So sehr hoffte sie, dass sich Lukas besinnt, nachdem er in letzter Sekunde dem Tod von der Schippe gesprungen war. Spätestens dies wäre der Moment gewesen, diese dunkle Seite für ein- und allemal aus seinem Leben zu streichen.

»Wieso hast du nicht aufgehört, Menschenleben auszulöschen!«

Wieder ist er zum Teufel geworden. Wie oft? Darüber möchte Resi nicht nachdenken.

Jetzt ist Zimmer Nummer Vierundzwanzig leer, frisch geputzt und bereit für neue Gäste. Nichts erinnert mehr daran, dass hier noch vor wenigen Stunden ein glückliches Paar Zukunftspläne geschmiedet hat.

Mit Tränen in den Augen räumte sie die Schränke aus und beseitigte die Zahnbürsten. Karl ist für die Entsorgung der Koffer zuständig. Sie putzte und schrubbte, bis ihre Finger wund waren und ihr Rücken schmerzte. Am Abend setzte sie sich neben Karl und weinte jämmerlich.

»Karl, ich kann nicht mehr. Er darf es nie wieder tun. Auch wenn er uns gerettet hat, jetzt muss Schluss sein. Wir müssen ihn aufhalten.«

Der wortkarge Karl stimmt nickend seiner Frau zu und hält sie fest im Arm. Der Konsequenzen sind sich beide bewusst. Sie werden alles verlieren. Doch ihr Entschluss steht fest. Sie müssen Lukas stoppen.

Jetzt sitzt sie betend und weinend in der Kirche. Plötzlich zuckt Resi zusammen.

»Resi, du warst lange nicht hier. Ist alles in Ordnung?«

Der in die Jahre gekommene Pfarrer steht hinter ihr und legt beruhigend seine Hand auf ihre Schulter. Resi verbirgt ihr Gesicht in ihren Händen, schluchzt, weint, schreit. Der Pfarrer legt den Arm um ihre Schulter.

»Der Teufel - wir haben uns den Teufel ins Haus geholt. Bitte helfen Sie uns.«

Er bittet Resi mitzukommen und bietet ihr eine frische Tasse Tee an. Schluchzend beginnt Resi zu reden. Blicke vermeidet sie, zu sehr schämt sich Resi dafür, sich auf diesen Deal eingelassen zu haben. Bereits nachdem Lukas im Alkoholrausch alles erzählte, hätte sie etwas unternehmen müssen. Schockiert hört der Pfarrer zu, streicht ihr zwischendurch behutsam über die zitternden Hände, die sich krampfhaft an der Tasse festhalten.

»Gott lässt niemanden im Stich, er ist bei dir, hilft dir. Doch jetzt muss es vorbei sein. Er war nicht euer Retter, er hat euch an den Rand des Abgrunds geführt. Gott wird euch vergeben. Resi, du musst zur Polizei. Und das so schnell wie möglich.«

Resi nickt nur zaghaft, trinkt den Tee und wischt sich die Tränen ab. Einmal sind der Pfarrer und Lukas zufällig bei einem Waldspaziergang aufeinandergetroffen. Eigentlich wollte er sich bei Lukas gleich für seine Großzügigkeit und Hilfe für Resi und Karl bedanken. Doch der Pfarrer spürte diese furchteinflößende Kälte, die von Lukas ausging. Ihm fehlte damals die Kraft, Lukas gegenüberzutreten, er sah den Teufel höchst persönlich in ihm, konnte und wollte es jedoch nicht wahrhaben. Seither vermied er die Nähe des Hotels. Resi weiß, auch sie und Karl haben sich schuldig gemacht, haben dieses Monster gedeckt und die Spuren verwischt. Eine lange Strafe wird auf sie zukommen. Aber diesen Mörder wollen und können sie nicht weiter decken.

»Resi, wenn ihr nicht zur Polizei geht, muss ich es tun. Es war keine Beichte, ich bin nicht zum Schweigen verpflichtet. Ich werde gleich einen Beamten hierherbitten.«

Resi schüttelt aufgeregt den Kopf, bittet um etwas Zeit.

»Bitte nicht, ich möchte das nicht allein tun. Karl soll bei mir sein.«

Skeptisch und mit einem ernsten Blick willigt der Pfarrer ein.

»Zwei Tage. Bis dahin bitte ich euch eindringlich, zur Polizei zu gehen, sonst werde ich es tun!«

Resi fährt zurück ins Hotel und fühlt sich etwas erleichterter, weil es kein Geheimnis mehr ist, welches Monster in Zimmer

Dreiundzwanzig wohnt. Die Angst vor der Zukunft bleibt jedoch. Resi weiß, die nächsten Jahre werden sie und Karl getrennt in verschiedenen Zellen in einem Gefängnis verbringen. Aber das ist besser, wie dieses Monster weiter töten zu lassen. Zwei Tage bleiben ihr und Karl noch. Doch es muss endlich Schluss sein.

Lukas ist so ein wunderbarer Mensch, wenn diese andere Seite nicht wäre. Resi verabscheut seine Taten, hat sie mit einem gequälten Lächeln hingenommen, gehofft, dass er endlich mit dem Morden aufhört.

Das Schicksal schickte Sarah ein drittes Mal zu ihm und er tötete sie und diesen Mann an ihrer Seite, den sie so aufrichtig liebte. Er bat Resi danach mit diesem abartigen Grinsen, sich um alles zu kümmern und Resi tat es - ein letztes Mal. Jetzt erzählt sie Karl, was gerade passiert ist. Karl scheint ebenfalls erleichtert zu sein, hält fest Resis Hand.

»Es war richtig, es muss vorbei sein. Resi, wir schaffen das.«

Der erste Tag vergeht, Resi ist mehr als angespannt. Lukas sieht befreit aus, plaudert belanglos mit den Gästen und lächelt. Er ist so charmant, liebenswert und so unschuldig. Argwöhnisch beobachtet sie ihn und ist sich sicher, das Richtige zu tun. Plötzlich steht Lukas vor Resi.

»Ist alles okay bei dir, du bist so gedankenversunken und schweigsam. Sag ruhig, wenn dich etwas belastet.«

»Oh, mich quälen nur Kopfschmerzen, meine Migräne. Das Wetter ändert sich sicher.«

Rasch wechselt Resi das Thema und fragt ob er etwas bräuchte.

»Resi, ich würde heute gern später wieder im Zimmer essen. Könntest du mir etwas zaubern? Stell es mir einfach ins Zimmer, ich möchte noch etwas frische Luft schnappen.«

Sie nickt mit einem gequälten Lächeln und verschwindet flink, um sich um die Gäste zu kümmern. Lukas verlässt das Hotel. Resi ist froh, ihn heute nicht mehr sehen zu müssen. Und morgen werden sie und Karl zur Polizei gehen, um dem Teufel das Handwerk zu legen. Sie wird ihm heute Abend noch einmal eine Mahlzeit bereiten, seine Henkersmahlzeit.

Während sie ihm später widerwillig sein Essen herrichtet, kommt Karl in die Küche und stellt Resi wortlos eine Dose hin.

»Vielleicht ist das die Lösung.«

Mehr sagt er nicht, sieht Resi nur an. Erschrocken schüttelt Resi wild den Kopf über Karls Idee.

»Rattengift?! Das können wir nicht tun, dann wären wir nicht besser als er. Bitte räum es schnell wieder weg.«

Karl geht mit gesenktem Kopf aus der Küche, nimmt die Dose nicht mit und dreht sich nicht einmal mehr um. Resi schlägt Eier auf, rührt alles zusammen, was sie laut ihren Familienrezept für Pfannkuchen braucht. Der dickflüssige Teig schmeckt perfekt wie immer. Das Öl zischt bereits in der Pfanne. Resis Blick geht immer wieder zu dieser Dose. Sie greift danach, stellt sie schnell wieder weg.

Nein, nein, nein, das kann ich nicht tun. Er hätte es verdient, aber wir sind keine Mörder, wir nicht. Oder sollten doch alle Sarahs dieser

Welt ein für alle Mal vor diesem Dreckskerl beschützt werden? Hat uns Gott dafür auserkoren? Sollten wir diese Sache selbst beenden? Kein Gericht dieser Welt kann ihn genug dafür bestrafen, was er getan hat und immer wieder tun wird.

Resis Blick geht in Richtung Himmel, sie wartet auf ein Zeichen. Sie nimmt die verstaubte Dose.

Vielleicht hast du recht Karl.

Die Mahlzeit ist perfekt zubereitet und es sieht wundervoll aus. Liebevoll dekoriert und mehr als appetitlich. Sie bittet Karl, das Essen auf Lukas Zimmer zu bringen, denn er wird bald zurückkommen, es ist spät, langsam wird es dunkel.

Hoffentlich hat dieser Bastard nicht schon wieder...

Resi nimmt die verstaubte Dose mit dem Rattengift und wirft sie in den Müll. Sie wäscht sich gründlich die Hände und noch bevor sie sich zu den Gästen begibt, gönnt sie sich einen Obstler.

Ich trinke auf dich, auf dein Ende, du Teufel in Menschengestalt. Es ist vorbei, du Dreckskerl. Es ist vorbei!

Resi schüttelt sich kurz, der Schnaps ist hochprozentig. Dann geht sie und hofft, Lukas nie wieder über den Weg zu laufen.

Kapitel 28

Lukas geht durch den Wald. Diesen kleinen, versteckten Pfad mag er so sehr. Ab und zu hört er ein Knacken im Dickicht. Es ist ungewöhnlich warm für diese Jahreszeit, ein lauer Wind weht durch die Bäume. Die bunten Blätter fallen sanft auf den Boden und rascheln unter jedem seiner Schritte. Der morgendliche Nebel hat sich lange verzogen. Der Wald zeigt sich im Licht der strahlenden Sonne von seiner schönsten Seite. Der azurblaue Himmel leuchtet durch die bunten Baumwipfel. Lukas steht am Abgrund, blickt mit einem vielsagenden Lächeln nach unten und schließt kurz die Augen, dann sieht er es wieder vor sich. Kurz hält er seinen Atem an, dabei läuft Lukas ein eiskalter Schauer über den Rücken. Diese erbarmungslosen Naturgewalten haben hier das gesamte Ausmaß ihrer Kraft gezeigt. Doch inzwischen ist der Abgrund wieder grün, kleine Bäume wachsen dort, wo vor einiger Zeit ein Erdrutsch alles mitriss. Lukas öffnet die Augen und atmet tief durch, saugt diesen Geruch ein. Seine Augen bekommen diesen Glanz, ein befreiender Schrei durchbricht diese Idylle, Vögel fliegen angsterfüllt aus den Baumkronen.

Nichts und niemand wird mir jemals diesen Weg versperren können, mich stoppen können. Ich weiß jetzt, was ich als Nächstes tun werde.

Ein letzter Blick in den Abgrund hinunter, dann dreht er sich um und geht zurück. Es wird schon langsam dunkel und der Weg ist weit. Der riesige, gespaltene Baum steht drohend in der

Zufahrt. Lukas ist ausgehungert, nicht nur die lange Wanderung lässt seinen Magen knurren. Der Hunger auf mehr wird unerträglicher. Die kräftige Brotzeit beendet das Knurren des Magens. Der andere Hunger muss warten.

Lukas greift zu seinem Notebook. Das letzte Kapitel muss noch geschrieben werden. Dabei fällt sein Blick auf die Gläser, die auf der kleinen Anrichte stehen. Schon fliegen seine Finger über die Tastatur. Zeile für Zeile entstehen und jeder Buchstabe fühlt sich so gut an.

„...Ihr letztes Aufbäumen, ihr letzter Atemzug und das Herz in seiner Hand, seine wohl größte Trophäe. Dazu dieser Blick dieses Mistkerls der langsam verblutete, ein letzter verzweifelter Schrei, als er drohend das Messer nach oben hielt. Die Klinge glänzte im Schein der Kerzen, bevor sie langsam und immer tiefer in ihren Körper eindrang, begleitet von ihren verzweifelten, schmerzerfüllten Schreien, bis er in ihren geöffneten Brustkorb griff..."

Während Lukas schreibt, läuft der Sabber an seinen Mundwinkeln herunter. Schnell wischt er ihn ab und springt auf. Die Sehnsucht danach treibt ihn fast in den Wahnsinn. Er geht in den Keller. Diese feuchte Dunkelheit, nur durch eine Kerze sparsam erleuchtet, lässt ihn für einen kurzen Moment entspannt wirken. Er berührt jedes kleinste Detail, genießt den Duft von Tod und Angst. Mit diesem widerlichen Grinsen geht er zurück. Er greift nach dem Glas, hält es fest zwischen seinen Händen. Noch einmal schließt er die Augen, leckt das Glas ab und spürt diesen besonderen letzten Herzschlag. Jetzt ist er bereit, jetzt kann er weiterschreiben. Das Finale fliegt förmlich aus seinen Fingern. Die urplötzlich auftretenden Magenkrämpfe ignoriert er. Ohne auf die Uhr zu blicken, schreibt er bis in die frühen Morgenstunden weiter. Erst bei Sonnenaufgang hört er mit einem letzten Schluck Whisky auf zu schreiben und legt sich ins Bett. Die Magenkrämpfe werden stärker.

Kapitel 29

Diese Reise hat doch länger gedauert wie vorgesehen. Lukas sitzt auf seiner kleinen Veranda, weit im Norden, in einem kleinen Ort namens Aviemore, genießt den Geschmack seines Whiskys und klappt zufrieden das Notebook zu. Das fertige Manuskript über diese herzzerreisende Liebesgeschichte „Nie wieder ohne dich" hat er schon vor einer Woche seinem Verlag per Mail zugesendet. Sein Verleger war zufrieden und natürlich glücklich, dass er endlich den neuen Roman in den Händen halten konnte. Lange genug hatte es gedauert.

Der Verlag war kurz davor, Lukas den Vertrag zu kündigen. Zu viele haltlose Versprechen und keine neue Idee, geschweige denn ein neuer Roman. Jetzt liegt das neue Manuskript bereit zum Überarbeiten vor. Es ist mehr als vielversprechend und wird sicher endlich wieder zu einem Bestseller von Lukas Bick.

Lukas hat jetzt Zeit, kann seine neue, andere Art des Schreibens genießen. Auch dieses Manuskript ist fertig, nur noch kleine Details müssen ausgearbeitet werden. Sein Pseudonym steht fest „Samuel Senkrad". Ein anderer Verlag ist bereits neugierig nach den ersten Kapiteln geworden.

Diese Reise war wie ein Befreiungsschlag. Er weiß jetzt, was er will und tun wird. Nie wieder will Lukas zurück, noch nicht einmal zurückblicken auf die letzten Monate. Die Vorwürfe, der Druck seines Verlags, diese persönlichen kleineren und größeren Katastrophen.

Bis zu dem Tag, als er nicht mehr konnte. Selbstmitleid trieb ihn dazu, Tabletten im Alkohol aufzulösen. Im Nachhinein die dümmste Idee, die er je hatte. Dieser Zwang, mehr zu wollen, die Unzufriedenheit und dieser Machtkampf mit sich selbst, haben ihn dazu getrieben. Lukas trank, legte sich ins Bett, wollte einschlafen und nie wieder aufwachen. Doch er bekam diese unerträglichen Krämpfe. Schmerzen trieben ihm die Schweißperlen auf die Stirn und er musste sich übergeben. Lukas spuckte Blut.

Mit letzter Kraft und zitternden Fingern rief er damals den Notarzt, bevor er bewusstlos zusammenbrach. Sein ungesunder Lebensstil und der Stress hatten seinem Körper zugesetzt. Von seinen Magengeschwüren wusste er, sein Arzt bat ihn eindringlich, etwas mehr auf sich zu achten. Lukas ignorierte diese Warnungen. Letztlich hat dieser Cocktail aus Alkohol und Tabletten, der sein letzter werden sollte, zu einem Magendurchbruch geführt. So qualvoll wollte Lukas nicht von dieser Welt gehen. Der Notarzt brachte ihn ins Krankenhaus und eine Notoperation rettete Lukas das Leben in letzter Sekunde. Danach war er wochenlang in der Psychiatrie eingesperrt, zu seinem eigenen Schutz, wie es damals hieß. Lukas schließt die Augen.

Maik, du perverse Wichser. Jede Nacht hast du sabbernd deinen Rundgang gemacht. Ich habe gesehen, wie du die Patienten angestarrt hast. Dein widerlicher Gestank war selbst durch die verschlossene Tür zu riechen. Ich weiß, dass du sie berührt und dich dabei befriedigt hast.

Ja, sie hat es mir erzählt ihn ihrem Wahn. Dich werde ich nie vergessen. Ich würde mir wünschen, du hast tatsächlich so ein Drecksstück von Ehefrau zu Hause. Verdient hättest du es ja. Eine, die dich Schlappschwanz und Versager nennt, denn nichts anderes bist du in meinen Augen. Dann diese Irren, wie sie den ganzen Tag vollgepumpt mit Medikamenten vor sich hinstarrten und wirres Zeug von sich gaben. Widerlich.

Lukas läuft es eiskalt den Rücken hinunter.

Mich seht ihr dort nie wieder!

Lukas ist jetzt ausgeglichen und stark. Diesen missglückten Selbstmordversuch sieht er als Wink des Schicksals. Und hier hat er herausgefunden, was tatsächlich sein Schicksal ist und sein wird. Diese Art zu schreiben, ist so neu und wundervoll.

Morgen reist Lukas ab und hofft, bald seine Caroline, Lucinda, Anna oder Sarah bei sich zu haben. Denn seine Worte sollen so schnell wie möglich Realität werden.

Lukas muss es tun, er muss seine Hauptfiguren real werden lassen. Hier hat er seine wahre Leidenschaft entdeckt und will nichts mehr, wie diese Realität. Schon bald wird er sich eine passende Immobilie suchen, um endlich sein wahres Sein erleben zu können. Das Funkeln in seinen Augen wird stärker, das Verlangen ist schier unerträglich. Er will es und er wird es erleben. Lukas steht auf, er muss noch packen. Sein Flieger geht früh.

»Hallo, können Sie mir helfen? Ich glaube, ich habe mich verlaufen.«

Erschrocken dreht er sich um und sieht in zwei verängstigte Augen, die zu einem interessanten Körper gehören.

Da steht sie plötzlich vor ihm, unerwartet und doch so anziehend, seine Caroline, im fernen Aviemore. Das Schicksal brachte sie zu ihm. Jetzt kann er es kaum erwarten, seine erste Hauptfigur näher kennenzulernen.

»Hallo, ich heiße Lukas. Komm ruhig näher, sicher kann ich dir helfen.«

Vielleicht wird Lukas noch nicht abreisen und einen oder zwei Tage länger bleiben...